Tod eines Kritikers

Das Buch

Der Schriftsteller Hans Lach ist verhaftet worden: Mordverdacht. Auf der Party in der Villa seines Münchener Verlegers, zu der er ganz gegen die Regeln geladen war, hatte er einen berühmten Kritiker bedroht, unmittelbar nachdem dieser im Fernsehen sein neues Buch verrissen hatte. Als am nächsten Morgen der Pullover des Kritikers blutgetränkt gefunden wird, fehlt zwar zunächst noch die Leiche, aber Zweifel über den Mörder scheint niemand zu hegen. Lediglich Michael Landolf, ein Freund des Autors, schenkt den Vorwürfen keinen Glauben. Während Kriminalkommissar Wedekind die Schuld des Autors beweisen will, versucht Landolf, die Öffentlichkeit von der Unschuld seines Freundes zu überzeugen ... bis widersprüchliche Geständnisse zu einer schwer vorhersehbaren Lösung führen.

Der Autor

Martin Walser, geboren 1927 in Wasserburg am Bodensee, studierte Literaturwissenschaft, Philosophie und Geschichte an der Universität Tübingen und promovierte 1951 mit einer Arbeit über Franz Kafka. 1949 veröffentlichte er seine ersten Werke.

Martin Walser

Tod eines Kritikers

Roman

List Taschenbuch

Besuchen Sie uns im Internet:
www.list-taschenbuch.de

List Verlag
List ist ein Verlag des Verlagshauses Ullstein Heyne List
GmbH & Co. KG.
1. Auflage Juni 2003
© Suhrkamp Verlag Frankfurt am Main 2002
Umschlagkonzept: HildenDesign, München – Stefan Hilden
Umschlaggestaltung: Hauptmann und Kampa Werbeagentur,
München – Zürich
Titelabbildung: Hermann Michels und Regina Göllner
Druck und Bindearbeiten: Clausen & Bosse, Leck
Printed in Germany
ISBN 3-548-60326-2

Für die, die meine Kollegen sind

QUOD EST
SUPERIUS
EST SICUT
INFERIUS

I.
Verstrickung

Da man von mir, was zu schreiben ich mich jetzt veranlaßt fühle, nicht erwartet, muß ich wohl mitteilen, warum ich mich einmische in ein Geschehen, das auch ohne meine Einmischung schon öffentlich genug geworden zu sein scheint. Mystik, Kabbala, Alchemie, Rosenkreuzertum –, das ist, wie Interessierte wissen, mein Themengeländе. Tatsächlich unterbreche ich, um mich in ein täglich mit neuen Wendungen aufwartendes Geschehen einzumischen, die Arbeit an meinem Buch *Von Seuse zu Nietzsche*. Es sind eher die Vorbereitungen zu diesem Buch, die ich unterbreche, als die Arbeit an ihm. Inhalt: In die deutsche Sprache kommt der persönliche Ton nicht erst durch Goethe, von dem Nietzsche gierig profitierte, sondern schon durch Seuse, Eckhart und Böhme. Weil das bürgerlich Geschriebene unsere Erlebnis- und Fassungskraft besetzt hat, haben wir, das Publikum, nicht wahrnehmen können, daß die Mystiker ihre Ichwichtigkeit schon so deftig erlebt haben wie Goethe und wie nach ihm Nietzsche. Nur waren sie glücklich und unglücklich nicht mit Mädchen, Männern und Frauen, sondern mit Gott ...

Ich muß das erwähnen, weil durch mein sonstiges Schreiben gefärbt sein kann, was ich mitteile über meinen Freund Hans Lach. Beide, Hans Lach und ich, sind Schreibende.

Ich war in Amsterdam, als es passierte. Bei Joost Ritman war ich, eingeladen, seine Sammlung anzuschauen. Mir ist kein Privater bekannt, der so viele Specimena der Mystik, Kabbala, Alchemie und des Rosenkreuzertums gesammelt hat wie Joost Ritman. Ich wohnte im *Ambassade*, wo ich in Amsterdam immer wohne, ich las beim Frühstück den *NRC*, den ich dort immer lese, und erfuhr, daß Hans Lach verhaftet worden ist. Mordverdacht. Obwohl es bei mir, sobald ich im Ausland bin, zu den Erholungsqualitäten gehört, nur die jeweils ausländischen Zeitungen zu lesen, besorgte ich mir sofort die

Frankfurter Allgemeine. Da las ich nun, Hans Lachs neuestes Buch *Mädchen ohne Zehennägel* sei von André Ehrl-König in seiner berühmten und beliebten Fernseh-Show *SPRECH-STUNDE* unsanft behandelt worden. Der Autor habe den Kritiker, als der, wie es üblich sei, nach seiner Fernseh-Show in der Bogenhausener Villa des Ehrl-König-Verlegers Ludwig Pilgrim erschien, grob angepöbelt. Noch sei ungeklärt, wie es Hans Lach überhaupt gelungen sei, sich Zutritt zu der Party zu verschaffen, die Ehrl-Königs Verleger nach jeder *SPRECHSTUNDE* in seiner Villa veranstalte. Auf der Gästeliste sei Hans Lach nicht vorgesehen gewesen, weil es unüblich sei, Autoren, die unmittelbar davor in Ehrl-Königs *SPRECHSTUNDE* »dran« waren, nachher zur Party einzuladen. Hans Lach sei zwar selber Autor des *PILGRIM Verlags,* aber an diesem Abend hätte er nach den Regeln des Hauses nicht dabei sein dürfen. Hans Lach habe offenbar sofort gegen André Ehrl-König tätlich werden wollen. Als ihn zwei Butler hinausbeförderten, habe er ausgerufen: Die Zeit des Hinnehmens ist vorbei. Herr Ehrl-König möge sich vorsehen. Ab heute nacht Null Uhr wird zurückgeschlagen. Diese Ausdrucksweise habe unter den Gästen, die samt und sonders mit Literatur und Medien und Politik zu tun hätten, mehr als Befremden, eigentlich schon Bestürzung und Abscheu ausgelöst, schließlich sei allgemein bekannt, daß André Ehrl-König zu seinen Vorfahren auch Juden zähle, darunter auch Opfer des Holocaust. Auf dem Kühler von Ehrl-Königs Jaguar, der am nächsten Morgen immer noch vor der Villa des Verlegers stand, sei der berühmte gelbe Cashmere-Pullover, den der Kritiker in seiner Fernsehshow immer um seine Schultern geschlungen trage, gefunden worden. Von André Ehrl-König fehle jede Spur. Es sei in dieser Nacht fast ein halber Meter Neuschnee gefallen. München im Schnee-Chaos. Hans Lach sei schon am Tag danach unter Verdacht gestellt und, da er kein Alibi nachweisen konnte und nicht bereit war, auch nur eine einzige Frage zu beantworten, verhaftet worden. Sein Zustand wird als Schock bezeichnet.

Ich konnte, als ich das las, gar nicht mehr richtig atmen. Aber ich wußte doch, daß Hans Lach es nicht getan hatte. So etwas weiß man, wenn man einen Menschen einmal mit dem Gefühl wahrgenommen hat. Und obwohl ich über seine Freundschaften nicht viel weiß, beherrschte mich, als ich das las, sofort eine einzige Empfindung: er hat außer dir keinen Freund.

Ich rief sofort Joost Ritman an und sagte, daß ich sofort zurück nach München müsse. Als ich noch sagen wollte, warum ich sofort zurück müsse, merkte ich, daß das gar nicht so leicht mitzuteilen sei. Ich sagte: Ein Freund ist in eine Not geraten. Manchmal spricht man, wenn man genau zu sein versucht, wie ein Ausländer.

Weil ich zu hastig aufgebrochen war, prüfte ich erst auf dem Bahnsteig, ob nichts vergessen worden sei. Der Ausweis fehlte. Man hatte ihn an der Rezeption erbeten und, weil ich es beim Aufbruch so eilig hatte, vergessen, ihn mir wiederzugeben. Hintelephoniert. Ein junger Asiate brachte ihn sofort. Ich versäumte den Zug, den ich herausgesucht hatte, nicht. Aber nach einer Stunde Fahrt blieb der Zug stehen, auf freiem, holländisch weitem Feld. Und keine Erklärung. Als einige Reisende schon laut wurden, endlich die Ansage: Deze trein is afgehaakt. Wir mußten aussteigen, auf den Ersatzzug warten. Für mich hing das alles mit Hans Lach, Ehrl-König und München-Bogenhausen zusammen. Mir sollte Zeit gegeben werden zu überlegen, ob ich wirklich so überstürzt nach München zurückfahren sollte, mußte, durfte. Meine Empfindung war unmißverständlich. Aber da, wo in einem gerechnet, berechnet und geprüft wird, meldete sich die Gegenstimme. Sind Hans Lach und ich wirklich befreundet? Der bekannte, fast populär bekannte Hans Lach und der im Fachkreis herumgeisternde Michael Landolf? Vielleicht sind wir nur befreundet, weil wir keine fünf Minuten (zu Fuß) von einander entfernt wohnen. Er in der

Böcklin-, ich in der Malsenstraße, also im Malerviertel des lieblichen Stadtteils Gern. Wir passen beide besser hierher als nach Bogenhausen, hat Hans Lach einmal gesagt. Er ist allerdings deutlich jünger als ich. Hält also noch mehr für möglich als ich. Wir haben einander fast ein bißchen schamhaft gestanden, daß wir ohne die Gerner Nachbarschaft kaum Freunde geworden wären. Er, immer mitten im schrillen Schreibgeschehen, vom nichts auslassenden Roman bis zum atemlosen Statement, ich immer im funkelndsten Abseits der Welt. Mystik, Kabbala, Alchemie. Aber nachdem wir uns bei dem auch aktuell tendierenden Philosophieprofessor Wesendonck in dessen Grünwalder Villa kennengelernt hatten, haben wir keinen Grund empfunden, uns nicht mit einem sorgfältig betonten Auf Wiedersehn zu verabschieden. Zeitgeizig sind wir beide. Wir sind keine sogenannten engen Freunde, vielleicht, weil wir beide vorsichtig geworden sind. Ich noch mehr als er. Draußen bei Wesendoncks haben wir uns zwar gleich bei unseren Vornamen genannt. Das heißt aber nur, daß wir beide in der Welt, besonders in der englisch-amerikanischen, herumgekommen sind. Er hat mich gleich bei der zweiten oder dritten Anrede Michel genannt. Das tun, nach meiner Erfahrung, nur die, die es gut meinen mit mir, oder, sagen wir, die Herzlichen. Hans Lach ist eine Herzlichkeitsbegabung. Das spürte ich sofort. Wir haben beide bemerkt und es auch nicht vor einander verheimlicht, daß wir nicht zum engeren Kreis der hier Eingeladenen gehörten. Beide in Gern wohnend, teilten wir nachher ein Taxi, auch bei der Bezahlung, weil keiner sich vom anderen einladen lassen wollte oder konnte. Daß wir da beide gleich kleinlich waren, war mir sympathisch. Und wir sagten uns auf dem Heimweg auch die Gründe auf, die uns diese Einladung beschert hatten. Mich hat Wesendonck über die Kabbala ausgefragt, weil er ein Buch Gershom Scholems für die *Süddeutsche* rezensieren sollte. Daß ich, als mir Wesendonck das mitteilte, den typischen Enttäuschungsstich verspürte, gestand ich natürlich nicht. Ich, in nichts so zu Hause wie in Mystik, Kabbala, Alchemie, wurde nicht um diese Buchbesprechung gebeten, wohl aber der doch ganz und gar aktuell tendierende Wesendonck. Aber er hatte, bevor er mich ausgefragt hatte, selber gesagt, daß ihm diese Besprechung nur angeboten worden sei und er sie nur angenommen habe, weil er mit Gershom Scholem befreundet gewesen sei.

Hans Lach führte sein Eingeladenwordensein darauf zurück, daß er in der *Frankfurter Allgemeinen* gerade ungut behandelt, ja sogar richtig beschimpft worden sei, als Populist. Und zwar von einem der Herausgeber persönlich. Dadurch sei er für Wesendonck einladbar geworden. Wesendonck habe ihn, Hans Lach, diesen Abend lang richtig geprüft, ob er in die Wesendonckphalanx passe. Ich müsse ja bemerkt haben, daß Wesendonck den Namen jenes Herausgebers immer mit dem Zusatz Faschist versehen habe. Diese Schmähfloskel stammte deutlich aus den Sechzigerjahren des vorigen Jahrhunderts. Aber die, die sie damals im Mund führten, konnten offenbar auch jetzt, obwohl selber deutlich gealtert, nicht darauf verzichten.

Obwohl ich nirgends dazugehöre – wer geschichtsträchtige Bücher schreibt, kann die Abende nicht verplaudern –, kriege ich, weil ich, wenn ich erschöpft bin, Zeitungen durchblättere, doch mit, wer gerade mit wem und wer gegen wen ist. Den Rest sagt mir Professor Silberfuchs im Kammerspiel-Foyer oder am Telephon. Er ist, wie er es selber fröhlich ausdrückt, mit Gott und der Welt befreundet, und ich gehöre zu seinen Telephonnummern. Er hat mein Mystik-Buch über alle Maßen gelobt. In der Zeitung und im Radio. Dann mich angesprochen im Foyer der *Kammerspiele*. Er habe damit wirklich gewartet, aber als er mich zum vierten Mal auf dem Platz zwei Reihen vor sich gesehen habe, habe er sich und dann auch mich darauf hinweisen müssen, daß wir dem gleichen Abonnement angehörten. Als er hörte, daß ich in Gern wohnte, sagte er sofort: Hans Lach auch. Und sagte gleich noch dazu, daß er seinen Spitznamen Hans Lach verdanke. Und er sei überhaupt nicht beleidigt. Er finde, der von Hans Lach für ihn gefundene Spitzname könnte auch bei Wagner in den *Meistersingern* vorkommen. Jetzt mußte ich doch gestehen, daß ich seinen Spitznamen nicht kenne. Ach, rief er, wie lustig. Sie sind der einzige in ganz München, der den nicht kennt. Und es mache ihm überhaupt nichts aus, seinen Spitznamen selber zu verbreiten. Silbenfuchs habe Hans Lach ihn genannt, nachdem er, Professor Silberfuchs, den vorvorletzten Roman von Hans Lach in irgendeiner Konversation ein Werk von grandioser Selbstbehinderung genannt habe. Was man in München irgendwo sage, sage man immer der ganzen Stadt. Zumindest in der Kulturszene. Die sei nirgends so tratschselig wie in München. Das alles rauschte im Foyer auf mich ein, weil ich, als er sich als Harlachinger ausgewiesen hatte, mich zu Gern bekannte. Und Gern heißt für einen Professor der Literaturwissenschaft Hans Lach. Hans Lach sei inzwischen, sagte er noch schnell, weil das Klingelzeichen mahnte, doch fast schon zu prominent für das liebe Kleinbürgerviertel. Der gehört längst nach Bogenhausen, sagte der Professor. Und Ton und Schmunzeln konnten bedeuten, der Satz sei auch ironisch gemeint gewesen. Daß ich nicht nach Bogenhausen, sondern eben doch nach Gern gehörte, hatte der Professor mit diesem Satz sicher nicht sagen wollen. Ich hatte nicht vermeiden können, das herauszuhören.

Keine Polizei der Welt würde mich eines Mordes verdächtigen. Hans Lach schon. Obwohl er den Mord so wenig begangen hat wie ich. Als ich las, was über Hans Lach in der Zeitung stand, überlegte ich nicht, ob er mich brauche oder nicht. Ich war nicht fähig, mir vorzustellen, daß es in München und in ganz Deutschland mehr als genug Menschen gäbe, die Hans Lach von diesem absurden Verdacht befreien würden. Gar nichts konnte ich mir vorstellen. Nicht einmal, daß ich aufdringlich wirken könnte. Er mußte Freunde haben, die viel ernsthafter seine Freunde waren als ich, der Zufallsnachbar. Mir ist sonst immer alles zu schnell peinlich. Und jetzt gar nicht. Hin mußte ich. Sofort. Nach München. Und hinaus nach Stadelheim.

2

Der Beamte, der mich an der Pforte abholte, sagte: Der Chef macht den Besuch selber. Wie lang, fragte ich. Er: Wenn ich den Besuch machen tät, könnte ich nur eine halbe Stunde erlauben, der Chef kann machen, so lange er will. Der Herr Oberregierungsrat wußte also immerhin, wer sein Untersuchungshäftling war. In einem polizeigrün gestrichenen Raum wurde ich an ein rundes Tischchen in der Ecke gesetzt, dann kam der Herr Oberregierungsrat mit seinem Häftling herein.

Hans Lach und ich am Tischchen in der einen, der Beamte an dem Schreibtisch in der anderen Ecke. Als wolle er uns zeigen, daß er unser Gespräch nicht überwache, fing der Oberregierungsrat sofort mit dem Aktenstudium an. Hans Lach sah mich an, zuckte mit den Schultern und sagte mehr zu dem Beamten als zu mir hin: Rauchen darf man. Der Beamte: Man darf. Der Herr Oberregierungsrat sei heute offenbar besonders gut aufgelegt, sagte Hans Lach. Ob er sich über ihn beklagen wolle, fragte der Beamte. Sie müssen wissen, sagte Hans Lach zu mir, der Herr Oberregierungsrat fliegt jedes Jahr in seinem Urlaub nach Nepal und bringt von dort Videos mit, die er dann den Insassen hier vorführt. Hinter dem Berg, den Sie hier sehen, sagt er dann, liegt ein englisches Hotel, in dem haben wir schwedisches Bier getrunken. Der Herr Lach hat sich schnellstens über mich informiert, sagte der Oberregierungsrat. Drückte aber durch den Ton, in dem er das sagte, aus, daß er weiterhin konzentriert sei auf seine Arbeit und an dem Gespräch dort am Tischchen nicht teilzunehmen gedenke. Das konnte nur heißen, Hans Lach und ich sollten nicht glauben, er höre unser Gespräch ab. Beamte sind viel fleißiger, als man denkt, sagte Hans Lach. Dann sagte er nichts mehr. Wenn der Beamte noch etwas gesagt hätte, hätte er sicher auch noch etwas gesagt. Er sah mich zwar an, aber nicht so, daß ich hätte fragen können: Wie geht es Ihnen. Er sah mich kein bißchen erwartungsvoll an oder neugierig. Er gähnte. Wollte das Gähnen aber höflich verbergen. Je länger ich ihn anschaute, desto weniger war es mir peinlich, daß ich nicht wußte, wie ich das Gespräch beginnen sollte. Ich war gekommen, um ihm zu sagen, daß ich wisse, er sei es nicht gewesen. André Ehrl-König hat sich durch seine Art, über Schriftsteller zu urteilen, sicher viele zu Feinden gemacht. Warum sollte sich ausgerechnet Hans Lach so vergessen! Es gab andere, die viel schlechter weggekommen waren. Durch Professor Silberfuchs hatte ich aus dieser Szene immer viel mehr erfahren, als ich wissen wollte. Ich hoffte, Hans Lach begriff, warum ich gekommen war. Ich wollte etwas tun für ihn. Daß ich gekommen war, war ein Angebot. Er mußte darauf reagieren. Er sah mich ruhig an, vollkommen ruhig. Er erwartete nichts von mir. Wahrscheinlich hatte sein Verleger schon die besten Anwälte zusammengespannt. Wahrscheinlich empfing er an diesem Tischchen täglich seine Freunde und Freundinnen. Ich kam mir plötzlich ganz überflüssig vor. Ich hätte wirklich in Amsterdam bleiben sollen, Joost Ritmans Kabbala-Blätter anschauen, vergiß München, morgen wird das Feuilleton der Republik Hans Lach feiern, er wird Interviews und Interviews geben, das arme Schwein, der wirkliche Mörder, wird sein Geständnis herausstottern, die Mutter eine Prostituierte, er aufgewachsen im Waisenhaus, vom Kaplan vergewaltigt, seit dem siebzehnten Lebensjahr straffällig, mit achtundzwanzig – grade wieder mal aus dem Knast entlassen – schreibt er sein Leben auf, schickt das Manuskript André Ehrl-König, der läßt ihm durch seine Sekretärin mitteilen, daß er keine Anlaufstation sei für verpfuschte Biographien, also keimt in dem Knastheini eine Wut, er sieht Ehrl-König im Fernsehen, er fragt sich durch, ein Pförtner verrät ihm, wo gefeiert wird, nichts wie hin, gewartet im fallenden Schnee, bis der Star kommt, zugestochen ...

Entschuldigen Sie, bitte, daß ich gekommen bin. Das konnte ich auch nicht sagen. Es war übereilt. Ein Gefühl eben. Gefühle sind immer übereilt. Gefühle dürfen übereilt sein. Gefühle müssen übereilt sein. Basta. Zum Glück brauchte er mich nicht. Was hätte ich denn tun können für ihn? Aber er sah mich nicht an, als wollte er sagen: Was wollen denn Sie hier. Er sah mich ruhig an. Tendenzlos. Fast ohne jede Stimmung. Er kratzte mit einer Hand auf dem Handrücken der anderen. Er nahm mir nichts übel. Daß wir beide so sitzen konnten, ohne etwas zu sagen, daß dieses Nichtssagen überhaupt nicht peinlich war, das empfand ich als eine Art Übereinstimmung mit ihm. Er fand, daß ich gekommen war, nicht aufdringlich. Mit wem hätte ich eine Stunde lang so sitzen können, ohne etwas zu sagen! Mit wem hätte er ... ach, er schon eher, er war es vielleicht gewohnt, daß man, wenn er nichts sagte, auch nichts sagte. Wenn ich, obwohl er so deutlich nichts sagen wollte, doch angefangen hätte, etwas zu sagen, irgendeinen Verlegenheitsquatsch, dann hätte ich die Situation verfehlt. Die Prüfung nicht bestanden. Das ist eben so. Der Prominente kann sich benehmen, wie er will, er benimmt sich richtig. Nur du kannst etwas falsch machen. Selbst wenn du dieses Ritual überhaupt nicht anerkennst, du verhältst dich doch genau so, wie es von einem wie dir erwartet wird. Aber jetzt sei zufrieden, daß du einer Schweigestunde verlegenheitsfrei standgehalten hast. Mensch. Freibleibend. Was soll das jetzt? Weiß nicht. Einfach das Wort, das mich jetzt anzieht. Freibleibend ...

Es war der Beamte, der sagte, es sei Zeit. Ich fand es erstaunlich, daß er das Schweigen nicht kommentierte. Er hätte doch sagen können, er wisse es zu schätzen, daß die beiden Herrn ihn so gar nicht bei seinem Aktenstudium gestört hätten. Aber daß er das Schweigen gar nicht erwähnte, war noch besser. Niveau, dachte ich, der Herr Oberregierungsrat hat Niveau. Beide gingen mit mir bis zum Pförtner. Da ich nicht jetzt noch etwas durch banalen Sarkasmus oder halbgare Ironie verderben wollte, verabschiedete ich mich sozusagen so stumm, wie ich bis dahin gewesen war. Aber ich vermied es, das Nichtssagen pathetisch werden zu lassen.

Hans Lach zog ganz zuletzt noch ein paar Seiten, von Hand beschriebene, aus seiner Jackentasche und übergab sie mir. Sein Blick dazu war nichts als sachlich. Draußen in der beglückend kalten Winterwelt merkte ich erst, wie warm es da drinnen gewesen war. Wie oft bei Behörden, überheizt. Auf der Heimfahrt wurde mir (wieder einmal) bewußt, wie wenig man von sich braucht, um ein Auto durch eine Stadt zu lenken, die man kennt. Ich dachte nur an ihn, sah nur ihn vor mir, wurde nicht fertig mit ihm, weil, was mir dort als Ruhe vorgekommen war, jetzt gar nicht mehr so vorkam. Tendenzlos, ja. Aber ruhig? Sein Bild in meiner Vorstellung, sein immer ungeschützt wirkender Blick, die rötlichen Haare, kurze, sich gleich wieder dem Kopf zubiegende Haare, rötlich grau. Würde er sie wachsen lassen, gar nicht vorstellbar, daß das je lange Haare wären. Eine zu hohe, zu runde Stirn. Flache Augenhöhlen. Ach, Hans Lach. Ich schaute und schaute ihn an. Und wußte doch, daß er mir nicht ruhig gegenübergesessen hatte, sondern … Rauchend. Nicht einmal die von ihm gerauchten Zigaretten hatte ich gezählt. Und hätte wirklich Zeit gehabt. Na ja. Hans Lach. Ich mußte durchprobieren, wie dieser Name in den mir geläufigen europäischen Sprachen klingen würde. Suchte ich eine Fluchtmöglichkeit? Ich hoffte, nicht.

3

Am meisten ist Gern noch das, was es einmal gewesen sein muß, wenn der Schnee alles zudeckt, alles neuerdings Dazugebaute. Und das gelingt dem Schnee fast jeden Winter ein-, zweimal. Wenn dann die Straßen nicht geräumt werden, die schwarzen Menschen, Gleichgewicht suchend, durch die Luft rudern, dann kann ich arbeiten. Hätte ich arbeiten können, wenn ich nicht in dieses Geschehen hineingeraten wäre.

Ich kam heim und merkte, daß ich immer noch nicht wußte, wie es Hans Lach ging. Dieses Schweigen. Ach was, Schweigen. Da lernt man Wörter kennen! Wenn sie nicht taugen! Dieses Voreinandersitzen und Nichtssagen. Das kann man doch nicht Schweigen nennen. Er tat mir leid. Das war es. Jetzt erst gestand ich es mir ein: er tat mir leid, weil ich glaubte, daß er es getan haben könnte. Für mich war es immer die fürchterlichste Vorstellung überhaupt: jemanden umgebracht zu haben. Manchmal – sehr selten zum Glück – träumte ich das: du hast jemanden umgebracht, man ist schon auf deiner Spur, du siehst deiner Überführung entgegen, du mußt, um das zu verhindern, noch jemanden umbringen. Die Tage nach solchen Träumen sind immer die glücklichsten Tage überhaupt. Den ganzen Tag könnte ich summen vor Glück: du hast keinen umgebracht, Halleluja.

Ich war von Amsterdam so jäh weggefahren, ich mußte sofort hinaus nach Stadelheim, weil ich glaubte, er könnte es doch getan haben. Und fürchterlicher konnte nichts sein. Also hin zu ihm. Dann sitzen und nichts sagen. Einfach weil man, wenn jemand jemanden umgebracht hat, nichts mehr sagen kann. Jetzt merkte ich, daß mir der Tote kein bißchen leid tat, nur der Täter. Der Tote leidet doch nicht mehr. Aber der Täter … der kann keine Sekunde lang an etwas anderes denken als an die Sekunde der Tat. Ich müßte mich, wenn mir das passierte, sofort selber umbringen. Nicht, um mich zu strafen, nicht, um zu sühnen. Nur weil es nicht auszuhalten wäre, dieses ewige, unablässige Drandenkenmüssen. Und der saß mir gegenüber, sah mich an, ruhig. Das habe ich mir eingeredet. Ruhig. Er war erledigt, zerquetscht, er hatte sicher immer noch keinen ruhigen Schlaf gefunden. Die Augen. Jetzt erst verstand ich diesen Blick. Dieses vollkommen Tendenzlose. Keine Gesellschaft, bitte. Keine Teilnahme. Achten Sie, bitte, mein Nichtinfragekommen für alles. Ich komme in Frage nur noch für nichts. Und diesen Ausdruck hatte ich für *ruhig* gehalten. Halten wollen. Etwas Unwiderrufliches getan haben.

Ich konnte nicht sitzen bleiben, mich nicht vom Winterbild draußen einwiegen lassen, ich rannte im Zimmer hin und her, bis mir Lachs Handgeschriebenes einfiel. Und las. Es waren Seiten eines DIN A5-Blocks. Mit Linien, an die sich der Schreiber, weil sie ihm zu weit auseinander standen, nicht gehalten hat. Die Handschrift war schwer lesbar.

Lieber Michel Landolf, las ich, hier ein paar Notate aus der Ettstraße. Zwei Tage und zwei Nächte. Bitte, aufbewahren für was auch immer. Herzlich Ihr Ex-Nachbar Lach.

Ich las:

Versuch über Größe. Zuerst das Geständnis, daß Denken mir nichts bringt. Ich bin auf Erfahrung angewiesen. Leider. Erfahren geht ja viel langsamer als denken. Denken kann man schnell. Denken geht leicht. Denken ist keine Kunst. Denken ist großartig. Durch Denken wird man Herr über Bedingungen, unter denen man sonst litte. All das ist Erfahren nicht. Nach meiner Erfahrung, der ich neuestens bis zur Unerträglichkeit ausgesetzt bin. In einem Satz gesagt: Immer öfter merke ich, daß Menschen, mit denen ich spreche, während wir mit einander sprechen, größer werden. Ich könnte auch sagen: Ich werde, während wir sprechen, kleiner. Das ist eine peinliche Erfahrung. Und am peinlichsten, wenn das öffentlich vor sich geht. In einem Restaurant. Oder – am allerschlimmsten – im Fernseh-

studio. Katastrophal ... Aber – und das ist die neueste Erfahrung überhaupt – auch wenn andere Leute in einer gewissen Art über mich sprechen, werde ich kleiner. Und das, ohne daß ich mit diesen Leuten zusammen bin oder auch nur weiß, daß die gerade über mich sprechen. Ich sitze zu Hause an meinem Arbeitstisch, und wenn ich aufstehen will, reichen meine Füße nicht mehr auf den Teppich hinab, auf dem mein Schreibtischstuhl steht. Das ist nicht so schlimm, weil ich auf meinem Keshan, wenn ich vom Stuhl hinunterspringe, weich lande. Und – das ist bei dieser Erfahrung das Wichtigste und eigentlich auch das Schönste – nachts regeneriere ich mich. Jeden Morgen, wenn ich aufwache, habe ich wieder meine alte Größe. Bis jetzt. Einszweiundachtzig. Seit ich diese Erfahrung des Schrumpfens und Wiederwachsens mache, messe ich mich jeden Tag. Tatsächlich genügt es, um wieder die Normalgröße zu gewinnen, nicht, wach im Bett zu liegen. Ich muß schon schlafen. Und nicht jeder Schlaf bringt gleich viel Regeneration. Inzwischen messe ich mich abends und morgens. Wenn mir abends öfter mal zehn Zentimeter fehlen, fehlen mir nach nicht ganz störungsfreiem Schlaf doch noch zwei oder drei Zentimeter. Ich habe von Schuhen gehört, die so geschaffen sind, daß man in ihnen zwei bis drei Zentimeter größer ist, und man erkennt von außen nicht, daß es sich um eine Schuhkonstruktion handelt. Nach so etwas werde ich jetzt auf jeden Fall suchen. Nach traumlosem Schlaf, in den die Welt also nicht hineinwirkt, habe ich immer meine einszweiundachtzig. Ich glaube noch nicht, daß das Ganze ein Problem für den Psychiater oder Psychotherapeuten ist. Ich werde dieser Erfahrung mit Aufzeichnungen folgen, sie dadurch anschaubar und vielleicht sogar überwindbar machen. Allerdings: Erfahrungen sind nicht so leicht beherrschbar wie das Denken. Durch Denken herrscht man ja selber. Erfahrungen ist man eher ausgeliefert. Aber sie aufzeichnen hilft. Das ist auch eine Erfahrung.

So weit war ich gerade, als das Telephon läutete. Kriminalhauptkommissar Wedekind vom K III. Der Leiter einer
Mordkommission für vorsätzliche Tötungsdelikte, jetzt beauftragt mit den Ermittlungen im Fall Ehrl-König/Lach. Von
meinem Schweigebesuch hat er gehört, er bittet mich, trotzdem
nicht aufzugeben. Ich sei immerhin der einzige von allen, die
um Besuchserlaubnis gebeten hätten, den Herr Lach empfangen habe. Mich und seine Frau Erna, alle anderen habe er
abgelehnt. Er müsse seinen Schweigestreik beenden. Das sei
überhaupt keine Taktik, die Erfolg haben könne. Wahrscheinlich spekuliere Lach darauf, daß wir ohne Leiche keine Anklage
zustande bringen. Da täuscht er sich. Wir haben den blutge-
tränkten Pullover des Opfers. Die Schneemassen in der Mord-
nacht begünstigen momentan den Täter, und in einem Poeten
kann das die Illusion fördern, der Schnee werde, was er in
dieser Nacht begrub, im Frühjahr mit sich nehmen. Vielleicht
ist die Leiche über die Thomas-Mann-Allee hinüber und dann
die steile Böschung hinunter und noch übers Ufergelände bis
zur Isar geschleppt und dann der Isar anvertraut worden. Der
Täter hat wirklich Glück gehabt. Fast fünfzig Zentimeter Neuschnee in dieser Nacht. Vielleicht hat er den Wetterbericht
gekannt. Aber wer weiß, was die Schneeschmelze dann entblö-
ßen wird. Das alles hat sich Herr Lach von mir schon sagen
lassen, und hat dazu geschwiegen. Aber Ihnen hat er Schrift-
liches mitgegeben. Verzeihen Sie einem Polizisten, wenn er
neugierig fragt: Haben Sie's schon gelesen?
Ich war gerade durch, als Ihr Anruf kam.
Und? fragte KHK Wedekind.
Aufzeichnungen aus der Ettstraße.
Da haben wir ihn für achtundvierzig Stunden untergebracht,
sagte Herr Wedekind.
Er sprach mit mir, als wisse er sicher, daß ich, wie die Polizei, an
der raschen Aufklärung dieses Falls interessiert sei und, so gut
ich könne, mitarbeiten werde. Daß Hans Lach der Täter sei, der

nur noch überführt werden müsse, schien festzustehen. Herr Wedekind war gerade dabei, Hans Lachs Bücher zu lesen, da werde er Herrn Lach genauer kennenlernen, als dem lieb sein könne. Ich möge bitte nicht meinen, er habe etwas gegen Herrn Lach oder Herr Lach sei ihm auch nur im mindesten unsympathisch. Es gebe natürlich für den Leiter einer Mordkommission für vorsätzliche Tötungsdelikte auch Fälle, die den Beamten zum engagierten Verfolger des Täters machten, Delikte, in denen das Opfer grausam oder bestialisch und aus niedrigsten Motiven hingemordet worden sei, dergleichen liege hier ja überhaupt nicht vor. Und trotzdem liege Mord vor. Aber eben ein Mord der feineren, wenn nicht der feinsten Art überhaupt. Der Täter ein Künstler. Und soviel verstehe er, der KHK, auch von Kunst, insbesondere auch von Literatur – er sei ein Leser, wenn auch, bisher wenigstens, kein Lachleser, aber das ändere sich ja gerade –, daß er einen Schriftsteller durchaus auch als ein Opfer zu sehen im Stande sei. Wenn auch nicht im strafrechtlichen Sinn. Im Augenblick lese er, ja, durchforsche er geradezu Lachs vorletztes Buch *Der Wunsch, Verbrecher zu sein.* Der autobiographische Anteil sei unübersehbar. Er habe aber zuerst Lachs letztes Buch lesen müssen, *Mädchen ohne Zehennägel.* Seine bisherigen Ermittlungen – bitte, ohne auch nur die geringste Mitwirkung Lachs – könnten ihn vermuten lassen, dieses Buch, das heißt, die Art, wie André Ehrl-König in der SPRECHSTUNDE damit umgegangen ist, habe alles, was sich in Lach gegen Ehrl-König angesammelt haben kann, in den Zustand einer jähen Entzündung versetzt, dann habe er eben seine Fassung verloren und so weiter. Die Party in der Verlegervilla in Bogenhausen, die nach der Sendung immer stattfinde, wenn man die rekonstruieren könnte, wäre der Fall gelöst, man könnte ihn Herrn Lach sozusagen als Manuskript vorlegen, er müßte nur noch unterschreiben. Er, KHK Wedekind, wolle mit diesen Andeutungen nur eins erreichen: Herrn Landolf bitten, dranzubleiben, sich durch keine Reaktion Lachs abschrecken zu lassen. Jeder Mordfall sei eine Tragödie. Und zwar im vollen historischen Sinn dieses Wortes. Aber es sei uns einfach nicht gestattet, eine solche Tragödie geschehen zu lassen, ohne zu versuchen, ihr gerecht zu werden, was soviel heiße wie, seine Stimme wurde jetzt ganz leise: Wir müssen sie aufnehmen, in unsere Sprache, in unsere ganze darauf vorbereitete Tradition, wir müssen sie uns zu eigen machen, durch Teilnahme, werter Herr, und den, dem sie passiert ist, aus seiner entsetzlichen Isolierung erlösen. Glauben Sie mir, so etwas kann einer allein nicht tragen. Dafür gibt es uns. Die sogenannte Menschheit. Entschuldigen Sie, bitte. Ich sagte: Ich bitte Sie. Dann schaltete er wieder um. Ihm sei berichtet worden, daß sich Herr Lach in der Gemeinschaftszelle in der Ettstraße ausschließlich mit einem Benedikt Breithaupt beschäftigt habe, der zur Zeit fast täglich von Stadelheim dorthin zu Vernehmungen überstellt werde. Seine, Wedekinds, Frage nun: Geben die handgeschriebenen Seiten über dieses intensive Miteinanderreden irgendeine Auskunft. Mit uns, Sie, Herr Landolf, eingeschlossen, kein Wort, mit einem iksbeliebigen Untersuchungshäftling stundenlanges Getuschel.

Ich wußte nicht, warum, ich wußte nur, daß ich das mir Anvertraute jetzt nicht weitergeben sollte. Genau so sagte ich es. Der KHK zeigte oder heuchelte Verständnis. Aber da wir doch sicher noch mit einander zu tun hätten, lade er mich ein, einmal zu ihm in die Dienststelle zu kommen. In die Bayerstraße, wo die Mordkommission logiere. Er hoffe nicht, daß das Wort Mordkommission mich abschrecke. Also.

Ja, sagte ich, warum nicht.

Na ja, warum dann aber nicht gleich, sagte er. Nach seiner Erfahrung altere alles, was mit einem Fall auch nur entfernt zu tun habe, ungeheuer rasch. Dabei bleiben, dran bleiben, das sei nicht nur sein Rezept, sondern sein Bedürfnis. Er würde, solange so ein Fall noch ein blühendes Rätsel sei, die Dienststelle am liebsten überhaupt nicht mehr verlassen. Also: Wann seh ich

Sie. Am Nachmittag, sagte ich. Er wiederholte fast singend: Am Nachmittag! So kann sich nur ein Freischaffender ausdrücken. Aber er finde das ansteckend. Dienststellendienstzeit sei von siebenuhrfünfzehn bis fünfzehnfünfundvierzig. Käme ich um halb vier, dann hätten er und ich Ruhe und könnten gründlich reden.

Als ich aufgelegt hatte, ging ich an mein rundbogiges, von Sprossen schön eingeteiltes Großfenster und sah hinaus auf die die Straße säumenden Schneebäume, auf die hohen Schneeborten, die alle Zäune und Autos zierten. Verschneit kann es das Viertel, was Stille angeht, mit jedem Winterwald aufnehmen. Hans Lach hat wirklich Glück gehabt. Und hat immer noch Glück. Oft genug folgt auf einen solchen ausgiebigen Schneefall in München ein Wärmeeinbruch, der Föhn schmilzt in ein paar Stunden alle Schneelasten weg, die ganze Stadt rauscht nur so vor nicht schnell genug abfließen könnendem Schneewasser. Jetzt aber, nach wie vor kalt, die Schneedecke hält sich. Ich unterstellte Hans Lach also auch schon, daß er es getan habe.

Ich holte aus dem Regal: *Der Wunsch, Verbrecher zu sein.*

Ich hatte in dieses Buch, als es vor zwei Jahren erschienen war, zwar manchmal hineingeschaut, aber nie lange darin gelesen. Der Untertitel: *Flüchtige Notizen* hatte mich abgeschreckt. Dann auch die ... ja, die Tonart dieser *Notizen*. Ich hatte gedacht: Er nimmt sich wichtiger, als er ist. Als ich das Buch jetzt wieder aufschlug, dachte ich, daß das doch menschenüblich sei, sich wichtiger zu nehmen, als man ist. Gewissermaßen lebensnotwendig. Also verständlich, wenn schon nicht verzeihlich. Ich fragte mich, ob man auch noch schriftlich bezeugen müsse oder dürfe, daß man sich wichtiger nehme, als man sei. Jetzt aber hatte ich soviel Anlaß, das Buch aufzuschlagen, wie der KHK.

Ich las quer durch:

Ein Tag, an dem die Maske verrutschte. Jetzt hast du zu tun, sie wieder zurechtzurücken. Das gelingt nur mit Verletzung der Maske und des Gesichts. Paß also auf das nächste Mal, wenn du wieder an deiner Maske zerrst. Hände weg von der Maske.

Es gibt nicht wenige, die achte ich mehr als sie mich. Ich verharre gern bei dieser Differenz. Es tut mir geradezu gut, sie mehr zu achten, als sie mich achten. Wahrscheinlich glaube ich, daß ich schon deswegen ihre Achtung, die sie mir vorenthalten, verdient hätte.

Er kann sich nicht wegwenden von sich, solange er so schwach ist. Der Verlierer ist unersättlich mit sich selbst beschäftigt. Der Sieger wendet sich neuen Aufgaben zu.

Wenn du ein bißchen herausgehst aus dir, bist du sofort unmöglich.

Mein Feind läßt am Horizont die Waffen blitzen. Es gibt nichts, das ihm nicht diente.

Schriftsteller sind ununterbrochen (und ununterbrechbar) mit dem Notieren ihres Alibis beschäftigt.

Gestern nacht vom Mord geträumt, wieder vom längst geschehenen. Nichts vom Opfer. Nur die Angst, entdeckt zu werden. Diesmal das Opfer im eigenen Haus vergraben. Einzige Chance, nicht entdeckt zu werden: ausgraben und irgendwo weit weg loswerden. Das ist doch vorstellbar. Das muß gehen. Aber eben dabei kann man, muß man entdeckt werden. Die Angst quält so, daß man sich wünscht, das Entdecktwerden endlich hinter sich zu haben. Aufwachen. Wie immer, froh, weil es doch nur ein Traum war.

Du bist froh, daß Deutschland aus der Fußball-WM ausscheidet im Viertelfinale gegen Bulgarien, weil du einen Gegner hast, der fanatisch auf den deutschen Sieg hofft. Den trifft die deutsche Niederlage mehr als dich, deshalb bist du glücklich über die deutsche Niederlage.

Er hat sich lange genug beherrscht. Immer hat er statt andere sich selber verletzt.

Er muß in Träumen jetzt öfter Leichen verstecken, und wo immer er eine Leiche hinbringt (unter das Hotelbett zum Beispiel), liegt immer schon eine andere Leiche, die nicht von ihm stammt.

Als er sich hineinfühlte in seine Verbrecherhaftigkeit, fühlte er sich wohl. Solange er es nicht gewagt hatte, Verbrecher zu sein, hatte er sich Vorwürfe gemacht, hatte sich überspannt gefühlt, gespalten. Seit er sich annahm als Verbrecher, war er einig mit sich selber. Vielleicht könnte er jetzt sogar wieder etwas genießen. Vorher war ihm immer alles durch Vorwürfe, die er glaubte, sich machen zu müssen, verdorben worden. Als anständiger Mensch durfte er ja an allem, was er tat, keinen Gefallen finden.

Alles, was er tat, war vorwerfbar, schlecht. Als Verbrecher mußte er sich keine Vorwürfe machen.

Ich wurde gestört.
Das Kommissariat 111, eine Frauenstimme, Herr Kriminalkommissar Meisele wolle mich sprechen, sie verbinde. Dann Herr Meisele im heitersten Ton. Tut ihm leid, wenn er mir eine Nachricht verklickern muß, die mich sicher nicht nur erfreue. Sein großer Kollege Wedekind könne mich heute nicht mehr empfangen, müsse das Gespräch, an dem ihm gelegen, sehr viel

gelegen sei, verschieben. In der Hoffnung auf mein Verständnis bitte sein großer Kollege Wedekind um eben dieses Verständnis und melde sich wieder. Ob die Botschaft angekommen sei. Das bestätigte ich. Dann sei es ja gut. Das sei mehr, als er, der KK Meisele, seinerseits habe erhoffen können. Dann fast schroff: Guten Tag. Und aufgelegt.

Na ja, ob mir der KHK wirklich das hätte erzählen können, worauf es mir angekommen wäre? Ich würde mich selber auf den Weg machen müssen. Im *Wunsch, Verbrecher zu sein* wollte ich jetzt nicht weiterlesen.

4

Eine Woche nach der dann abgesagten Unterredung mit KHK Wedekind hatte der wieder angerufen, hatte sich darüber gewundert, daß ich die Verabredung ohne weitere Mitteilung einfach habe ausfallen lassen. Ich klärte ihn auf. Ach, sagte er, der arme, der elende Meisele. Und erklärte mir, daß auch bei ihnen der Zwang, erfolgreich zu sein, immer spürbarer werde. Meisele rudere seit Wochen in einem Fall herum, es habe ja zuerst auch in den Zeitungen gestanden, ein Maschinenschlosser, zerfressen vom Ehrgeiz, Ingenieur zu sein, hat einen Nobody erschossen, wahrscheinlich aus ethno-ästhetischen Gründen, der Täter habe mit Hans Lach in der Gemeinschaftszelle in der Ettstraße genuschelt, und seitdem widerrufe er alle paar Tage das, was er gerade noch gestanden hatte, so komme der arme Meisele überhaupt nicht weiter, und habe jetzt, wahrscheinlich aus unzurechnungsfähig machender Verdrossenheit, versucht, ihm, dem KHK, das Spiel auch zu verderben. Das werde für den Armen leider desaströse Folgen haben, eine Versetzung mindestens nach Freising oder Straubing. Anfangs sei Meiseles Täter eher geständnissüchtig gewesen. Er, Wedekind, vermute, daß Lach diesen Breithaupt indoktriniert habe und ihn bei den Hofgängen in Stadelheim weiter indoktriniere: gestehen, widerrufen, gestehen … bis zur völligen Aufhebung jedweden Sachverhalts. Ihm, Wedekind, komme das vor, als liefere Hans Lach da eine Variante zu seinem Schweigen. Der Ermittler, hier der arme Meisele, werde zur Schreibkraft. Er, KHK Wedekind, vermute, daß Meisele naiv genug sei, ihm, Wedekind, einen Fall zu neiden, bei dem der wahrscheinliche Täter und das Opfer gleichermaßen prominent sind. So zu denken sei typisch für einen fast prinzipiell Subalternen wie Meisele. Er, Wedekind, verspüre die Prominenz abwechselnd als Gas und als Bremse.

Ich war im Augenblick nicht wichtig für ihn, weil er erfahren hatte, daß Hans Lach auch mich nicht mehr zu sich ließ. Außer seiner Frau Erna wolle er niemanden sehen. Aber auch ihr, so der KHK, sitze er wortlos gegenüber. Seiner Frau aber habe er das, wissend, daß der Oberregierungsrat zuhöre, erklärt: Er gehöre zu einer Vogelart, die in Gefangenschaft nicht singe. Wedekind sagte, Hans Lach sei für ihn, den Ermittler, die Provokation schlechthin. Ihm sei aus der Kriminalgeschichte kein Verdächtiger bekannt, der kein bißchen an seiner Verteidigung interessiert zu sein scheint. Aber er gebe nicht auf. Von ihm werde jetzt verlangt, Hans Lach aus seiner Erstarrung zu lösen, ihm beizubringen, daß nur ein Geständnis ein Weiterleben ermögliche. Die Schuld bei sich behalten wollen, das sei eine Anmaßung, eine tödliche Anmaßung.

Bei diesem Gespräch begriff ich meine Rolle. Ich, der Gegenspieler Wedekinds. Er will die Schuld beweisen, um Hans Lach zu erlösen natürlich, ihn wieder aufzunehmen in die Menschheit, ich muß die Unschuld beweisen. Er ist überzeugt von Hans Lachs Schuld, ich bin überzeugt von seiner Unschuld.

Ich machte mich auf den Weg. Ich mußte die Tatnacht rekonstruieren. Und das heißt: die Party in der Verleger-Villa. Und ich habe sie rekonstruiert. Party-Archäologie habe ich betrieben. Wie verläßlich sind die Wände, die von Pompeji erzählen, verglichen mit dem, was Intellektuelle über einen solchen Abend berichten. Ich habe nicht versucht, was ich erfuhr, für irgendeine Vermutung in Dienst zu nehmen. Ich habe mich einer Art Empfindungsaskese unterworfen. Vielleicht würde sich, aus allem, was sich erfahren ließ, irgend etwas Bestimmtes ergeben. Nach etwas Bestimmtem zu fragen oder gar zu fahnden habe ich mir verboten, dieses Verbot habe ich mir vor jedem Gespräch wieder aufgesagt. Wenn Hans Lach unschuldig ist, und das ist er ganz sicher, dann mußte sich aus dem, was sich bei mir zusammenfand, ergeben, daß er nicht der Täter sein konnte. Unschulds-Indizien, und zwar Indizien einer höheren Qualität als blutgetränkte Pullover und zugeschneite Spuren im Schnee. Die Ermittler hatten den Schnee im Hof der Verleger-Villa und auf der Thomas-Mann-Allee, soweit die Villa an sie grenzt, wegblasen lassen, um mehrere Phasen dieser Nacht von einander unterscheiden zu können, also etwa Fußspuren um Mitternacht, die später zugeschneit wurden, von solchen unterscheiden zu können, die von Gästen stammten, die erst um zwei Uhr morgens die Party verlassen hatten. Die letzten hatten die Villa um fünf Uhr morgens verlassen. Ehrl-König selber war schon kurz nach zwölf gegangen. Ob er allein gegangen sei oder ob Cosima von Syrgenstein mit ihm gegangen sei, war den einen so, den anderen anders in Erinnerung. Diese Cosi Genannte selber war nicht aufzufinden. Sie hatte allerdings, bevor Ehrl-König die Villa betreten hatte, zu mehr als einem gesagt, sie fliege am nächsten Tag weit fort. Wohin und mit wem, hatte sie nicht dazugesagt. Bernt Streiff wollte gehört haben: auf eine Insel.

Zur Sache selbst. Die Intellektuellen huren heute mit der Öffentlichkeit genau so wie vorher mit Gott. Wer das für einen Vorwurf hält, weiß nicht, was Gott war und was die Öffentlichkeit ist. Wochenlang war ich unterwegs zu den Kulturmenschen jeder Art; aber nur zu solchen, die auf der Party in der *PILGRIM*-Villa gewesen waren. Ich habe immer schriftlich erbeten, kommen und fragen zu dürfen. Mein Motiv: Hans Lachs immer noch währendes Schweigen. Ich nannte es auch sein alarmierendes Schweigen. Und immer sagte ich dazu, daß ich mit Hans Lach befreundet sei.

Ich wollte anfangen mit der Person, die den größten Überblick hatte, die gründlichste Kenntnis und vielleicht sogar das heftigste Bedürfnis nach Aufklärung: Frau Julia Pelz, selber Dichterin und Verlegergattin. Sie weist, wie ich von Professor Silberfuchs weiß, bei jedem Gespräch darauf hin, daß ihre Lyrikbände nicht bei ihrem Mann erschienen sind, sondern bei Suhrkamp. Daß das jeder weiß, weiß sie auch. Daß sie immer darauf hinweisen muß, wird, wenn sie erwähnt wird, immer als ihre Charakteristik dazugesagt. Silberfuchs: Wenn sie sich von ihrem Mann verlegen ließe, könnte sie's gleich bleiben lassen. Und fügte leise, obwohl kein Mensch in der Nähe war, hinzu: Das sollte sie, sagen manche, sowieso. Er, sagte Silberfuchs, sage das nicht. Wenn jemand schon Gedichte schreibe, dürfe er die auch gedruckt sehen. Das sei ein Menschenrecht. Gedichte zu schreiben sei sowieso Ausdruck einer weitreichenden, jedes Mitgefühl verdienenden Schwäche. Die könne, wenn überhaupt, dann nur durch Gedrucktwerden gelindert werden.

Zu allererst sprach ich dann doch, einfach, weil wir einander schon kannten, mit Silberfuchs, der mit der Lach-Prägung Silbenfuchs besser bezeichnet ist. Er wird es mir, das habe ich mitgekriegt, nicht verübeln, wenn ich bei Silbenfuchs bleibe.

Wo reden wir, fragte ich am Telephon. Gern in Gern, sagte er und lachte sein immer bereites Lachen. Oft genug erwähnt er: Ich komme aus Bingen am Rhein.

Also bei mir, sagte ich.

Ich lernte herauszuhören, ob mein jeweiliger Gesprächspartner Hans Lach die Tat zutraute oder nicht. Keiner sagte: Er war's. Natürlich auch Silbenfuchs nicht. Interessant waren die Einschränkungen der jeweiligen Bezeugung der Lachschen Unschuld. Tenor: Wer kennt schon den Menschen! Ist nicht jeder von uns ein Mörder, der seine Tat nicht begeht! Bernt Streiff ging, bei einem ersten Telephongespräch, am weitesten. Wenn er, Streiff, DEM, nämlich Ehrl-König, begegnet wäre direkt nach der Sendung, in der Ehrl-König ihn, Streiff, den unbarmherzigsten Langweiler der deutschen Gegenwartsliteratur genannt hatte, wenn diese Begegnung auf einer eher dunklen Straße stattgefunden hätte, dann hätte er, Streiff, für nichts garantieren können. Und zitierte den Satz, den jetzt alle zitierten, den Satz, mit dem Ehrl-König an dem bewußten Abend seine *SPRECHSTUNDE* eröffnet hatte. Ich hatte mir natürlich inzwischen eine Kassette besorgt und die Ehrl-König-Sendung nicht nur einmal, sondern täglich einmal angesehen. Ich habe das Auftritts-Zeremoniell studiert. Das Licht im Zuschauerhalbkreis ist fast weg, nicht ganz, die Leute sollen einander wahrnehmen, erleben können. Ehrl-König kommt in einem scharf begrenzten Lichtschacht am Rand der Sitzreihen herein, betritt über drei Stufen die Bühne, hinter ihm seine TV-Assistentin Beatrice, von der der Professor sagt, sie heiße in Wirklichkeit Inge. Beatrice wartet, bis er über zwei weitere Stufen zu seinem Sessel steigt. Der ist schön imitiertes Empire, helles Holz, man soll an Marmor denken, goldene Rillen und Blätter, Zeus-Symbole (Adler und Blitz), die vier Füße, auslaufend in Löwentatzen, die auf vier Büchersockeln stehen. Vielleicht Attrappen. Auf jeden Fall sinken die Löwentatzen ein bißchen in die ledernen Buchdeckel ein. Die Buchrücken sind so beleuchtet, daß man lesen kann, worauf Ehrl-König thront: *FAUST, EFFI BRIEST, ZAUBERBERG, BERLIN ALEXANDERPLATZ.* Der Auftritt ist von Musik begleitet. Händel, irgendeine Festmusik. Ehrl-König steht fast feierlich neben seinem Sessel. Sobald die Musik aufhört, nimmt er gestenreich Platz. Man merkt: aus Hochachtung vor der Musik ist er stehengeblieben. Neben dem Thronsessel. Sobald er sitzt, geht Beatrice zu einem Tisch, holt von dort ein Buch und reicht es ihm. Er nimmt es, kann es auf ein hochbeiniges Tischchen legen, wenn er es nicht mehr in den Händen halten will. Kann es aber, um etwas damit zu beweisen, jederzeit wieder in die Hand nehmen. Der *Überraschungsgast* wird, sobald Ehrl-König das Buch in Händen hat, von Beatrice hereingeführt und darf auf einer Art Barhocker mit Rundlehne so Platz nehmen, daß er sowohl zu Ehrl-König hin wie zum Publikum hin agieren kann. Beatrice selber setzt sich hinten an die Seite, verfolgt alles aufmerksam und scheint jederzeit bereit zu weiteren Diensten. Sobald der *Überraschungsgast* mit deutlicher Geste von Ehrl-König begrüßt ist und sich gesetzt hat, sagt Ehrl-König (offenbar jedesmal): Spät komm ich, doch ich komme. Das ist das Signal für die

Leute im weiten Halbkreis: alle klatschen begeistert. Er lächelt genießerisch. Dann kommt der erste Satz. Den Eröffnungssatz kannte ich, als Bernt Streiff ihn mir vortrug, längst auswendig: Warum soll Hans Lach, solange er einen Verleger hat, der schlechte Bücher gut verkaufen kann, gute Bücher schreiben? Und sein im weiten Halbkreis vor ihm, fast um ihn herum und ein wenig unter ihm sitzendes Publikum lachte. Und er: Ja, Sie lachen, meine lieben Damen und werte Herren, das letzte Mal, Sie erinnern sich: Botho Strauß war dran, habe ich eröffnet: Wer berühmt ist, kann jeden Dreck publizieren! Ich wette mit Ihnen, um was Sie wollen, daß jetzt schon ein Professor dabei ist, mir zu beweisen, daß ich überpointiere, um nachher überall zitiert zu werden. Da kann ich nur sagen: Herr Professor, unterpointieren liegt mir nicht. Und alle lachten. Er habe sich nicht gemeint gefühlt, sagte Professor Silbenfuchs, aber daß Ehrl-Königs Eröffnungen nachher jedesmal Zitatgut werden, sei nichts als wahr. Aber doch eher mündlich als schriftlich. Mündlich eben, weil Ehrl-König so leicht zu imitieren ist, daß es dazu keiner schauspielerischen Begabung bedarf. Silbenfuchs ist, wie er selber betont, aus Pflichtgefühl immer vom tröpfelnden Anfang bis zum prasselnden Ende in der Szene, wo denn sonst könne ein Literaturprofessor Literatur so aufschäumend lebendig erleben wie in der *PILGRIM*-Villa. Silbenfuchs genoß es sichtlich, mir die Details einer solchen Party servieren zu können wie Häppchen von einer feinen Platte. Wenn also Ehrl-König den Raum betrete, aber nein, da ich, Michael Landolf, noch nie dabei gewesen sei, sei es irreführend, von Raum zu sprechen. In der *PILGRIM*-Villa gehen alle Räumlichkeiten in einander über, auch alle Niveaus, das höchste Niveau habe weniger Fläche als die ihm zugeordneten niedriger gelegenen Niveaus, am meisten Fläche habe das tiefste Niveau, um das herum an drei Wänden jede Art Polsterangebote bereit seien. Die drei Wände ergäben natürlich keinen Raum, sondern eine Andeutung von etwas Räumlichem. Auf dem obersten Niveau tritt immer Ehrl-König auf, seine *SPRECHSTUNDEN*-Assistentin, sein *Überraschungsgast* und Ludwig Pilgrim selber. Da hinauf seien die mit einem Aufzug aus dem Souterrain gefahren. Um die oberste Plattform laufe ein Geländer wie eine Reling. Das Ganze da droben sehe aus wie die Kommandobrücke eines stattlichen Schiffes. Und das solle es wahrscheinlich auch. Das Auffallendste dort ist aber die gewaltige Aufzugstür: wenn die sich öffnet, atme förmlich der ganze Raum auf und halte den Atem an, und dann trete eben mit Gefolge Ehrl-König heraus. Den gelben Pullover umgeschlungen. Diese kühnste Villa der Moderne, von jenem Chicagoer Star-Architekten gebaut, wirke, wenn Ehrl-König mit Gefolge auf den breiten Treppen über zwei weitere Ebenen zu uns in die Polsterbucht herunterschreite, wie für diesen Auftritt gebaut. Bitte, alle Senkrechten weiß, alle Waagrechten schwarz, auch an den Treppen, schwarzweiß, darauf jetzt der hellgelbe Cashmere und der jetzt nur noch strahlende Ehrl-König. Auf allen Niveaus Gäste, alle wollen ihn grüßen, aber er schreitet lächelnd weiter abwärts, bis er unten ist, in der Polsterbucht, einer wahrhaften Polsterlandschaft, wo die meisten Gäste warten. Auf allen Niveaus sind jetzt alle aufgestanden, die Gläser haben sie schon weggestellt, alle klatschen, standing ovation. Da er, sagte Silbenfuchs, nicht jedesmal zu dieser Party geladen sei – die Einladung folge irgendwelchen schwer durchschaubaren Strategien –, wisse er nicht, ob standing ovation Routine sei oder nur, wenn die *SPRECHSTUNDE* als besonders gelungen empfunden wurde. So oft Silbenfuchs aber dabei gewesen sei, so oft habe es standing ovation gegeben, was vermuten lasse, daß es sich um ein Ritual handle. Um ein schönes, immer wieder herzlich aufgeführtes Ritual. Gerade habe man ja noch die *SPRECHSTUNDE* angeschaut, kollektiv, auf einer aus der Decke herabgelassenen Leinwand. Da diesmal Hans Lach dran war als Schlechtes Buch und Philip Roth als Gutes Buch, war Lach Mittelpunkt. Seit wann ist ein Autor, der drankommt,

Partygast habe er, Silbenfuchs, noch gedacht. Das war noch nie. Und dann auch noch der Autor des Schlechten Buches. Das zeichnet ja Ehrl-Königs *SPRECHSTUNDE* aus. Bücher sind Gut oder Schlecht. Der Rest ist Korruption. Sagt Ehrl-König. Das Schlechte Buch, das Gute Buch, dann der obligatorische *Überraschungsgast,* von dem Ehrl-König sich bestätigen läßt, wie genau seine Diagnose, sein Urteil, das übers Schlechte und das übers Gute Buch, zutreffe. An diesem Abend war Martha Friday aus New York der *Überraschungsgast*. Ihre lockeren und ein bißchen bemüht lasziven Schriften erscheinen Deutsch ja auch bei *PILGRIM*.

Jetzt schilderte Silbenfuchs die Sendung, schilderte, wie sie in der *PILGRIM*-Villa gewirkt habe. Er nahm wohl an, die Sendung sei mir unbekannt geblieben. Da ich wissen wollte, wie die Sendung in der *Pilgrim*-Villa angekommen ist, verriet ich nicht, daß ich die Sendung inzwischen schon zehnmal gesehen hatte. Also die Sendung. Martha Friday habe allem, was Ehrl-König sagte, fast genau so heftig zugestimmt, wie der es gesagt habe, das heißt, sie habe wie ein Verstärker gewirkt; was bei Ehrl-König grell herauskam, habe sie durch Augenverdrehen, Mundaufreißen und Indiehändeklatschen noch greller gemacht. Wurde er nachdenklich oder gar leidend, litt sie noch mehr als er. Einen besseren *Überraschungsgast* als diese Martha Friday habe Ehrl-König in den siebzehn Jahren *SPRECH-STUNDE* nicht gehabt, blitzgescheit und schön und eine Darstellungsvirtuosin, für laut und leise gleich gut. Überhaupt, wie die zusammengespielt haben, einander bis ins feinste Mimische oder ins gröbste Akustische einfach ideal ergänzend. Das Gute Buch, das von Philip Roth, hatte sie natürlich gelesen, das von Hans Lach natürlich nicht. Aber da Ehrl-König mit Händen und Füßen und wild kreisendem Kopf und einer sich bis zum Überschlagen steigernden Stimme demonstrierte, wie er darunter gelitten habe, dieses Buch lesen zu müssen, war sie einfach mitgerissen worden, klatschte laut in die Hände, als er sagte, ob das denn kein Urteil sei, wenn einem ein Buch immer wieder aus den Händen rutsche, weil man bei seiner Lektüre eingeschlafen sei. Die Leute im Fernsehstudio schlossen sich dem Lachen und Klatschen Martha Fridays immer wieder an. Zuerst einmal müsse festgestellt werden, daß Hans Lach dieses Buch vorsätzlich gegen ihn, Ehrl-König, geschrieben habe. Seit er, Ehrl-König, hier *SPRECHSTUNDE* halte, also immerhin seit siebzehn Jahren, habe er nicht aufgehört zu sagen, daß ein Roman, der mehr als vierhundert Seiten lang sei, ihm, dem Leser André Ehrl-König, zu beweisen habe, warum er mehr als vierhundert Seiten lang sein müsse. Hans Lach denke nicht daran, diesen Beweis zu liefern. Zweitens: Die weibliche Heldin dieses Romans sei eine beschränkte Person, deren Beschränktheit vom Roman selbst sozusagen auf jeder zweiten Seite zugegeben werde. Er, Ehrl-König, predige in einer ihm schon selbst auf die Nerven gehenden Hartnäckigkeit, daß er beschränkte Weibspersonen weder im Leben noch in Romanen ertrage. Was tut Fereund Lach: schiebt eine unbelehrbar bescheränkte Weibsperson über vierhundertneunzehn Seiten durch einen Roman, der dann auch noch *Mädchen ohne Zehennägel* heißt. Oh, wie habe er, dieses Buch lesen müssend, die Putzfrauen, Pardon, die Reinigungsfrauen in öffentelichen Gebäuden beneidet. Was für eine interessante, spannende Tätigkeit, den Staubsauger über immer neue Bodenschattierungen zu führen, begleitet vom wunderbaren Gerundton des Elekteromotors. Und er muß einen Roman lesen mit bald so vielen Personen wie Seiten. Ach was, Personen! Wenn's doch Personen wären, nur Namen seien's, Pappfiguren mit deraufgekelebten Namen, bis hundert habe er mitgezählt, dann habe er's gelassen, da lese er doch lieber gleich das Telephonbuch, habe er gedacht. Martha Friday lachte hell heraus, klatschte, so auch das Publikum. Ach ja, Martha, seufzte er dann, Sie wissen nicht, was man mitmacht, wenn man sein Leben für die deutsche Literatür opfert. Fast nur dämeliche Ferauenfiguren, keine Erotik, die einem unter die Haut gehe, keine Sexualität, die es mit einem Glas Champagner aufnehmen könnte, nichts als Fanta, Fanta, Fanta, aber ohne -sie. Bitte, *Mädchen ohne Zehennägel*, schon der Titel, ach, warum hat man nicht in einer Zeit leben dürfen, in der die Bücher *Madame Bovary, Anna Karenina* und *Effi Briest* hießen. *Mädchen ohne Zehennägel*, was hat dieser Autor beloß gegen Zehennägel, und auch noch bei Mädchen, Martha, ich bin sicher, Sie haben die entzückendsten Zehennägel der Welt! Und Martha Friday: Stimmt! Aber woher wissen Sie das? Er: Phanta-sie. Nein, im Ernst, ich seh's an Ihren Fingernägeln. Er sei ein scharfer Beobachter, sagte Martha. Und er: Das sei ja das, was die Autoren an ihm nicht liebten, daß er scharf hin-schaue. *Mädchen ohne Zehennägel*. Neugierig bin ich schon gewesen, ein bißchen bekelommen auch, verstehen Sie, bei *Mädchen ohne Zehennägel* darf man bekelommen sein. Darf man? Und Martha: Man darf. Er: Martha, ich danke Ihnen. Martha: You're welcome. Das Publikum lachte. Dann erläuterte er, daß der Roman in einem Tennis-Celub spiele. Originell sei das gerade nicht, was sich unser Fereund da wieder geleistet hat. Er, Ehrl-König, sei beim Lesen öfter von der Vorstellung heim-gesucht worden, er lebe im Jahr 2030, ihm sei ein Buch in die Hand geraten, *Mädchen ohne Zehennägel*, geschrieben von Hans Lach, er schlägt auf, liest, und ihm wird von Seite zu Seite deutlicher: eine Fälschung. Ein Nachmacher, ein derittklassiger Nachmacher spielt sich da als Hans Lach auf und spekuliert: wir merken das nicht. Fehlspekulation. Wir haben es bemerkt. Eindeutiger Befund, Hans Lach-Imitation deritter Kelasse.

Dabei warf er die Hände so heftig schräg nach oben, daß es aussah, als wolle er sie loswerden. Das war bei ihm immer die Geste seiner völligen Hingerissenheit von sich selbst, sein Pu-blikum kennt das und reagiert seinerseits auf jeden so von ihm produzierten Höhepunkt mit Hingerissenheit, Lachen, Klat-schen, auch schon mal mit begeistertem Johlen. Sein runder Kopf falle, wenn er die Hände so fortwerfe, schräg nach unten, sagt, vom Genauigkeitsehrgeiz befallen, der Professor. Er sei deshalb schon mit Christus verglichen worden. Das sei ihm einmal in einer der vielen Talk-Shows, die er absolviere, gesagt worden, halb spielerisch natürlich. Er aber habe sofort zugegriffen mit einer Heftigkeit, die zwischen Spiel und Ernst keinen Unterschied mehr gestatte: Ihm sei vom gescheitesten der jungen *DAS*-Intellektuellen bescheinigt worden, daß er durch seine *SPRECHSTUNDE* die Tradition des elenden Sowohl-als-auch in der Literaturkritik beendet habe, er sei da gefeiert worden als der Entweder-Oder-Mann, und seit dem sei er dann und wann der genannt worden, der die Praxis Christi: Ihr sollt Ja sagen oder Nein und die flauen Lauen ausspucken aus eurem Munde, der diese Entschiedenheit in die Literaturkritik eingeführt habe. Er könne diesen Satz seines Vorfahren nur wiedergeben, es stehe ihm nicht zu, das zu kommentieren, ihm schon gar nicht, da er um seine Eitelkeit wisse, also geradezu süchtig sei nach Gelegenheiten zur Selbstbescheidung. Aber in einer Hinsicht sei jeder, der sich im keritischen Dienst verzehre, in der Nachfolge des Nazareners: der habe gelitten für die Sünden der Menschheit, der Keritiker leide unter den Sünden der Schschscheriftstellerrr.

Das bleibt in keiner Talk-Show ohne Lacher.

Wie immer nach einem Höhepunkt, sagt der Professor, nimmt er die weggeworfenen Hände zurück und hebt den schräg hinuntergefallenen Kopf wie eine kostbare Last und setzt an zu einer Pathétique-Fuge. Immer wird er, wenn er die Leute zum Lachen gebracht hat, so ernst, als wolle er den Leuten nachträglich noch ihr Lachen vorwerfen. So auch diesmal. Vibrierend vor Ernst fuhr er fort: Er sei ja, das könne Martha nicht wissen, mit Hans Lach befereundet, er schätze ihn als einen außerordentlich begabten Schschscheriftstellerrr, in der keleinen und keleinsten Form gelinge ihm gelegentlich durchaus Gutes, manchmal sogar Vorzügeliches, aber im Roman: eine Enttäuschung nach der anderen. Er kann alles mögliche, unser

Hans Lach, aber das, was er offenbar am liebsten tut, am ausdauerndsten tut, erzählen, das kann er nicht, das kann er ums Verrecken nicht. Und das einem Fereund zu sagen, liebe Martha, das tut weh. Aber der Keritiker hat, wenn er Keritiker ist, weder Fereund noch Feind. Seine Sache ist, solange er urteilt, die deutsche Literatür. Wenn er, Ehrl-König, ein paar Tage hintereinander deutsche Gegenwartsliteratür lesen müsse, beneide er die Leute von der Müllabfuhr. Wie elegant schwingen die die Kübel voll des übelen Zeugs hinauf zum Schelucker, schwupps, und weg ist das Zeug, der Kübel wieder leicht und leer, aber wie lange habe er, der Keritiker, zu würgen und zu gacksen, bis er so einen deutschen Gegenwartsroman dort habe, wo der hingehört: in den Müll. Daß Pelatz ist für das Bessere. Das Gute. Für Philip Roth, zum Beispiel. Jetzt habe Ehrl-König einen Augenblick lang geschwiegen, ganz und gar düster. Martha habe ihn gestreichelt, tröstlich. Ja, Martha, habe er gesagt, er beneide sich nicht um seinen Job. Er fühle sich nun einmal verantwortlich für die Gegenwartsliteratur. Vor allem eben für die deutsche. Und schwieg. Das Publikum schwieg. Schwieg heftig, schwieg pathetisch, schwieg solidarisch, schwieg mit ihm. Litt mit ihm. Unter dieser deutschen Gegenwartsliteratur. Erzählen Sie ein bißchen von New York, sagte er dann, Sie sind eine geroßartige Erzählerin, eine Erzählerin, wie es seit Hilde Spiel keine mehr gegeben hat. Beringen Sie mich auf andere Gedanken. Mich würde schon mal interessieren: Teragen Sie nie einen Büstenhalter oder nur, wenn Sie im Fernsehen auftereten. Und schon habe er das Publikum wieder zum Lachen gebracht und zum Klatschen. Dann fiel ihm noch eine Frage ein, die er einer so phantastisch Begabten wie Martha stellen müsse, um mit ihrer Antwort sich selber, seine eigene Zurechnungsfähigkeit zu überprüfen. Ganz im Ernst, Martha: *Mädchen ohne Zehennägel*, was empfindet Martha, wenn sie einen solchen Titel hört? Martha hob die Schultern, hob die Hände noch höher als die Schultern, da er an ihre Empfindung appelliere, müsse sie englisch antworten dürfen. Bitte, sagte er, bitte, das dürfe sie, sie sei ja zu Gast in einer Weltstadt. *Mädchen ohne Zehennägel*, sagte sie, a bit crazy, something between autistic, narcissistic and crazy. But it makes me curious. Ihn eben auch. Und wissen Sie, was dann passiert? Nichts. Kein einziges Mädchen ohne Zehennägel. Im ganzen Roman, nichts. Auf vierhundertneunzehn Seiten kein einziges Mädchen ohne Zehennägel. Ob der Pudding gut ist, stellt sich erst beim Essen heraus. Also iß, also lies, und dann nichts, einfach nichts. Dafür ein paar hundert Namen. Dafür die Laute der Ferauen beim Tennis. Nachtigall ich hör dir terapsen. Aber das ist es schon. Wie steht's, feragt das Mädchen. Und er: Forty love. Das ist doch zum Auswandern, forty love! Und statt Einstand sagt er immer Einstein. Verstehen Sie, das ist das intellektuelle Niveau des Paars in dem Roman *Mädchen ohne Zehennägel*. Forty love! Und unser aller Verleger, Ludwig Pilgrim, der wirklich ein geroßer Verleger ist, vielleicht sogar ein genialer, auf jeden Fall der geRößte Verleger, den wir haben, dieser geroße Verleger läßt in den Kelappentext schereiben, der Roman erzähle die berutale Überlegenheit des Seelischen über das Körperliche. Auf dem Tennispelatz! Aber Tennis interessiert mich nicht. Martha schnell: Mich noch weniger. Er noch schneller: Mich am wenigsten. Beide schlugen ihre Handflächen gegen einander wie Fußballer, die gerade per Zusammenspiel ein Tor geschossen haben.

Die Leute seien begeistert gewesen. Die Kameras holten feuchte Blicke der Hingerissenheit in die Großaufnahme. Aber Ehrl-König habe noch mehr gewollt. Gibt es etwas, rief er, was einen noch weniger interessieren kann als Tennis, rief er. Martha wußte nichts. Doch, rief er, brüllte er fast, ein Roman über Tennis. Martha lachte hoch auf und rief: You made it. Jetzt seien die beiden irgendwie auf einander zugesunken, das Publikum habe gelacht und geklatscht, als wolle es sich jetzt selber, ohne Ehrl-König, einem Höhepunkt entgegenklatschen, den man dann nur noch Orgasmus nennen könnte. Aber das sei ja auch jedesmal die Tendenz der Ehrl-König-Selbstdarstellung. Er sinke dann zurück in seinen mit Zeus-Symbolen prangenden Sessel. Dann aber, wie ein letztes Aufbäumen unter all dem Schmerz, den ihm dieser Autor wieder einmal angetan hat, sagt er leise, kraftlos, fast erlöschend: Ein Roman von über vierhundert Seiten über eine ferigide, perimitive Ferau, für die es in der ganzen Welt nur eine Bezeichnung gebe: Dumme Gans, das empfinde er als persönliche Beleidigung, weil dieser Autor genau wisse, daß Ehrl-König nichts so zuwider sei wie eine ferigide, perimitive Ferau, eben eine dumme Gans. Pfui Teufel. Gefühl für große Gesten habe Ehrl-König zweifellos gehabt. Nach dem letzten Satz der pompöse Händel. Assistentin und Überraschungsgast dirigiere er mit sanften Gesten hinaus, damit er den Schlußbeifall, den nie endenden, ganz allein für sich habe. Wir werden keinen mehr erleben, der ihm gleicht, sagte Silbenfuchs im feierlichsten Ton. Ich stimmte zu, wenn auch nicht so feierlich.

Wir saßen wie in stummem Gedenken, dann gab ich zu verstehen, daß ich um Hans Lachs willen, von dessen Unschuld wir doch beide überzeugt seien, gern noch wüßte, wie die Party dann verlaufen sei.

Zuerst ganz wie immer. Ehrl-König kommt also von der Brücke auf das nächste Niveau, dann wieder auf das nächste, und schließlich ist er bei uns herunten in der Polsterwanne, standing ovation, dann brüllt als erster Bernt Streiff, offenbar schon völlig voll: Egal, wie man inhaltlich zu dem, was der Meister heute gesagt habe, stehe, es sei tierisch gut gewesen. Ehrl-Königs Mund reichte vor nichts als Lächeln auf beiden Seiten bis zu den Ohrläppchen. Ja, sagte er, so leid es mir tut, ich fürchte, ich wäre heute fast über mich hinausgewachsen. Martha meint das übrigens auch. Und sie kommt aus New York. Und wie kommt Martha, die mich heute erst zum deritten Mal in der SPERECHSTUNDE erlebt hat, dazu, so etwas zu sagen? Sie hat es so gesagt: Anderé, besser kann man nicht sein. Martha, habe ich gesagt, du sperichst ein geroßes Wort gelassen aus. Und jetzt werfe er Martha der edelen Meute der deutschen Intellektuellen vor. Martha fragte sofort nach Hans Magnus, womit sie natürlich Enzensberger meinte, und wurde belehrt: der ist gerade in New York. Das fand sie funny. Ludwig Pilgrim führte Ehrl-König zu dessen Polsterstelle, der ließ sich nieder, auf seinen Polsterthron, ein Butler stand schon mit dem Champagner bereit, Ludwig Pilgrim sagte, wie immer in diesem Stadium, etwas Salbungsvolles. Weil er bald achtzig ist, also weiße Haare, weiches Fleisch plus Krawatte, und weil sein Salbungsvolles bayerisch angehaucht ist, grinst man nicht. Ein großer Verleger müsse kein großer Redner sein, auch wenn er nichts so gern wäre wie eben das. Nur Julia Pelz, seine dritte Frau, aber unschätzbaren Alters, sage manchmal etwas Ätzendes, worauf Ludwig Pilgrim immer sage: Mach es einer Lyrikerin recht. An diesem Abend kam sie nicht dazu, ihren Mann zu kommentieren. Hans Lach hat gebrüllt: Moment mal, Herr André Ehrl-König. Und schon drehten sich alle zu Hans Lach, der auf einen der niederen Glastische gesprungen war, sind ja dicke Glasplatten auf dicken silbern gleißenden Stahl- oder Aluminiumkurven. Moment mal, und begann gar nicht einmal laut, sondern fast einläßlich, als wolle er demonstrieren, zu welch vernünftigem Ton er im Stande sei. Dieser Ton änderte sich dann allerdings. Nicht ins Laute oder Allzulaute, sondern ins irrsinnig Leise, ins total Insichgekehrte. Und was er da aufsagte, war dann doch sensationell. Goethe.

> Ich kenne nichts Ärmeres
> Unter der Sonne als euch, Götter!
> Ihr nähret kümmerlich
> Von Opfersteuern
> Und Gebetshauch
> Eure Majestät

Und darbtet, wären
Nicht Kinder und Bettler
Hoffnungsvolle Toren

Einige klatschten, Hans Lach zischte und sagte: Moment. Es folgt Seite vierhunderteins aus dem Roman *Mädchen ohne Zehennägel*. Und das müsse er, Silbenfuchs, mir jetzt auch vorlesen, sonst begriffe ich nichts von dem, was dort vorgegangen sei.

Ich reichte ihm das Buch, er las:

Ein großer Wurm auf ihrer Seite. Sie verlor, weil sie immer um den herumspielen mußte. Der Wurm hatte sich durch seine Bewegungen im roten Sand förmlich paniert. Er rührte sich nicht mehr. Dann doch wieder. Als sie nachher den Platz auf ihrer Seite abzog, hatte sie den Wurm vergessen, dann sah sie ihn, sie hatte ihn mit ihrer meterbreiten Riesenbürste mitgerissen, wieder tiefer in den Platz hinein, von dem er sich hatte fortbewegen wollen. Noch einmal bis zum Rand, das würde der Wurm nicht schaffen. Sie riß ein Efeublatt ab, kriegte den Wurm mit Hilfe dieses Blatts zu fassen und warf ihn durch den Zaun. Der Wurm blieb im Zaun hängen. Noch einmal nahm sie ihn mit Hilfe eines Blatts, warf ihn, er blieb wieder hängen. Dreimal mußte sie ihn vom Zaun nehmen, bis es ihr gelang, den inzwischen ganz Erschlafften durch das Drahtgeflecht durch und hinaus ins Gras zu werfen. Rich hatte ihr zuerst zugeschaut, dann hatte er ihr einen Kuß zugeworfen: Dann eben nicht! Und hatte den Platz verlassen. Trübsinnig fuhr sie nach Hause.

Als wieder ein paar klatschen wollten, zischte Hans Lach: Bitte, nicht. Beifall ist etwas, was ich, seit ich gesehen habe, wie man dergleichen erwirbt, entbehren kann. Und jetzt, Herr Ehrl-König, jetzt Claqueure aller Farben, das letzte Mal, jetzt, lieber Ludwig, jetzt, verehrteste Julia, jetzt das allerallerletzte Mal ein

Text von Hans Lach, hier, denn daß jetzt Schluß ist, habt ihr ja heute alle miterlebt, Also: *Mädchen ohne Zehennägel*, Seite vierhundertsechzehn, also ganz kurz vor Schluß aus dem Buch über die primitive Frau, die dumme Gans. Und las gewissermaßen stimmungslos, sozusagen als reine Textanbietung, die viertletzte Seite seines Buches. Und auch das müsse er, Silbenfuchs, mir vorlesen.

Sie sagte ihm, als er in ihr war, sei es zum ersten Mal schön gewesen, eine Frau zu sein. Daß man so seiner selbst inne werden könne, habe sie nicht gewußt. Ach so, so ist das, eine Frau zu sein: das habe sie erlebt. Dann sagte sie ihm noch all das, was ihr Männer abverlangt hatten, all jene Sätze, auf die sie nie gekommen wäre, die ihr aber von Männern durch Fragen förmlich souffliert worden waren. Wie findest du mich, fragen die Männer. Bin ich dir zu klein? Bin ich von den Männern, die du gehabt hast, der kleinste? Bin ich der Größtestärkstetollste? Also bitte, nur im Fall ich der Größtestärkstetollste von allen Männern wäre, die du je gehabt hast – ja: gehabt hast! sagen sie –, dann wäre es ganz nett, wenn du es mir jetzt, bitte, jetzt sofort und laut und deutlich verraten würdest. Und manche fragen nicht einmal, die sagen es einem vor, die diktieren dir einfach: sag sofort, daß ich der Größtestärkstetollste bin, den du je GEHABT hast. Du kannst auch, wenn dir danach ist, noch vermuten, daß ich der Größtestärkstetollste bin, den überhaupt je eine Frau GEHABT hat. Und aus diesen ihr insinuierten Sätzen bildete sie jetzt Sätze für Rich. Die freuten den. Und sie wunderte sich am meisten darüber, daß er ihr all diese Sätze über seine Wunderbarkeit einfach glaubte. Die männliche Bedürftigkeit hat, dachte sie, keine Grenze. Wie arm, wie elend muß jemand dran sein, daß er solche Sätze annimmt als wahr, als überhaupt zutreffenkönnend. Mitleid fühlte sie. Und eine Art Wut. Wie kann von ihr erwartet werden, diesen überhaupt nicht durch sie persönlich hervorgerufenen Mangel auszugleichen! Aber vielleicht ist ge-

rade das ihre Aufgabe. Ihre Arbeit. Dazu ist sie da. Ach ja, dann
bringen wir es hinter uns. Kann ja sein, daß ihr etwas fehlte.
Warum hatte sie so wenig davon? Immer wieder ist es nicht das,
was sie braucht. Immer wieder nicht der Mann, auf den sie
gewartet hat. Auch Rich ist es nicht. Ihm mußte sie das Gegenteil
bezeugen. Wieder einmal. Und um dazu im Stand zu sein, mußte
sie glauben, es liege an ihr, daß sie fast nichts empfand. Und da sie
nichts empfand, mußte sie ihm doch sagen, wie unendlich viel sie
empfinde. Für ihn. Durch ihn. In ihr.

Jetzt klatschte niemand mehr, Hans Lach hüpfte von der Glas-
platte und zündete sich eine Zigarette an. Er hatte so gut
vorgelesen, das heißt, er war so sehr eins mit seinem Text, daß er
ihn nicht hatte vortragen müssen, was ja immer beschämend
wirkt, er vergegenwärtigte sich den Text, das genügte.
Gegen die Rettung von Würmern aus Tennisplatzsand und gegen Monologe ferigider Ferauen sei nichts einzuwenden, sagte
Ehrl-König, wohl aber gegen die Anwesenheit eines Autors,
der in der SPERECHSTUNDE dran war, Herr Pilgrim, unter
diesen Umständen, das heißt, um weiterer Anpöbeleien zu ent-
gehen, verlasse ich dieses Haus und werde es, da ich hier vor
Anpöbeleien offenbar nicht mehr sicher sein kann, nie mehr
betereten. Herr Ludwig. Gnädige Ferau. Adieu.
Goethe, Anpöbelei! Rief Hans Lach.
Aber Herr Pilgrim hatte sich Ehrl-König schon in den Weg
gestellt. Und Herr Pilgrim war zirka zwei Meter groß und
sicher hundert Kilo schwer.
Wenn hier jemand geht, dann der, der nicht eingeladen ist. Ich
muß dich bitten, Hans Lach.
Dann sagte er etwas in einer osteuropäischen Sprache, sofort
stellten die zwei Butler ihre Tabletts ab und gingen auf Hans
Lach zu. Der rief noch etwas, es kann Wir sehen uns noch!
geheißen haben.
Ich fragte nach den Sätzen, die in der *Frankfurter* zitiert gewe-

sen waren: Die Zeit des Hinnehmens ist vorbei. Sehen Sie sich vor, Herr Ehrl-König. Ab heute nacht Null Uhr wird zurückgeschlagen.

Diese Hitler-Variation hat Silbenfuchs nicht gehört.

Die zwei Butler verständigten sich noch in einer slawischen Sprache, wie sie Hans Lach hinausbefördern sollten, packten ihn unter den Schultern und trugen ihn mühelos hinaus. Schwer ist er ja nicht, und gewehrt hat er sich auch nicht. Ehrl-König habe sich doch noch bewegen lassen, seinen Platz einzunehmen, und wie immer seien allmählich alle Grüppchen um ihn herum gruppiert gewesen. Er beschwerte sich über die Undankbarkeit der Schriftsteller. Nachgewiesen sei, daß auch Bücher, die er verreiße, sofort zwanzigtausendmal verkauft würden. Gut, die er preise, seien sofort einhunderttausendmal verkauft, aber zwanzigtausend von einem schlechten Buch, dafür könne doch jeder Autor dankbar sein. Solange Ehrl-König über mich spricht, gibt es mich, habe einer gesagt, und er habe mit Recht nicht gesagt: gut über mich spricht, sondern über mich spricht. Dieser krankhafte Egomane Hans Lach müßte ihm, Ehrl-König, die Hand küssen dafür, daß Ehrl-König so etwas wie *Mädchen ohne Zehennägel* überhaupt vornehme, es sozusagen in einem Atemzug mit Philip Roth nenne. Aber, habe er dann gerufen, haben Sie schon einmal einen Scheriftstellerr gesehen, der dankbar ist?

Ehrl-König könne ja aus irgendeiner Mundunpäßlichkeit hinter einem sch kein r aussprechen, hinter einem Konsonanten schon gar nicht. Das gehöre zu den vielen Sprecheigentümlichkeiten, die es so leicht machten, ihn zu imitieren. Er, Silbenfuchs sei sicher, daß Ehrl-König vor allem wegen seiner leichten Imitierbarkeit so populär und deshalb so einflußreich sei. In der ganzen Literaturgeschichte habe keiner soviel Macht ausgeübt wie Ehrl-König, singen und sagen seine Chorknaben im *DAS*-Magazin. Tatsächlich witterte Ehrl-König in jedem, den er traf, wie er ihn für seine, Ehrl-Königs, Machtsteigerung nutzen konnte. So oft er Ehrl-König begegnet sei und sei's im ICE-Speisewagen, jedesmal habe Ehrl-König ihn damit begrüßt, daß Silbenfuchs ihn immer noch nicht zum Honorarprofessor der Ludwig Maximilians Universität vorgeschlagen habe. Leute wie Unseld und Fest seien Honorarprofessoren in Heidelberg, Tübingen und sonstwo, kämen dann einmal hin, sprächen über eine Schriftstellerin, aus deren Bett sie gerade kämen, dann tauchten sie nicht mehr auf. Silbenfuchs lachte dann, und in sein Lachen hinein habe Ehrl-König gerufen: Nicht einmal einen Dr. h.c. haben Sie übrig für mich. Und darauf Silbenfuchs: Aber Sie sind doch schon h.c. in … und zählte die Universitäten auf. Darauf Ehrl-König, daß man gar nicht genug h.c.'s auf sich versammeln könne. Die Gespräche mit ihm seien immer erstaunlich formelhaft verlaufen. Nach dem h.c. seien die Akademien und die Preise drangekommen. Keine Akademie wähle ihn zum Mitglied. Weder die Deutsche noch die Berliner, noch die Münchner. Und noch nie, noch nicht ein einziges Mal sei ihm ein Literaturpreis verliehen worden, obwohl doch, was er für die deutsche Literatür getan habe, sich wirklich messen könne mit dem, was dieser und jener preisgekrönte Ich-Erzähler auf die Waage bringe. Einmal habe Silbenfuchs an dieser Stelle des stereotypen Gesprächsverlaufs richtig unanständig reagiert. Anstatt zu sagen, daß Richter keine Prämien bräuchten, habe er gesagt, da Ehrl-König in mehr als einem Dutzend Jurys sitze und Preise und nochmals Preise vergebe, könne er sich doch auch einmal selber einen Preis geben. Oh je. Da habe Ehrl-König sein ebenso blankes wie massives Haupt auf Stierart gesenkt, habe von unten hervor- und heraufgeschaut und habe gesagt: Sie nehmen mich nicht ernst. Ich muß darüber nachdenken, ob ich je wieder mit Ihnen sprechen will. Habe sich gedreht und sei langsam, als mache ihm jeder Schritt Mühe, weggegangen. Tatsächlich sei Ehrl-König dann drei Jahre lang in keiner Gesellschaft mehr auf ihn, Silbenfuchs, zugekommen, vielmehr sei Silbenfuchs von dem und jenem angerufen worden, was denn passiert sei, man dürfe Ehrl-König gegenüber Professor Silberfuchs nicht erwähnen. Nur über die Madame sei es Silbenfuchs gelungen, wieder gegrüßt und einbezogen zu werden. Er habe der Zigarillos rauchenden Madame nämlich ein besonders raffiniertes Zigarillo aus Jamaika angeboten, sie habe es auch gleich probiert und großartig gefunden und habe mit ihrer Silberstimme gezwitschert: André, unser Professor ist ein Entdeckungsreisender in der Tabakwelt. Da habe ihr Mann sich wie unter großen Schmerzen noch bis zu Silbenfuchs hingedreht und gesagt: Ich will Ihnen noch einmal vergeben. Und dieses *noch einmal* habe er sehr betont.

Ich fragte, ob der Professor wisse, wie Hans Lach ausgekommen sei mit Ehrl-König. Die könnten doch nicht nur im Konflikt gelebt haben. Überhaupt nicht, sagte Silbenfuchs. Hans Lach sei immer wieder, wenn er Ehrl-König irgendwo begegnet war, ins Schwärmen geraten. Man muß ihm persönlich begegnen, habe er dann gesagt, sonst hält man ihn nicht aus. Ehrl-König habe ja jedes seiner Bücher für Hans Lach mit stürmischen Widmungen versehen und habe diese gewidmeten Bücher selber in der Böcklinstraße in den Briefkasten gesteckt. Ehrl-Königs *Wie*-Bücher, von *Wie ich verreiße* über *Wie ich lobe, Wie ich lebe* bis zu *Wie ich bin*, seien ja nie sehr dick. Ich solle mir von Hans Lachs Frau diese Widmungen zeigen lassen. Hans Lach habe die, wenn man zu ihm kam, immer hergezeigt, stolz, ein bißchen sarkastisch vielleicht. Da stand immer in Französisch ein bedeutender Schmus. Das sei eben das Kreuz dieser Beziehung gewesen. Die unmittelbare Hingerissenheit Hans Lachs von der Person Ehrl-König. Hans Lach sei ja nicht eben mit Freunden gesegnet. Er, Silbenfuchs, habe von Hans Lach selber nur von beendeten, verendeten Freundschaften gehört. Und dann diese Freundschaftsbeteuerungen Ehrl-Königs von Buch zu Buch. Und der schrieb beziehungsweise veröffentlichte ja fast Jahr für Jahr ein Buch. Allerdings keine geschriebenen Bücher mehr, sondern gesprochene. Es finde sich jedes Jahr mindestens ein Gesprächspartner, der mit Ehrl-König plaudere, Professoren und Journalisten von Rang, das werde abgeschrieben, gedruckt und verkauft. Die Leute wollen Bücher von ihren Fernsehstars besitzen, von den so verzehrend Angeschauten.

Und Hans Lach könnte geglaubt haben: Ehrl-König, vielleicht ist das, vielleicht wird das ein Freund. Die Widmungen klangen nichts als werbend.

Und, fragte ich, warum, glauben Sie, wurde nichts daraus?

Und Silberfuchs: Sie kennen aus vielen Interviews den Hans-Lach-Satz: Ich bin Segler, Kritik ist der Wind, den ich zum Motor mache. Was ein solcher Satz wert ist, erkennt man nur, wenn man ihn auf sich selber, auf die eigene Erfahrung anwendet. Wenn er bei mir stimmt, stimmt er überhaupt. Und bei mir stimmt er nicht. Also glaube ich nicht, daß er bei irgend jemandem stimme. Das Gegenteil von Kritik ist nicht Lob, sondern Zustimmung. Das ist etwas anderes als Lob. Lob ist Überheblichkeit über den, den man lobt. Lob ist Anmaßung, wie Kritik Anmaßung ist. Machtausübung beides. Wenn man nicht zustimmen kann, soll man den Mund halten. Da ist jeder Mensch Goethe, der aus tiefster Seele gesagt hat, geschrieben hat er es, als er fünfundsiebzig war: *Wer mich nicht liebt, darf mich auch nicht beurteilen.* Und so weiter, lieber Freund, hätte ich jetzt beinahe gesagt. Aber das war das Kreuz mit den beiden: Ehrl-König, seinerseits nicht mit Freunden versehen, Sie wissen, RHH ist der einzige Mensch, mit dem er per Du war, außer mit der Madame, sonst mit allen: das vehementeste Sie! RHH kennen Sie? Ich: Kennen nicht, gehört genug. Silberfuchs: Ohne RHH ist Ehrl-König nicht verständlich, vielleicht überhaupt nicht möglich. Also Ehrl-König, freundesarm, unsereiner, geboren in Bingen am Rhein, kommt da nicht mit. Die treffen auf einander. Beruflich. Entweder Ehrl-König schreibt die werbenden Widmungen jedem ins Büchel, dann ist das als bedenkenlos zu nehmen, will sich Leute vielleicht auf jede Art unterwerfen, das fände ich fies, oder er meint es. Und Hans Lach hat wahrscheinlich geglaubt, er meine es. Dann die mehr oder weniger peinlichen Treffen in aller Öffentlichkeit. Ehrl-König hat Lach sicher nicht mehr niedergemacht, als er Böllfrischgrasshandke niedergemacht hat. Böll und Frisch haben ihn, jeder für sich und ohne vom anderen zu wissen, Scheißkerl genannt. Ehrl-König rühmt sich dessen laut und gern. Böll habe ihm nach der Scheißkerl-Taufe herzlichst die Hand gedrückt. Frisch sei sicher zurückhaltender geblieben. Grass hat ihm Zeichnungen geschenkt. Es haben ihm ja alle etwas geschenkt. Unter anderem sich. Und sei's in der Hoffnung auf das Gegengeschenk. Schließlich war er der Mächtigste, der je in der Literaturszene Blitze schleuderte. Im *DAS*-Magazin einer seiner Chorknaben: Ehrl-König, der einflußreichste Kritiker in der Geschichte der deutschen Literatur. So etwas spricht sich herum. Jeder tönt da gern noch mit. Daß er sich mit Lessing verwechselte, darf man ihm nicht übelnehmen. Er war von seinen eigenen Blitzen geblendet.

Silberfuchs stand auf, ging zum großen Rundbogenfenster: Wenn man da hinausschaut, könnte es 1912 sein, sagte er.

Besonders im Winter, sagte ich.

Er wohne in der Hochleite ja fast ein bißchen feiner, sagte er, aber das hier ist ... ist selten innig.

Und Hans Lach hat fünf Minuten weiter gewohnt, sagte ich. Wahnsinnig, sagte er. Und drehte sich um. Wir sind beide Historiker, sagte er, das heißt, wir stellen, was wir zu wissen kriegen, so vor, daß es uns selber verständlich wird. Dann drehte er sich wieder zum Fenster.

Ich dachte: Wenn wir Freunde wären, stünde ich jetzt auch auf und stellte mich neben dich, so nah, daß unsere Jackenärmel einander berührten.

Einmal, sagte er dann, es war auch im Foyer der *Kammerspiele*, da hat Hans Lach, es war vor drei Jahren, mein Gott, und wie absolut vergangen ist das jetzt durch das, was passiert ist, da hat er, vielleicht weil es die Pause in einem Tschechow-Stück war, da hat er sich mir, man muß schon sagen, geöffnet. Im Foyer. Und, weil der Tschechow uns forderte, nachher noch im *Roma*. Ein paar Tage davor war sein *California Fragment* dran gewesen in der *SPRECHSTUNDE*. Wieder war sein Buch das Schlechte Buch. Es ist schon eine schwertscharfe Einteilung, die Ehrl-König da in die Welt gebracht hat. Hans Lach hatte die Sendung selber nicht gesehen. Angeblich. Er behauptete schon seit einigen Jahren, und behauptete es in der Tschechow-Pause wieder, daß er diese Sendung nicht mehr anschaue, weil ihn, was jemand über ein Schlechtes Buch sage, nicht interessiere. Aber ihm werde, das hat er öfter erwähnt, von anderen berichtet, wie Ehrl-König mit ihm wieder verfahren sei. Das sei überhaupt interessant, wie Kollegen und Kolleginnen, auch solche, die einem sozusagen nahe stünden, über diese Show berichteten. Und alle bestünden darauf, was sie weitergäben, sei ein Bericht. Inzwischen teile er Leute genau danach ein, wie sie ihm über Ehrl-König-Shows berichteten. Nichts sei ein so verläßliches Zeugnis von Wohlwollen oder gar Nähe, wie wenn dir jemand berichtet, wie über dich da und dort gesprochen oder gar befunden wurde. Es gebe ja unendlich viele Möglichkeiten teilzunehmen. Nichts charakterisiere einen Menschen genauer als diese Fähigkeit. Schon daß sie's ihm überhaupt mitteilen müßten, wie über ihn gesprochen beziehungsweise befunden wurde, ist eine Unverfrorenheit oder Anmaßung oder Aufdringlichkeit, daß er dann nur noch darauf warte, wie der oder die das durch den Bericht wieder gutmache, das heißt, wie sie sich durch die Art ihres Berichts dafür rechtfertigen können, daß sie ihm überhaupt zu berichten wagten. Er nehme seine Frau von dieser Prüfung nicht aus. Sie versäume keine Ehrl-König-Show, egal, ob er vorkomme oder nicht. Und wenn sie ihm nachher berichte, erlebe er deutlicher als bei jeder anderen Kommunikation zwischen ihnen, Geschlechtsverkehr inklusive, ihre Nähe oder auch Nicht-Nähe. Er müsse sich, wenn er seine Frau so prüfe, natürlich andauernd bewußt bleiben, daß er die Beziehung zwischen ihr und ihm überfordere. Kein Mensch kann dir, wenn du gedemütigt wirst, noch nahe sein. Keiner kann es dir da noch recht machen. Es gibt nur die Verfehlung, sonst nichts. Allenfalls noch die Mehroderwenigerverfehlung. Du spürst überscharf: du erträgst keinen mehr. Außer dich selbst. Dich selbst erträgst du nie so gut wie in den Zeiten der Demütigung. Du bist dann wirklich eins mit dir. Das schafft jeder, der dich demütigt. Nach dieser eher allgemeinen Vorbereitung, das, was er mir sagen wollte. Er müsse mir das sagen. Jetzt sagen. Ein paar Tage nach der letzten Schlacht. Was für eine Schlacht, wo einer glorios schlachte und der andere keinen Finger rühren könne zu seiner Verteidigung. Ein Schlachten sei's, nicht eine Schlacht. Und nach dem, was ihm berichtet worden sei von allen, die überhaupt mit ihm telephonierten, habe sich Ehrl-König wieder einmal als Hans Lachs Freund aufgeführt. Und er, Hans Lach, wisse als Ehrl-König-Kenner, daß Ehrl-König das nicht infam meine, das sei einfach sein auf Superlative angewiesener, von Superlativ-Entgegensetzungen lebender Show-Instinkt. Er kann dich am effektvollsten vernichten, wenn er aufstöhnt, mit hochgeworfenen Händen aufschreit: Und das müsse er sagen über das Buch eines Fereundes. Daß der Mächtigste dein Feind ist, ist nicht das Schlimmste, sondern daß er jedesmal wenn er dich erledigt, bevor er dich erledigt, wieder mit zum Himmel gedrehten Augen seufzt, wie ungern er sage, was er jetzt über Hans Lachs neuestes Buch sagen müsse, daß es nämlich von Grund auf mißglückt sei, das über den Fereund Hans Lach zu sagen, den er trotz dieses wieder mißglückten Buches für einen unserer interessantesten, zurechnungsfähigsten Scheriftstellerr halte, das schaffe er nur, weil er sich stets der höheren Weisung bewußt sei, daß er zu dienen habe dem Wohl und Gedeihen der deutschen Literatür.

Ach ja, ach nein, seufzte Silbenfuchs, überhaupt ach, ach, ach. Und daß Wesendonck, zwar kein Literat, aber wohl die hellste Farbe im *PILGRIM*-Wappen, daß er nicht da gewesen sei, sei vielleicht von schicksalsschwerer Bedeutung. Wenn einer, dann hätte Wesendonck Hans Lach bremsen, ihn zu Ehrl-König hinziehen und die beiden in irgendeine bizarr-theatralische, schicksalsübergreifende Versöhnung hineinbugsieren können, die nicht länger hätte halten müssen als diese eine Nacht. Aber Wesendonck war nicht da. Ehrl-König war politisch überhaupt nie faßbar. Daß der Vater der Madame zuerst Privatsekretär Pétains und dann Geheimdienstchef des Vichy-Regimes gewesen sein soll, kann genauso in den Strauß der Gerüchte gehören wie das Gruselfaktum, Ehrl-König habe, um zu überleben, selber der Sûreté zugearbeitet. Und: er habe zur Résistance gehört. Wahrscheinlich wollte Rainer Heiner Henkel, der Dirigent der Gerüchte, so demonstrieren, was Gerüchte sind. Ehrl-König hat zu keinerlei politischer Entschiedenheit getaugt, er hat die Welt im Grunde nur als Belletristik begriffen. Geschichte war ihm nur zugänglich in jener boulevardesken Schrumpfform, die man Literaturgeschichte nennt. Aber da der radikal systemkritische Wesendonck seine Legitimität von Anfang an als antifaschistische begriff, waren sie sozusagen natürliche Verbündete. Daß Wesendoncks Antifaschismus genau so wie der Pilgrims aus braungrundierter Kindheit stamme, mache ihn nur noch ernsthafter. Daher die Wachheit, die Empfindlichkeit, mit der sie auf jedes Symptom reagieren, das von nachlassendem Antifaschismus zeugt. Also Wesendonck, wäre er nur dagewesen, hätte alles verhindern können, Ehrl-König würde noch leben und Freund Lach auch. Er kann ja das, wenn er es denn getan hat, gar nicht verkraften. Denken Sie doch nur einmal an Lachs Augen, diesen Bubenblick. Allerdings, der stets das überentwickelte Kinn überwölbende Wulstmund spricht eine andere Sprache. Und auch die vom übrigen Gesicht nichts wissende, weil genau so kräftige wie feine Nase.

Und die Party, sagte ich dann, mich gestisch für meine Hart-näckigkeit entschuldigend.

Ja, die Party. Einer, es war Wilhelm Thronsberg, der hatte ge-rade noch vor der Sendung gesagt: Daß Ehrl-König gestorben ist, wißt ihr? Und wißt ihr, woran? Logorrhöe! Der gratulierte jetzt so enthusiastisch, daß Ehrl-König nach dem Namen fragte.

Thronsberg, aber mit t-h, Wilhelm.

Und Ehrl-König, wirklich leidend: Thronsberg, t-h, UND Wil-helm! Gnade! Cosi, hilf mir, sag du, wie ich war, dir glaub ich am meisten.

Und setzte sich auf seinen, in seinen Polsterthron. Cosi setzte sich auf den Boden, lehnte den Blondkopf an sein Knie, er bekraulte Nacken und Haare, auch an ihrer Nase knetete er herum, also, dachte man da, sind die roten Ränder an Cosima von Syrgensteins Nase nicht vom Nasenbohren rot, sondern von den knetenden Fingern des Meisters.

Jetzt, sag, wie war ich heute, sagte er.

Und sie: Nimm mir's nicht übel, André, du weißt, ich bin im-mer so furchtbar gerade raus, aber du warst heute nichts als umwerfend, leider so gut wie noch nie.

Und er: Ich spüre durchaus, wie du mich nachträglich für die letzte Sendung kritisieren willst, und weiß nicht, ob ich dir das übelnehmen soll, denn dadurch arbeitest du ganz direkt meinen Feinden zu. Cosi fan tutte.

Jetzt kniete sie, legte den schönen Blondkopf auf seine Ober-schenkel und weinte. Er griff mit beiden Händen zu. Die eine Hand in den Haaren, die andere fuhr ihr innerhalb ihres Kleids den Rücken hinab. Sie schluchzte. Ich wollte doch nur sagen, daß du noch nie so gut gewesen sein *kannst* wie heute, rief sie.

Ja, ja, ja, rief er, ich soll immer der alles Vergebende sein. Gut, Cosi, ich vergebe dir. Aber dergleichen, bitte, nicht noch mal. Ich finde, ich darf erwarten, daß, wer mich loben will, mich nicht zuerst beleidigen muß. Sonst möchte ich lieber nicht gelobt werden. Sonst ist die Welt nicht mehr in Ordnung. Wie sagt doch Shakespeare? Spät kommt ihr, doch ihr kommt. Jetzt lachten alle, weil er sich offenbar im Zitat vergriffen hatte. Aber er lachte mit. Er sieht dann schnell verdrießlich aus. Übel gelaunt. Weil er gelacht hat. Ach ja, die Party. Jetzt aber, sagte der Professor und lachte und stand heftig auf, müsse er seinen Abschied nehmen. Ich begleitete ihn hinunter, er lobte unsere schmale, fast hundert Jahre alte Eichentreppe, wir traten beide hinaus ins Freie und mußten die Augen schließen. Aus blauestem Himmel die hellste Sonne und überall der alles noch greller machende Schnee. München blendet, sagte der Professor und lachte und ging nach herzlichem Händedruck Richtung U-Bahn. Weil der Schnee noch immer hart gefroren war, ruderte auch der Professor bald mit hochgeworfenen Händen um Gleichgewicht. Ich dachte an Ehrl-Königs hochgeworfene Hände. Vielleicht hat er auch nur um Gleichgewicht gerudert, der Arme.

5

Zum KHK Wedekind in die Bayerstraße bin ich erst gegangen, als er mir telephonisch mitgeteilt hatte, daß KK Meisele versetzt sei. Dem zu begegnen wäre mir peinlich gewesen. Vielleicht glaubte er, ich sei schuld an seiner Strafversetzung. Ich hätte, denkt er vielleicht, seinem Vorgesetzten nicht sagen sollen, daß er und wie er angerufen hatte. Ich hätte sagen sollen, daß ich wegen irgendeines Mißverständnisses die Verabredung nicht eingehalten hätte ... Ach, was für ein Wust gleich, jede Wirklichkeit. Ich sehnte mich zurück zu Seuse. Was einem hier erzählt wird! Was da auf einen einstürmt! Ich kam mir ganz unvorbereitet vor! Meine Aufmerksamkeit schärfte ich auf eins: Kein Urteil.

Manchmal griff ich nach links ins Regal, wo immer in Reichweite Seuse steht. Schlug auf. Eine Predigt, in der ich, das wußte ich natürlich, Aufnahme fand. Und schlürfte die vor Unschuld brausende Seusesprache:

Vil lieben kynder, der diesen grunt allein erreichen kunde, der hette erreichet den aller nehisten, kurtzesten, slechsten, sichersten weg zu der höchsten nehisten warheit, die man yn der zyt ervolgen mag. Zu diesem enist nyemant zu alt noch zu kranck, noch zu dump, noch zu jung, noch zu arme noch zu riche, das were: Non sum, ich inbyn nicht. Ach, was lyt unsprechlich wesen an diesem Non sum! Ach, diesen weg enwil nyemant wanderen, man kere war man ummer kere! Got segen mich, entruwen, wir syn und wollen und wolden ye syn, ye einer uber den andern. Hie myt synt alle menschen also gefangen und gebunden, das sich nyemant lassen enwil; ime were lichter Zehen wercke dann eyn gruntlich lassen.

Bis zum Nichtsein sich lassen, sich Nicht-Ich sein lassen, bis daraus Ichsagen gelernt wird, wenn man Fichte heißt, und als

Goethe und Nietzsche dann ernten. Nichts als Sprache gründet diesen Weg, aber nachher fühlt es sich an, als sei man ihn wirklich gegangen.

Andererseits, daß die Sprache mindestens aus soviel Natur wie Geschichte besteht, erlebt man an solchen Texten mit einem Gefühl, das gemischt heißen darf. *Den slechsten, sichersten weg zu der höchsten nehisten warheit ...* Daß uns die tausend Überlieferer *slechsten* in irgendeine Sackgasse haben geraten lassen, daß wir mit *schlechthin* nichts mehr anzufangen wissen, weil wir das *schlicht* nicht mehr darin sehen, das doch drinsteckt! Wie viel schöner gräbt's sich da als im Gehege der Schuld.

Aber Herr Wedekind gab nicht nach, ich mußte hin zu ihm, ein Büro voller Statistikkurven und Nachschlagewerken. Die Computer im Extra-Raum. Wie ein zarter Sportler oder wie ein trainierter Schauspieler kam er mir vor. Ganz am Kopf bleibende Haare wie bei Hans Lach, aber nicht rötlich, sondern dunkel, nicht schwarz.

Seine Botschaft: Hans Lach bringt ihn zur Verzweiflung. Inzwischen ist bewiesen, daß er andere Untersuchungshäftlinge im Widerrufen trainiert. Breithaupt war nur der Anfang. Hofgang hat er jetzt nur noch allein. Jeden dritten Tag überstellt man ihn in die Ettstraße zur Vernehmung. Er, KHK Wedekind, hat ihm zwei Wochen Schockwirkung zugebilligt, aber anstatt ins Kommunikative zurückzukehren, wird er immer noch unzugänglicher. Am Anfang hat er noch Sarkasmen losgelassen über die Ermittlung, der er hier ausgesetzt werde. Wedekind hat ihm klargemacht, daß er, Hans Lach, nur noch bis zur Schneeschmelze den versteinerten Stummen spielen könne. Sobald die Isarauen frei seien, werden die Indizien blühen. Und zwar gegen einen, der offenbar nicht die Spur eines Alibis hat, sonst hätte er das ja zur Abkürzung und Ersparung von allem einfach heraussagen können. Schweigen gelte in der Kriminaltechnik als halbes Geständnis. Da fehle einfach noch die psychische Kraft und die seelische Größe, sich durch ein Geständnis wieder den Menschen anzuvertrauen, zu denen man doch gehöre, letzten Endes. Auch wenn man ein komplizierter Schriftsteller sei. Aber so kompliziert komme Hans Lach ihm, dem Hans Lach lesenden Kriminalbeamten, gar nicht vor. Er habe inzwischen das meiste gelesen. Alle neun Romane und einiges vom Drumherum auch. Alle Achtung vor dem Leidenspark der Lach-Romane, alle Achtung vor der Kraft zur Zuwendung. Aber selbst wenn er Hans Lach in ein Literaturgespräch ziehen wolle – keine Reaktion. Das heißt: einen Zettel kriegt man schon mal von ihm. Die Lippen wie zugenäht. Wie für immer. Offenbar habe sich Lach angewöhnt, über jeden, dem er gegenübersitze, hinwegzuschauen. In die Augen schauen geht nicht. Links oder rechts vorbei offenbar auch nicht. Vor sich hin auch nicht. Also über den hinweg. In die Höhe. An die Wand. Gestern habe Hans Lach ein Messer aus der Tasche gezogen, ein Klappmesser, Modell Schweizer Armeemesser, habe es aufgeklappt, dann ihn, Wedekind, angeschaut, wahrscheinlich um zu sehen, ob Wedekind Angst habe, da das natürlich nicht der Fall gewesen sei, habe Lach das Messer wieder zugeklappt, habe es auf den Tisch gelegt, dazu einen Zettel, auf dem stand: Mit diesem oder einem Messer dieses Modells werde ich demnächst, wenn Sie mich weiterhin belästigen, in Ihrem Gesicht Schaden anrichten. Hans Lach. Und in Klammern darunter, groß: Unschuldiger.

Aber warum spricht er dann nicht mit uns, sagte Wedekind.

Daß man ihm einen zu Verhörenden mit einem Armeemesser überstellt, habe zur zweiten Dienstaufsichtsbeschwerde seinerseits geführt.

Ich sagte, ich sei noch nicht soweit, um irgend etwas sagen zu können. Ich sei allerdings mit nichts anderem beschäftigt als mit dem Nachweis eben der Unschuld, die auf Lachs Zettel vermerkt sei.

Wedekind wiederholte dann, was ich schon kannte, zusammenfassend. Wie Ehrl-König die Niedermache des Lach-Buches inszeniert und praktiziert habe, das sei nichts als meisterhaft. Und Lach habe, wie eine Vernehmung des durch sein heiteres Gemüt vor aller grellen Parteilichkeit geschützten Professors Silberfuchs ergab, damit rechnen können, gerade diesmal gut wegzukommen. Ehrl-König habe in den letzten drei Wochen vor der Sendung gesagt, Hans Lach stehe auf *SEINER LISTE*, und auf *SEINE LISTE* kommen, so Silberfuchs, fast nur Bücher, die nachher die Guten sind. Er habe allerdings auch schon Bücher auf *SEINE LISTE* genommen, die nachher als Schlechte Bücher behandelt wurden. Aber viel häufiger kommt, wen er auf *SEINE LISTE* nimmt, gut weg. Die Presse veröffentlicht ja vor der Sendung *SEINE LISTE*, die Verlage drucken sie in ihren Inseraten. Diesmal also habe Hans Lach aus allen erreichbaren Daten schließen können, seins werde das Gute und das von Philip Roth das Schlechte Buch sein. Bernt Streiff, ein Kollege und fast ein Freund von Hans Lach, habe nämlich aus dem *PILGRIM* Verlag, dessen Autor Streiff ist, gehört, daß Ehrl-König in einem Telephongespräch mit Ludwig Pilgrim gesagt habe: Ach, Philip Roth! Das habe geklungen, als habe Ehrl-König es satt, schon wieder ein Philip Roth-Buch gut finden zu müssen. Also mußte ja Hans Lachs Buch das Gute sein. Lach sei dann, das habe das Gespräch mit Julia Pelz, der Verleger-gattin ergeben, nur zur Party geladen worden, weil im Hause *PILGRIM* gedacht wurde, die *SPRECHSTUNDE* werde end-lich ein Triumph werden für Hans Lach. Allerdings war es nur und ganz allein Julia Pelz, die Hans Lach einschleuste. Ihrem Mann wagte sie das, weil es sich doch um eine Sünde gegen das Ritual handelte, nicht vorher zu sagen, aber sie wollte durch ihre Initiative beweisen, daß sie, was Ehrl-König sagen würde, schon vorher und durch eigenes Urteil gewußt habe. Sie wollte sich als Verlegergattin profilieren. Einen Triumph feiern gegen die Regel. Daraus wurde dann nichts beziehungsweise etwas ganz Furchtbares.

Ob ich, fragte er, noch einmal um ein Gespräch mit Hans Lach ansuchen könne?

Das sagte ich zu.

Ob ich mit ihm in der Polizeikantine Mittag essen wolle. Vollwertkost. Heute Gemüsestrudel. Vorher Gerstensuppe. Sehr billig und sehr gut. Ich machte ihn darauf aufmerksam, daß seine Kettenraucherei nicht zu diesem Schwärmen von der Vollwertkost passe.

Eine Vernehmung dauere gelegentlich acht Stunden, sagte er. Nach sechs Stunden und zwanzig Zigaretten, sage er dann schon einmal: Sie wissen, Sie sind der Täter, wir wissen, daß Sie der Täter sind, aber Sie wollen es uns nicht sagen. Dann verlasse er die Vernehmungszelle im vierten Stock in der Ettstraße, renne zum Bahnhof und fahre heim und hoffe, der Sitzengelassene leide jetzt darunter, daß die Vernehmung so jäh abgebrochen worden sei. Er habe übrigens Hans Lach, um ihm näherzukommen, gestanden, daß er durch die Lach-Lektüre sensibilisiert worden sei. Wenn er jetzt abends, von der Bayerstraße kommend, quer durch den Hauptbahnhof zu seiner S-Bahn gehe, schaue er, ob die Speichelbatzen, denen er am Morgen ausgewichen sei, noch da lägen. Aber es sei ihm noch nicht gelungen, Lach zu beeindrucken.

Mich zu beeindrucken sei ihm gelungen.

Wissen Sie, sagte er, ich darf Herrn Lach nicht merken lassen, wie schwer mir eine Ermittlung fällt, bei der keine Leiche vorliegt. Die Leiche, der Zustand der Leiche, das ist motivierend. Ohne Leiche verkommt alles zum Quiz. Daß Sie mich nicht ganz falsch verstehen, sagte er dann, wenn die Täter nachher getötet werden würden, könnte ich nicht ermitteln. Wir verabschiedeten uns herzlich. Zwei Menschen, von denen einer die Unschuld, der andere die Schuld eines Dritten beweisen will.

Ich konnte meine Unschuldsvermutung schützen vor allem, was sie gefährden wollte. Ich verhielt mich faktenfeindlich, beweisabweisend, wirklichkeitsfremd. Seuse würde, wie ich mich verhielt, *gelassen* nennen.

Meine nächste Adresse: Julia Pelz. Frau Pilgrim. Frau Pelz-Pilgrim. Auf den Photographien stand sie immer so neben ihrem Mann, als stimme sie ihm zu. Nicht ganz ohne freundliche Herablassung. Aber vielleicht blitzte dieser hübsche Spott immer in ihren Augen, und da man sie meistens mit ihrem Mann sah, glaubte man, der sei der Anlaß dieses immer ein bißchen frechen Blicks. Ja, das war ihr Blick, frech, nicht spöttisch. Aber ganz schön frech. Liebenswürdig frech. Der Professor, der sie, als *PILGRIM*-Autor, öfter direkt erlebte, hatte gesagt, sie sei immer so angezogen, als wäre sie gerade vom Pferd gesprungen. Er hat gesagt: gesprungen.

Ich gebe zu, ich war auf diese Frau gespannt. Aber das mit der Kleidung stimmte dann schon einmal nicht. Eine Art Mantel, schwarz, eng, offen getragen, ohne daß er aufgegangen wäre, aber man sah das schwarze Top mit V-Ausschnitt und sah auch, daß die schwarze Hose erst an der Hüfte begann und erst von den Knien an weiter wurde. An den blassen Ohrläppchen funkelten winzige Flämmchen. Wahrscheinlich doch etwas Diamantenes. In den V-Ausschnitt hing, fast zu groß, ein in einem silbernen Kreis schwarzgleißender Stern, der sofort auffiel, weil er statt fünf oder sechs Zacken sieben hat, und sechs sind schwarz, und die siebte Zacke, die nach unten weisende, ist reines, strahlendes Gold. Daß ich, der am liebsten in den alchemistisch-mystischen Labyrinthen herumtappt, von einem solchen Stern nicht gleich wieder wegschauen kann, ist wohl verständlich. Und empfangen wurde ich in einem Raum, der nicht in den elsternhaft farbasketischen Modernismus der schwarz-weißen Treppen- und Plattformarchitektur paßte, den der beredte Professor so lebhaft geschildert hatte. Schwere Tapete, Seide, dachte ich, oder Brokat, ein wilder Bilderbogen auf allen Wänden. Und nichts als verblüffend: ich kannte diese Bebilderung. Ich mußte sie kennen. Bloß woher? Diese manierierten, eingebildeten Hirsche mit ihren etwas zu groß geratenen Geweihen. Und lassen sich von Schimpansen streicheln und belehren. Und Blumen, von denen jede aussieht, als sei sie die einzige Blume der Welt, und das wisse sie. Und Vögel, die einmal nicht selber singen, sondern zuhören. Aber wem! Schmetterlingen hören sie zu. Und die steigen auf aus einem goldenen Grund, der die Welt ist. Ich hatte dergleichen schon gesehen, gerade gesehen, nicht zum ersten Mal gesehen, ja, natürlich, Amsterdam, Abteilung *Saturnische Kunst*.

Oder nicht!? Vorerst konnte ich nur den Kopf schütteln.

Bitte? fragte sie, weil ich immer noch stand und schaute, anstatt mich zu setzen und ihre Frage Tee oder Kaffee zu erwarten und Tee zu sagen. Diese Tapete, sagte ich immer noch kopfschüttelnd, wissen Sie, woher die Muster Ihrer Tapete stammen?

Sie lachte auf, drehte sich wie zu einer Pirouetten-Parodie eineinhalbmal um sich selbst und sagte: Sie sind gut. Die sind aus *Splendor solis*, meinem saturnischen Lieblingsbuch. Und wie kommt so was nach Bogenhausen? fragte ich und vermied gerade noch, dazuzusetzen: ... in dieses Haus.

Lieber Herr Landolf, sagte sie, setzen Sie sich bitte. Nach allem, was ich von Ihnen bis jetzt wahrgenommen habe, trinken Sie Tee.

Ich nickte. Sie sagte irgendwohin: Tee, bitte.

Dann sagte sie: Sie hätten sich doch wundern müssen, daß Sie, kaum rufen Sie an, sagen Ihren Namen, hier sofort empfangen werden. Ich gab zu, mich gewundert zu haben, aber der Anlaß Hans Lach sei mir dann Grund genug gewesen, so rasch und umstandslos empfangen zu werden. Joost Ritman auch, sagte sie.

Wie bitte?

Ja, sie sei eine Sammlerin von Specimena aus Alchemie, Kabbala und Mystik. Also telephoniere sie ein-, zweimal im Monat mit Joost Ritman, den sie kennengelernt habe auf Auktionen in

London und New York und Zürich, weil er ihr öfter mal Stücke vor der Nase weggekauft habe, die sie gerne gehabt hätte. Und weil ihm und ihr Stücke vor der Nase weggekauft worden seien, die er und sie gern gehabt hätten. Als das in New York mit William Blakes *Songs of Innocence and of Experience* passiert sei, seien sie mit einander essen gegangen und hätten geweint und gelacht. Aber Lessing Rosenwald, der wahrscheinlich hinter dem unerschütterlich alles Überbietenden gestanden habe, hätte sich dieses letzte verfügbare von den drei von Blake selber gemalten Exemplaren einfach nicht nehmen lassen. 1,2 Millionen Dollar sind zwar für dieses Buch ein absolut lächerlicher Preis. Man stelle sich bloß vor, der weltgrundtiefe Blake persönlich bemalt drei seiner *Songs of Innocence* selber, die schwärzeste Lichtgestalt der Literatur überhaupt, und das ist das letzte Exemplar, das zu kriegen ist! Aber wenn ich weitergesteigert hätte, hätte ich nicht mehr heimkommen dürfen. Ludwig Pilgrim sammelt bayerisches Barock.

Und die Tapete? fragte ich.

Die stammt aus den Bordüren von *Splendor solis*, die hat im 18. Jahrhundert ein Saturnist in Antwerpen weben lassen, ich habe sie in Luzern entdeckt und gekauft für weniger, als ein besserer BMW kostet, der nach zehn Jahren nichts mehr wert ist.

Schweigen.

Dann sie: Als ich vor acht Tagen mit Joost telephonierte, erzählte er mir von einem Besuch aus München, und daß der Besucher, der überaus kundig und sympathisch gewirkt habe, daß der wegen eines furchtbaren Vorfalls ganz rasch abreisen mußte, und als Sie dann anriefen, war ich zwar überrascht, aber nicht verblüfft.

Ich bin, sagte ich, immer noch verblüfft.

Saturn, sagte sie und ließ ihre Finger an ihrem im Kreis gefangenen siebenzackigen Stern spielen.

Der Siebenzackige, sagte ich, um endlich ein bißchen aufzuholen. Aus dem Meditationsbild des Stolcius von Stolcenberg, Viridarium chymicum, Frankfurt 1624.

Und ich hab's mir siebenzackig machen lassen in Amsterdam, sagte sie. Schönes Viridarium, sagte sie und spielte mit ihrem Siebenzackigen im Kreis.

Blake, sagte ich, die sieben Brennöfen der Seele.

Schließlich ist Saturn unter den Planeten der siebte, sagte sie.

Mir wird ein bißchen schwindlig, sagte ich.

Endlich, sagte sie und rief irgendwohin: Calvados. Darauf sah sie mich so an, daß ich sagen konnte, sagen mußte: Jaaa.

Jetzt aber zu Hans Lach. Sicher wisse ich schon, daß sie ihn eingeschleust habe, ohne es ihrem Mann zu sagen, also sei sie schuld an dem, was dann passiert ist.

Ich: Aber er war's doch gar nicht.

Sie: Passiert ist passiert. Und er war es. Moment mal.

Und griff aus dem Regal, in dem die meisten Buchrücken vor Würde schimmerten, ein schlichtes Buch, ich erkannte es sofort: *Der Wunsch, Verbrecher zu sein.* Hören Sie, sagte sie, und las:

Fort sein, ganz drunten, sich im Eis mästen, Gedanken schleifen wie Messer zu nichts anderem als Trennung, Trennung, Trennung.

Illegitim leben. Im Verstoß leben. Nicht zu rechtfertigen. Aber es macht nichts. Man behilft sich. Die Geschichte hat viele Türen, die ins Freie führen. Und wenn's einem paßt, tritt man wieder ein. Mit einem verlegenen Räuspern oder mit einer auftrumpfenden Gebärde. Weder das eine noch das andere ist ernst gemeint, ihr Aufpasser.

Eine Figur, deren Tod man für vollkommen gerechtfertigt hält, das wäre Realismus.

Die Wespen, so zudringlich, als wollten sie so schnell wie möglich getötet werden.

Sie sah mich an, mit blitzendem Blick sozusagen und verwegenem Mund und zückte ihren rechten Zeigefinger wie einen Dolch. Woran denken Sie, wenn Sie das hören?
Ich ahnte, was sie meinte, tat aber so, als ahnte ich nichts.
Feigling, rief sie. Das ist doch Ehrl-König pur, das ist die Vorstufe, besser: das Vorspiel. Weiter:

Wie verständlich sind mir die Mörder. Schon wegen der Notwendigkeit, die sie zum Ausdruck bringen. Sie geben zu, daß sie nicht anders können. Ich kann auch nicht anders. Ich tue nur so, als könnte ich anders. Deshalb ist in mir und an mir alles so verrenkt.

Wir stoßen einander von den Planken eines sinkenden Schiffs.

Er dürstet nach Unmenschlichkeit, weil er sein will wie die, die ihn so gemacht haben.

Sie erweisen mir Freundlichkeiten, die nichts als beleidigend sind.

Wieder schaute sie auf und mich an. Und sagte: Hören Sie:

Wenn du noch einmal hingehst, irgendwo, gehörst du entmündigt. Vorwärts nur noch durch Bewegungslosigkeit.

Öffentlichkeit schmerzt, vergleichbar dem Sonnenbrand.

Man kann sich auf den Augenblick des Überführtwerdens nicht vorbereiten. Man tut zwar nichts anderes mehr, als sich auf diesen Augenblick vorzubereiten, aber man weiß schon, daß man nichts von dem sagen wird, was man sich wieder und wieder zurechtgelegt hat. Es wird einem einfach nicht einfallen. Die Scham verhindert jede Regsamkeit des Geistes und der Seele. Nicht die Scham, daß man das und das getan hat – ach, diese Tat, das ist die reifste Frucht, die je ein Baum getragen hat –, sondern die Scham, daß man gleich überführt sein wird. Die Tat und das Überführtsein berühren einander nicht. Die Scham hat nur einen Grund: du wirst nicht nur überführt sein, du wirst mitarbeiten an deinem Überführtwerden. Aus jeder Geste und Regung, die du jetzt noch vermagst, stürzt nichts als das Geständnis. Und dafür schämst du dich. Daß du ihnen das Geständnis lieferst.

Es ist, als bemühte ich mich, die Vorwürfe, die man mir macht, zu rechtfertigen. Als die Vorwürfe gemacht wurden, gab es noch wenig Gründe für sie. Die liefere ich jetzt nach.

Die Bestrafung. Titel für meine Autobiographie.

Was geschieht, wenn du gestehst? Du brichst ein. Auf der Stelle, auf der du stehst. Keine Hand streckt sich nach dir. Also los. Gesteh. Endlich.

Und jetzt hören Sie, bitte, die rein saturnistische Stelle:

Weit draußen unterm schwarzgefleckten Himmel, aus dem Boden schießt das weißeste Eis. Barfuß und stolpernd weiter. Die Sohlen schreien. Es regnet glühende Nägel, denen nicht zu entkommen ist. Schwefelmeere brodeln mit weltfüllendem Gestank. In diesem Augenblick senkt sich der universale Arsch Gottes aus dem Weltraum und scheißt seine Schöpfung ins Exit. Für immer. Welch ein Glück, denkt man, während man in der göttlichen Scheiße erstickt.

Und zum guten Schluß:

Wahnsinnsfragmente und Pointenschutt. Klettergeräusche im
Leeren. Zersprungene Gipfelvision. Horrormarmelade aufs
vergiftete Showbrot. Sadismus zu Tageskursen. Lückenlos nur
die Kontrolle. Winziger als die Freiheit ist nichts. Euch entwach-
sen, bin ich in eurem Griff wie noch nie. Lebenslänglich eine
Enthauptung.

Als ich das las, sagte sie, habe ich gewußt, daß wir zusammen-
gehören, er und ich. Das ist die Beendigung der christlichen
Finsternis. Saturn, das wissen Sie, wird mit seiner eigenen Pisse
getauft. Deshalb ist er zwar in jeden Schmutz und Abgrund
gestoßen, aber er bleibt in jedem Dreck, in den er geworfen
wird, der Großvater Apolls. Saturn ist die Zeit vor der Zeit.
Und nach ihr. Die absolute Anti-Utopie. Fort und fort frißt er
die eigenen Kinder. Hans Lach ist der gequälte Christ, der sich
helfen kann zuerst nur mit Delirium, dann mit der Tat. Ehrl-
König war die Operettenversion des jüdisch-christlichen
Abendlandes, das Antisaturnische schlechthin. Pleasure now,
das ist Ehrl-König. Instant pleasure. Blind für den Zustand.
Taub für die Gemarterten. Sie sind zu mir gekommen, um etwas
zu erfahren.
Inzwischen war auch der Calvados gebracht worden. In einer
Karaffe. Wir tranken an diesem Nachmittag die ganze Karaffe
leer.
Sie sagte, sie habe, was sie mir sage, natürlich der Polizei nicht
gesagt. Sie hoffe immer noch, daß Hans Lach die Tat gestehe.
Ich schüttelte den Kopf. Sie wollte wissen, warum.
Wegen ein paar Fernsehplänkeleien tötet man nicht.
Und sie: Der glücklichste Mensch des Zeitalters mußte sterben,
weil ihn der Unglücklichste nicht ertrug.
Stilisierung, rief ich.
Passen Sie auf, sagte sie und streckte dabei beide Zeigefinger auf

das zierlichste in die Höhe; sie spielte eine ernst aufgelegte Pädagogin. Sie mache mich jetzt mit Material vertraut, das sich im Lauf der Jahre bei ihr gesammelt habe. Ohne ihr Zutun sozusagen. Sie müsse mir davor noch sagen – übrigens ohne auf Verständnis meinerseits zu hoffen: Nur wenn Hans Lach gestehe, erweise er sich seiner Tat würdig. Wenn er nicht gesteht, unterwirft er sich der Spießermoral: Weiße Weste, gut davonkommen, heucheln. Wenn er zu seiner Tat steht, leuchtet sie. Macht Geschichte. Entwickelt uns Unterentwickelte.

Also, das Ehrl-König-Material. Von heute aus gesehen, müsse sie sagen, daß sie, was jetzt geschehen ist, immer habe kommen sehen. Noch zwei Bemerkungen vorweg. Erstens: Als Gattin des Ehrl-König-Verlegers habe sie natürlich mehr mitgekriegt als jeder andere Mensch, Ludwig Pilgrim ausgenommen. Aber ihr Ludwig sei ein so durch und durch harmloser Mensch, ihm würde es nie einfallen, ein solches Existenz-Dossier wie das, was sie hat entstehen lassen, überhaupt zu bemerken. Und zweitens: Wenn Herr Landolf auf die Idee komme, das, was sie ihm vortrage, für eine Rache der von Ehrl-König nie auch nur zur Kenntnis genommenen Lyrikerin Julia Pelz zu halten, dann allerdings habe Ehrl-König gesiegt, über seinen Tod hinaus, eben für immer. Ihre drei Gedichtbände *Goldsand, Traumstein* und *Quarzherz* seien ihr Innenvermächtnis. Sie stammten aus einer Zeit, in der sie, Julia Pelz, nicht mehr lebe, in der sie leidenschaftlich gern zu Gast war, als sie alles noch nach seiner Erscheinungsqualität einschätzte. Seit sie Saturn zu ihrem Paten gemacht habe, fühle sie sich unverwundbar. Richtig sei, gewisse Bücher brauchen Kritikerfolg, überhaupt Applaus. Sie möchte kein solches Buch schreiben. Sie müsse über ihre Lyrikbücher überhaupt kein Urteil hören. In ihr sei diesen drei Büchern eine Art Nachhaltigkeit gesichert. Das genüge ihr. Jetzt also Nachrichten, André Ehrl-König betreffend.

Sie nahm einen Ordner und las vor. Nach jeder Nachricht, auch wenn sie ganz kurz war, wurde eine neue Seite aufgeschlagen.

Ehrl-König-Vortrag in der Uni aus: *Wie ich lese.* Als er weg ist, werden seine Sätze im kleinen Kreis voller Verachtung zitiert. Als er da war, hat ihm in der Diskussion keiner widersprochen.

Ludwig: Ehrl-König hat zu seinem Geburtstag vier Festschriften organisiert. Es ist ihm nicht verständlich zu machen, daß bei *PILGRIM* höchstens zwei erscheinen können.

Ehrl-König im Interview: Ich habe mich im Richtigen entwickelt. Das mag selbstgefällig klingen, aber im Grunde wird so etwas ja doch auch von anderen festgestellt: das, was ich aus mir gemacht habe, ist das, was heute kein anderer in Deutschland kann.

In einer Talkshow Ehrl-König zum Schluß zu dem Master: Ich schenke Ihnen zum Abschied eine geniale Idee. Der Master, gierig: Oh ja, bitte. Ehrl-König: Machen Sie eine Reihe. Die Literatur der Moderne und der moderne Mensch. Der Moderator bedankte sich bemüht, sagte aber: Wenn das nicht genial ist! Das Publikum klatschte.

Ludwigs Geburtstagsparty, Bert Streiff zitiert einen Ehrl-König-Satz so laut, daß Ehrl-König ihn hören muß. Der dreht sich herum, verdreht die Augen wie ein vergifteter Schmierenkomödiant in einer Schmachtszene, wirft die Hände hoch, als gehörten sie ihm nicht und ruft: Und so was merken Sie sich, pfui! Alle lachen.

Lucie B., seit Jahren Ehrl-Königs Lektorin, beklagt sich bei Ludwig: Sie kann nicht mehr. Seit einundzwanzig Jahren zwingt Ehrl-König sie zu Komplimenten. Er lobt jedes Manuskript, das er bringt, und es ist klar, daß sie zustimmen, sein Lob überbieten muß, oder er haßt sie. Damit kann sie leben. Aber jetzt verlangt er, daß sie jedesmal auch seine früheren Bücher andauernd lobe. Das gehe zu weit. Sie weiß, daß seine Mutter ihn abgelehnt hat, weil er klein und häßlich war. Dafür will er jetzt von jedem andauernd entschädigt werden. Er ist ein Kind geblieben, das eine liebere Mutter sucht, als es hatte. Aber sie weigert sich, diese Mutter zu sein. Ludwig Pilgrim soll helfen.

Ach, Herr Landolf, man muß kein Don Quijote sein, um Ehrl-König für eine Windmühle zu halten.
Das wäre ein hübscher Satz, sagte ich, wenn Ehrl-König nicht ermordet worden wäre.
Sehen Sie, so kreisen wir doch alle um ihn, sagte Julia Pelz dann und ließ ihren Mund als geschürzten wirken. Ich nickte: Sein letzter Geburtstag, sagte sie dann, in Brüssel, Bonn, Berlin und, als Breslau-Ersatz, Wien. Überall wo die junge Mutter ihn geboren haben könnte. Sie hat es ihm ja angeblich nie gesagt. Also hat sie die Homermasche inszeniert. Aber die Städte machten ja mit. Ludwig mußte viermal sprechen, RHH zweimal, Muschg und Jandl je einmal. Und natürlich auch noch alles, was da und dort Rang hat. Ehrl-König, öffentlich, jedesmal: das sei die Hauptfeier, alles andere seien unbedeutende Nebenfeiern. Und so weit wie Homer, von sieben Städten reklamiert zu werden, bringe er es leider doch nicht. Und spricht auf jeder Veranstaltung zu jedesmal fünf- bis siebenhundert Personen über die Einsamkeit.
Wissen Sie, Herr Landolf, sagte sie dann, jemand, dem der Tod oder ein Mord alles so verdreht, der sich nicht mehr gestatten darf, einen Ermordeten schlimm zu finden, der blendet sich aus. Als Geist. Als Seele. Als Körper. Als Existenz. Haben Sie noch Fragen?

Noch viele, sagte ich.

Wenn einem etwas nicht gefällt, ist es schlecht, sagte sie. Davon hat er gelebt. Was ihm nicht gefiel, war schlecht. Und dafür hat ihn die Chorknabenherde seiner Feuilletons verhimmelt. Seit dem muß man nichts mehr beweisen, nur noch sagen schlecht oder gut. Das hat er geschafft.

Ich habe nicht gewußt, daß Sie ihn so wenig geschätzt haben, sagte ich.

Er hat aus der Ästhetik eine Moral gemacht, sagte sie. Die Moral des Gefallens, des Vergnügens, der Unterhaltung. Die Pleasure-Moral. Was mich nicht unterhält, ist schlecht. Ob's ihm klar war oder nicht, ob's seiner Clique und Claque klar war oder nicht, sein Gut und Schlecht ist ästhetisch getünchte Katechismusmoral. Einen, der ein schlechtes Buch schreibt, muß man niedermachen. Müllbeseitigung. Gegen Botho Strauß hat er so eröffnet: Wer berühmt ist, kann jeden Dreck publizieren. Sein Publikum wieherte. Da die Todesstrafe abgeschafft ist, brauchen die so was. Gut und schlecht, ein Wörterpaar wie gut und böse. Überhaupt richten.

Wenn Ehrl-König mit einem diskutierte und nicht direkt obsiegte, sagte er einfach: Von Musik verstehen Sie nichts, da sind Sie schwach auf der Brust. Eine seiner Verbalgesten. Das sagte er, auch wenn von etwas ganz anderem die Rede war. Das sagte er auch zu Ludwig Pilgrim, dessen Vater schöne spätromantische Kammermusik komponiert hat, der leider bei den Nazis nicht ganz schlecht angeschrieben war. Er nehme ihm seinen Vater nicht übel, so wenig wie Wesendonck den seinen. Als Ludwig sagte, sein Vater habe zustimmende Briefe bekommen von Chatschaturian und Dallapiccola, rief Ehrl-König: Sag ich es nicht: von Musik verstehen Sie nichts.

Sie schwieg, erschöpft, unschlüssig. Ich konnte nicht helfen. Dann sie: Ich habe gerade an den Satz aus: *Der Wunsch, Verbrecher zu sein* denken müssen: *Verlassen von der Musik, schauen wir zurück, um zu sehen, wann sie uns verlassen hat.*

Und dann sagt er zu Hans Lach: Von Musik verstehen Sie nichts. Über diese Sorte Sprachgefühl grinst jeder. Aber hinter vorgehaltener Hand. Sie habe ein paar Ehrl-König-Sätze, die sie da und dort gehört habe, notiert, habe dazu notiert, wie oft gehört, also von wieviel verschiedenen Zeitgenossen ein und denselben Satz, und jeder habe merken lassen, daß Ehrl-König diesen Satz ihm höchstselbst gesagt habe. Also gleich mal: Von Musik verstehen Sie nichts, elfmal hat sie den von Verschiedenen gehört. Sechsmal mit dem Zusatz, *Tristan und Isolde* meinend: Der Coitus findet im Orchester statt. Dreizehnmal: Ein Autor ruft ihn im Hotel an, es geht um eine Verabredung, der Autor: Treffen wir uns an der Rezension. Vierzehnmal: Die deutschen Dichter meinen immer, die Leute müßten deutsche Dichter lesen, weit gefehlt.

Plötzlich klappte sie die Akte zu und sagte, sie werde sich, immer wenn sie sich mit Ehrl-König beschäftige, selber unangenehm. Ihr Ekel vor seiner Makellosigkeit sei ihr unangenehm, und doch vermöge sie nichts gegen diesen Ekel. Immer schon. Seit sie Ehrl-König kenne. Sie kenne ihn natürlich nur von Parties, vom Fernsehen, also immer nur als den, um den sich alles drehte, der sich präsentierte, der immer alle anderen schlechter aussehen ließ als sich. Selbst wenn er lobte, ein Buch oder einen Menschen, habe es immer so geklungen, als erweise er eine Gunst. ER lobte! Da konnte das Buch oder der Mensch wirklich froh sein, so gut weggekommen zu sein. Mit jedem Lob, mit jedem Tadel wurde er selber größer, mächtiger. Und diesem Wachstum sei sie nicht gewachsen gewesen. Sie habe, wenn sie sich gegen ihn eingenommen fühlte, immer gespürt, daß sie damit gegen das Gute votiere, denn er verkörperte ja das Gute schlechthin, immer im Dienste der Aufklärung, wie außer ihm allenfalls noch Wesendonck, der inzwischen ja deutlich Kreuzschmerzen hat vor lauter aufrechtem Gang. Und sie war dagegen. Nannte ihr Dagegensein dann allmählich saturnisch. Wissend, daß das Ersatzwörter seien für ein tiefer sitzendes

Gefühl: es gibt das Gute nicht, das ist ihr Gefühl. Und wenn einer das Gute repräsentiert, dann lügt er. Beweisen kann sie nichts. Will sie auch gar nicht. Herr Landolf muß ihr auch gar nicht antworten. Ihr reicht es für heute. Sie ist erschöpft, enttäuscht, verbittert, erledigt! Eine Figur, deren Tod man für vollkommen gerechtfertigt hält, das wäre Realismus. Das ist ihr Satz. Als sie diesen Satz las, entdeckte sie Hans Lach. Von da an wuchs in ihr, ohne daß das je zwischen ihr und ihm ausgesprochen wurde, Vertrauen. Sie entschuldige sich nicht dafür, daß sie das erlebte wie eine Schwangerschaft. Vertrauen als Frucht. Wegen der spürbaren Zunahme. Wegen des Wachstums. Jetzt sage sie auch das noch – und es sei überhaupt noch nicht das Äußerste –, sie habe gewußt, daß Ehrl-König die *Mädchen ohne Zehennägel* als Schlechtes Buch niedermachen werde. Ehrl-König habe natürlich Pilgrim gegenüber schon vorher herausgeplappert, was er vorhabe. Er wußte ja, daß Pilgrim gegen ihn keinen seiner Autoren schützen konnte. Er war die Macht, und die Macht war er. Und wenn man wissen will, was Macht ist, dann schaue man ihn an: etwas Zusammengeschraubtes, eine Kulissenschieberei, etwas Hohles, Leeres, das nur durch seine Schädlichkeit besteht, als Drohung, als Angstmachendes, Vernichtendes. Sie habe mitgekriegt, wie viele Schräubchen Ehrl-König drehte und drehen ließ, bis er der Koloß war, vor dem alle in die Knie gingen. Und das im Namen der Literatur. Im Namen Lessings, Goethes. Nicht im Namen Hölderlins. Da hat ja sein Chorknabe Nummer eins geschrieben, daß es das große Verdienst Ehrl-Königs sei, mit allem Dunklen und Halbumnachteten aufgeräumt zu haben in der deutschen Literatur und Literaturgeschichte. Und hat Hölderlin genannt als Ahnherrn jener Tradition, die sich tiefsinnig gibt, aber nur mißglücktes Denken ist. Hölderlin! Im Namen der Aufklärung. Des Lichts. Ja, wer sollte da das Licht nicht hassen lernen! Eine Figur, deren Tod man für vollkommen gerechtfertigt hält, das wäre Realismus. Diesem Satz sei sie gefolgt. Sie habe auf das gehofft, was dann passiert sei, wenn sie sich auch nicht habe vorstellen können, wie es passieren würde. Aber daß es passieren würde, habe sie nicht nur gehofft, das habe sie gewußt. Und es bedurfte zwischen ihr und Hans Lach keiner Verabredung. Sie waren verbunden durch gemeinsame Erfahrung. Schicksalsgemeinschaft braucht keinen Plan, keine Intrige. Das führt unter allen Umständen zum einzig möglichen Verlauf. Sie werde Hans Lach besuchen. Es fehle jetzt nur noch das Geständnis. Ehrl-König sei ein Opfer. Der Macht. Die er war.

Bis zu diesem Satz hatte sich ihre Linke an dem siebenzackigen Stern festgehalten. Jetzt ließ sie ihn los. Aufatmen, beiderseits. Die sieben Brennöfen der Seele. Oh William, oh Blake.

Vielleicht könnten Sie und ich uns unter noch günstigeren Umständen wieder einmal sehen, sagte sie. In diesem Viridarium, sagte sie und lächelte, wie nur sie lächeln konnte: sie drehte dabei das Gesicht um eine Winzigkeit weg von mir, konnte dadurch ihre Augen um ein Winziges zu mir herdrehen, die Lippen auch, so wurde daraus ein virtuoser Spott auf alles Erdenkliche, inklusive sie und mich. Oder eine verzweifelte Verwegenheit. Man muß das nicht zuordnen. Auf jeden Fall war sie da unendlich schön. Das muß ich schon sagen. Mir war noch nie ein Mensch so schön vorgekommen. Wie danach weiterleben, dachte ich im Hinausgehen. Nirgends noch etwas Entsprechendes. Schwänin.

Sie ging mir flott voraus. War sie doch vom Pferd gesprungen? An der Türe, die ein Portal war, entließ sie mich mit einem Neigen ihres Kopfes. Ich wartete, bis der Kopf sich wieder hob, ich wollte ihr einmal direkt ins Gesicht sehen. Nicht neugierig. Nicht zudringlich. Aber doch forschend. Ihre Lippen sagten etwas Lautloses, das hätte consummatum est heißen können. Aber der Überriß blieb. Das Uneindeutige. Das nach allen Seiten Wirkende. Die richtungslose Kraft. Als ich heimfuhr, fiel mir ein, daß Professor Silberfuchs mir, als ich ihm von diesem bevorstehenden Besuch erzählte, gesagt hatte: Vergessen Sie nie, sie hat mit Picasso geschlafen, als jüngstes Mädchen, vielleicht war er sogar ihr Erster, und zwar im Stehen, wobei nicht überliefert ist, ob das etwas über die Flüchtigkeit oder das Raffinement dieses Beischlafs aussagen soll. Und hatte sein etwas schepperndes Lachen ertönen lassen. Jetzt fand ich es erstaunlich beziehungsweise nicht erstaunlich, daß ich während des ganzen Besuchs nicht ein einziges Mal an diese Mitteilung gedacht hatte. Als Schlußwort blieb mir für sie: Spitzbübin.

6

In der Steinheilstraße das Gegenprogramm. Zu allem. Bernt
Streiff, Lydia Streiff. Ich durfte erst kommen, wenn Lydia
Streiff von der Arbeit zurück sein würde. Seine Frau wolle
dabei sein. Es sei ihr zu riskant, ihn allein über diesen Abend
vor der Tat reden zu lassen. Und da sie ihn ernähre, sagte er am
Telephon, könne sie bestimmen.

Eine enge, sich windende Treppe, am Schluß die reine Hüh-
nerleiter, bis ins Dachgeschoß. Kleine Zimmerchen, schiefe
Wände, Mansardenfenster. Ein Klavier durften Streiffs sich
nicht wünschen. Dachte ich. Und bedauerte die beiden. Sie
mehr als ihn. Das ist einfach so. Wenn es etwas zu bedauern
gibt, sind die Frauen zuerst dran. Als wären immer die Männer schuld an dem, was man bedauernswert findet. Und die
Frau, die unbedingt dabei sein wollte, war dann doch nicht
da. Noch nicht. Aber kaum saß ich, hastete sie herein, fluchte
bayerisch auf ihren Chef. Bernt Streiff hatte Häppchen vorbereitet, dazu gab es Bier. Er trank, solange wir redeten, vier
Flaschen, seine Frau zwei, ich ließ von einer etwas übrig. Daß
ich Hans Lachs Unschuld beweisen wollte, wußten sie schon.
Daß ich alles Erfahrbare erfahren, es entgegennehmen wollte,
ohne es zu werten, erklärte ich ihnen. Es sollte sich aus dem
Erfahrbaren Hans Lachs Unschuld sozusagen von selbst ergeben.

Nachdem Hans Lach von zwei Butlern hinausbugsiert worden
war, wie ist es dort weitergegangen? Beide erzählten, ergänzten
einander.

Sobald Ehrl-König Platz genommen hatte, setzte sich die Syrgenstein so auf den Boden, daß sie ihren Kopf jederzeit an sein
Knie lehnen konnte, und er kraulte, während er sprach, in ihren
nicht gerade üppigen Haaren herum. Cosima von Syrgenstein
war in der SPRECHSTUNDE noch nicht drangekommen, aber
Ehrl-König hat schon zweimal ihren Namen genannt. Sie steht

auf meiner Liste, habe er zweimal gesagt. Wer auf *SEINER LISTE* steht, der existiert. Cosimas Roman *Einspeicheln* ist allerdings auch noch nicht erschienen. Da saß sie also an seinem Bein mit ihrer rotgeränderten Nase. Er machte gelegentlich an dieser Nase herum, was nahelegt, er sei an den roten Rändern beteiligt. Er, Bernt Streiff, habe an diesem Abend mehr als einen Fehler gemacht. Plötzlich habe er es nicht mehr fassen können, daß Pilgrim mit Ehrl-König befreundet sei und den doch nicht dazu bringen könne, endlich ein Wort zum zweiten und dritten Band seiner, Bernt Streiffs, *Tulpen*-Trilogie zu sagen. Schließlich blicke er, Bernt Streiff, jetzt, nachdem der dritte Band erschienen sei und, bitte, bei *PILGRIM* erschienen, auf eine neunjährige Arbeitsstrecke zurück, neun Jahre, und von Ehrl-König ... Er soll jetzt, bitte, sofort aufhören mit seiner *Tulpen*-Misere, sagte seine Frau. Die Gründe für einen Mißerfolg sind das Uninteressanteste, was es überhaupt gibt. Ihr Mann habe leider in der *PILGRIM*-Villa nur noch Whiskey getrunken ...

Malt, sagte er.

Und sie: Dann habe Bernt Ehrl-König nur noch beschimpft, habe ihn ein Michelin-Männchen genannt, einen Fürsten der Aufgeblasenheit, eine Marionette der Egomanie, eine Fernsehlarve und den Totengräber der deutschen Literatur.

Bernt Streiff gab zu verstehen, daß er zu diesen Bezeichnungen immer noch stehe.

Sie: Sie habe ihn nicht mehr retten können. Sie sei aufgestanden, habe ihm gezeigt, daß sie gehe. Sie müsse ja morgens gleich nach sechs aus dem Bett. So eine Trilogie, die sich nicht verkauft, will finanziert sein. Also, sie sei verschwunden, aber auch wenn sie nicht früh heraus müßte, wäre sie verschwunden, weil sie es nicht mehr ausgehalten hätte, wie sich Bernt an diesem Tongötzen, der an seiner Blondine herumfingerte, einfach zerrieb. Halten Sie sich für fähig, habe Bernt gerufen, auch nur eine einzige Seite dieser Trilogie zu schreiben. Und Ehrl-König habe mit dem höchsten Grinsen der Welt gesagt: Nein. Nicht einen Satz dieser Trilogie könnte er schreiben.

Also hat Bernt gerufen: Hört alle, alle einmal her, ich bitte um nicht mehr als um eine Minute Gehör! Dieser, unser aller Herr, hat gerade vor Zeugen zugegeben, daß er nicht fähig wäre, auch nur einen einzigen Satz der *Tulpen*-Trilogie zu verfassen, und gleichzeitig weigert er sich seit Jahr und Tag, dieses Werk auch nur zu erwähnen. Wenn Sie dazu nicht fähig sind, dann müssen Sie doch wenigstens etwas tun dafür.

Diesen Glanzsatz einer Irrenlogik habe sie noch gehört, dann sei sie draußen gewesen, sagte Frau Streiff.

Da die beiden offenbar vergessen hatten, daß ich wegen Hans Lach gekommen war, fragte ich einigermaßen übergangslos: Hat Hans Lach es getan, hat er es nicht getan?

Sie wollte etwas sagen, aber er kam ihr zuvor: Hans Lach habe es getan, er, Bernt Streiff, habe es immer nur tun wollen, immer nur daran gedacht, Tag und Nacht. Getan! Ja, in Gedanken! Echt Bernt Streiff, rumgemurkst bis zum Gehtnichtmehr, und der Lach geht hin, sticht zu, basta. Und er kommt frei. Hunderte werden bezeugen, daß die Gewalt von dem ausging, der dann das Opfer war. Hunder-te! Es gibt Fälle, Autoren, die sich umgebracht haben, die nichts mehr geschrieben haben, die einfach krepiert sind. Hans Lach, der hat's gepackt. Der ist jetzt durch. Damit ist er Spitze. Das nimmt ihm keiner mehr. Er wird eingehen in die Geschichte als Tyrannenmörder. Er, Bernt Streiff, sei einfach epigonal. Die richtigen Visionen, aber es fehlt der Pepp, der Kick. Zu dick heißt zu spät. Von Anfang an. Und klopfte auf seinen Bauch.

Mir fiel wieder einmal ein: Die Dicken sind die Märtyrer der religionslosen Gesellschaft.

Moment, sagte er und hatte den *Wunsch, Verbrecher zu sein* in der Hand und hatte gleich die Stelle:

Ich konnte nichts mehr zwischen mich und den bringen. Tag und Nacht kamen aus meinem Mund die Sätze des Allmächtigen. Ich hatte selber nichts mehr zu sagen. Mußte wiederholen, was der Allmächtige gesagt hat. Und nur weil der die Macht hatte, waren seine Sätze mächtig. Als solche belanglos, mit Macht, vernichtend. Meine Eingeweide verhärten sich, mein Atem will nicht mehr. Hinausrennen ins Freie. Er oder ich. Wahrscheinlich der gleiche Effekt, wie wenn man in einer kommunistischen Diktatur aus der Partei ausgestoßen wurde. Man wird unangenehm für die, die nicht ausgestoßen worden sind. Und wenn du's getan hast, wird es deine Tat sein. Kein Affekt im Spiel. Geplant. Wie ein Stück Prosa. Die gleiche zunehmende Notwendigkeit, die man zwar nicht durchschaut, die aber nichts Affektives hat. Man spürt, daß man muß. Dann spürt man, daß man kann. Das Übersetzen meiner Notwendigkeit in die Paragraphensprache geht mich dann nichts mehr an.

Klartext, sagte er. Wenn es aber beim Vorsatz bleibt, sagte ich. Sie sind weit weg, sagte er, das spüre ich. Und verstehen Sie mich nicht falsch. Ich hab mein Lehen und hab Lydia. Es gibt Erfolglosere als mich, die halten mich für erfolgreich. Und hassen mich. Deshalb weiß ich, wie angenehm es ist, gehaßt zu werden. Und nach einer Pause: Er finde es aber doch beängstigend, daß er nicht mehr fernsehen könne. Offenbar gehört Selbstbewußtsein dazu, sich unterhalten lassen zu können. In ihm sei nichts Ansprechbares übrig geblieben. Er überlege, ob er eine Art Verein oder Club gründen solle mit solchen, in denen nichts Ansprechbares übrig geblieben ist. Club derer, die nicht mehr zuschauen können. Wissen Sie, Sie können jeden Schriftsteller nach der Art seines öffentlichen Auftretens beurteilen. Nicht im Fernsehen. Das Fernsehen verfälscht alle und alles. Außer Ehrl-König. Den hat das Fernsehen förmlich zu sich selbst gebracht. Aber in den Sälen, da treten die Schriftsteller auf, wie sie gesehen werden wollen. Und es ist egal, wie weit sie, was sie sein wollen, sind. Die einen treten auf wie eine Dorfkapelle, die anderen wie siegreiche Sportler, andere wie schwerelose Seelenwolken. Er trete immer auf halb Heiliger Franziskus, halb Dracula. Und fühle sich wohl dabei. Wieder Pause. Ich zeigte wenigstens, daß ich weiterhin neugierig sei. Das mit Marbach wissen Sie, sagte er dann. Und fuhr, mein Nichtwissen wahrnehmend, gleich fort und sprach jetzt über Ehrl-König so, daß deutlich wurde, er hatte die ganze Zeit über Ehrl-König gesprochen. Über sich und Ehrl-König. Ehrl-König hat, sagte er, dem Archiv in Marbach eine Büste von sich geschenkt, Bronze, eine schöne Nische wurde dafür gefunden, Ehrl-König hält die Rede auf sich, zieht das Tuch von dem Büstenkopf und sagt: Fürchtet euch nicht, ich bin es.

Ich wollte sagen, daß man darüber, wenn Ehrl-König noch lebte, leichter lachen könnte als jetzt.

Er sagte, er habe sich nichts vorzuwerfen. Er habe alles versucht, mit Ehrl-König auszukommen. Am Anfang habe er Ehrl-König, wo immer er den traf, zuerst einmal gratuliert, einfach gratuliert. Jedesmal habe Ehrl-König die Gratulation entgegengenommen und auf etwas bezogen, was Bernt Streiff noch gar nicht kannte. Er dann zu Ehrl-König: Er glaube, das sei wirklich das Beste, was Ehrl-König je gemacht habe. Und Ehrl-König dann: Er habe es, als es fertig war, mehrere Wochen liegen lassen, dann wieder vorgenommen, um zu prüfen, ob es wirklich so gut sei, wie er beim ersten Durchlesen fand. Und siehe da, es war wirklich so gut.

Ehrl-König sei sicher durch nichts so mächtig geworden wie durch seine Unberechenbarkeit. Vielleicht sei ihm die dann zum Verhängnis geworden. Zwei Wochen vor dem fatalen Ereignis zeigt er sich noch beim *PILGRIM*-Empfang auf der obersten Plattform mit Hans Lach, im Gespräch, an der *Reling*, niemand durfte stören, also die reine Harmonie zwischen zweien, die man sich traulicher nicht denken konnte. Am nächsten Tag sehe ich Hans Lach in der Stadt. Der geht wie mit anderen Schuhen. Richtig federnd geht der. Wenn er nicht auf-paßt, fliegt er bei jedem Schritt ein bißchen in die Luft. Und er paßt tatsächlich nicht auf. Er hüpft bei jedem Schritt. Aber nicht durch Anstrengung und Kraft, sondern von selbst. Es wirft ihn einfach in die Höhe. Er ist leicht. Er hebt ab. Wir sehen gerade noch sein Gesicht. Wie geliftet. Und zirpt. Vor Zufriedenheit. Zum Glück hat er überhaupt keine Zeit. Ich hätte nicht gewußt, wie ich hätte reden sollen mit ihm.

So ein Blödsinn, sagte Lydia Streiff.

Und er: Ich sag das nur, daß ihr versteht, wie der Hans Lach dann seine Vernichtung erlebt hat. Du kannst noch so genau wissen, der und der ist unberechenbar, wenn du's nötig hast, verläßt du dich doch auf ihn, als sei er das kleine Einmaleins. Und dann ist er plötzlich die Kehrseite des Mondes, von der du nichts weißt.

Du weißt sowieso nur was von dir, sagte seine Frau.

Und er: Bloß gut, daß du nichts von dir weißt, sonst ...

Sie: Sonst?! Ihr Ton war drohend.

Er: Wir haben Besuch.

Sie: Eben!

Die beiden würden ihr Gespräch mit noch mehr Bier auch ohne mich fortsetzen. Ich sagte, ich müsse gehen, sie starrten mich an, offenbar überrascht, weil ich noch da war. Und sprachen schon weiter, als ich noch gar nicht ganz draußen war. Ich wußte, daß ich mich jetzt ganz und gar darauf konzentrieren mußte, über dieses Hühnerleitertreppenwerk ohne Sturz hin-unterzukommen.

Lydias Gesicht wirkte nach. Die Frau eines Mannes, der sich für erfolglos hält. Ich stellte mir vor, daß Bernt Streiff, wenn ihm in ein paar Jahren plötzlich ein Erfolg gelingt, ein ganz anderes Gesicht haben wird als jetzt. Das Gesicht seiner Frau wird, was es jetzt ausdrückt, nicht mehr los. Diese Zeichnung bleibt. Er, rund, disponibel. Daß er Ehrl-König Michelin-

Männchen nannte und dabei sich selber übersehen hatte, wunderte mich.

Sobald ich auf der Straße war, wußte ich, daß ich, als die zwei mir unbequem wurden, nicht einfach hätte gehen dürfen. Dieses Paar lebte schon immer in der Szene. Wenn Bernt Streiff von dieser Szene sprach, nannte er sie ssien.

Aber am nächsten Morgen rief er an. Das nicht vorher gewußt zu haben warf ich mir gleich vor. Das hätte ich mir ausrechnen können. Ausrechnen müssen. Er mußte doch noch sagen, was er, wenn seine Frau dabei war, nicht sagen konnte.

Lydia war mager, mehr Knochen als Fleisch, und das durch Erfahrung verhärmte Gesicht, aber sie war doch die, der er es recht machen mußte. Er konnte sich ihr gegenüber weniger leisten, als sie sich ihm gegenüber leistet. Sie war die Chefsekretärin, die von ihrem Chef sprach, als wäre der ihr Sekretär. Vielleicht hatte Lydia, was Bernt Streiff mir dann am Telephon sagte, schon oft anhören müssen. Dann war es Zartgefühl, was Bernt Streiff bewog, mir diese Erfahrungen erst am Telephon vorzutragen.

Pilgrim ist an allem schuld. So begann er. Pilgrim mochte mich noch nie. So reich wie Pilgrim werden einmal meine Erben, wenn sie veröffentlichen, was ich alles geschrieben habe. Es wäre alles anders gekommen, wenn er, Bernt Streiff, nicht diesen Fehler gemacht hätte, diesen alles entscheidenden Fehler. Ehrl-König, damals noch ein in Zeitungen schreibender Kritiker, habe die *Sonnenflecken*, den ersten Band der *Tulpen*-Trilogie, eher wohlwollend besprochen, und er, Bernt Streiff, macht den Fehler aller Fehler, er schreibt dem einen Brief und bedankt sich für diese Kritik. Und er wisse todsicher, daß Ehrl-König ihn seitdem für eine Nulpe halte. Sich bedanken, das heißt gestehen, du hast es nicht verdient, dir ist etwas geschenkt worden.

Dann eine Passage, die mir demonstrierte, daß es in dieser Szene keine Tatsachen gibt, sondern nur Versionen.

Er habe nicht übersehen können, sagte er, daß jeder in seinen Arbeiten etwas anderes schlecht finde. Ich wollte schon sagen, das sei doch wunderbar, da widersprächen die einander, höben sich also auf. Aber er addiert die Mäkeleien und sagt: soviel ist schlecht bei mir, daß jeder etwas Schlechtes finden kann. Dann lachte er und sagte: Das war jetzt Ironie. Ich sagte: Gott sei Dank. Dann er wieder ganz nüchtern: Wenn man einen ganz und gar treffen will, muß man im Stande sein, gegen ihn so extrem zu verfahren, daß er, auch wenn er sein Leben lang darüber nachdenken würde, auf nichts käme, was ihm die Härte des Vorgehens gegen ihn erklären könnte. Der Schlag, für den man kein Motiv findet, der sitzt. Das ist der reine Schlag. Und die zweite Bedingung für das Geschlagenbleiben des Geschlagenen: Er hat keinen, dem er einen solchen Schlag versetzen könnte. Bitte, kommentieren Sie jetzt nicht. Es gehört zu meinem Beruf, mir das Nötige selber zu sagen. Wettern gegen das Geschick ist eines Intellektuellen unwürdig. Wenn allmählich alles zur Verletzung wird, weiß man, daß man falsch eingestellt ist. Das zu wissen nützt nichts. Es ist eine Zusammenarbeit vieler, die nichts von einander wissen. Jeder tut da nur seine Arbeit.

Ob er mir etwas vorlesen dürfe? Es habe mit dem Fall zu tun. Auch wenn es damit nichts zu tun hätte, sagte ich, ich sei gespannt. Bitte keine Blankoschecks des Wohlwollens, sagte er. Er müsse mich warnen, Mißerfolg sei eine Krankheit, die den davon Befallenen sozial unverträglich mache. Der Mißerfolgreiche, wenn ich ihm diese Prägung gestatte, sei für seine Umgebung peinlicher als für sich selber. Dem Mißerfolgreichen ist sein Mißerfolg ein ungeheures Vergrößerungsglas, mit dem er die ganze Welt sieht. So genau, wie sie kein Erfolgreicher je sehen kann. Das sei ja eine der Bedingungen des Erfolgs, und zwar in jedem Beruf: diese Unfähigkeit, die Welt wahrzunehmen, wie sie wirklich ist. Der Erfolgreiche verklärt von Anfang an. Und selbst wenn er gegen etwas oder gegen jemanden ist, er ist es auf eine verklärende Weise. Er bleibt immer übrig als prima, die Welt kann froh sein, daß es ihn gibt. Und die Welt ist gut, weil es einen wie ihn gibt. Und sie ist gut, weil einer wie er in ihr Erfolg hat. Also die fundamentale Mißglücktheit der Welt, wie sie ist, kommt nicht vor bei ihm. Das macht ihn erfolgreich. Was nicht so ist, wie es sein soll – und das kann viel sein –, wird von ihm radikal gerügt, verdammt. Er ist gekommen, damit die Welt besser werde. Er ist der radikalste Kritiker des Zustands der Welt, aber durch seine Seinsstimmung wird erlebbar: die Welt ist zu retten. Eben durch ihn. Und dafür ist die Welt ihm dankbar. Und wenn man das nicht bringt, diese Verbesserbarkeit der Welt, wenn man findet, die Welt sei ein ewiges System zur Vereitelung des Lebens, dann ist man der Mißerfolgreiche, geht den Leuten auf die Nerven, sich selber aber nicht. Zum Glück. Die Befriedigung des Mißerfolgreichen ist tatsächlich, daß er die Welt, der er auf die Nerven geht, absolut kennenlernt. Und dadurch wächst in ihm ein Kenntnisreichtum, in dem sich leben läßt wie in einem farbensatten, klangüberströmten Paradies. Daß die Bedingung jeder Einsicht der Mißerfolg ist, macht den Mißerfolg, wie Sie sich denken können, zum höchsten Gut überhaupt.

Sind Sie noch da?

Ja, natürlich, sagte ich in einem möglichst fröhlichen Ton.

Ich wollte Ihnen doch etwas vorlesen, sagte er. Aber nur, wenn es Ihnen recht ist.

Es sei mir recht, sagte ich.

Klingt nicht überzeugend, sagte er.

Ich sei wirklich gespannt, und wenn das, was er mir vorlese, auch noch mit dem Fall zu tun habe, erst recht. Also bitte.

Also bitte, sagte er, ich lese vor.

Vorläufiger Nachruf.

Sie sind noch da?

Ja, natürlich.

Also:

Vorläufiger Nachruf.

Über den Tod eines Menschen sich freuen, das schließt dich auf eine bisher noch nicht empfundene Weise aus der Gemeinschaft der Menschen aus. Sich über den Tod eines Menschen, der dir nichts als Ungutes getan hat, nicht zu freuen, macht dich vor dir selber zu einem Geknebelten, zu einem Heuchler, zu einem ein für allemal Betäubten. Hans Lach in Der Wunsch, Verbrecher zu sein*: Eine Figur, deren Tod man für vollkommen gerechtfertigt hält, das wäre Realismus. Der Satz ist richtig, kann ich sagen, als Satz in der Kunstwelt. In Wirklichkeit, unanwendbar. Oder bin ich feige, Hans Lach aber ist kühn? Trotzdem, ich wage nicht zu sagen, daß ich mich freue über den Tod des Mannes, dessen Namen ich nicht nennen will. Ich wage nicht zu sagen: Ich freue mich. Ich freue mich ja auch nicht. Bin ich vielleicht froh? Ich werde keine Grammatik finden, die es mir ermöglicht, auf diese Nachricht mit Genugtuung zu reagieren. Ich gehe so weit, wie ich überhaupt kann, wenn ich sage: Ich finde, ich sei feige, wenn ich nicht sage, daß mich dieser Tod nicht traurig macht. Das Gemeine ist, daß dieser Tod unsereinen zwingt, sich zu verhalten. Die gewöhnliche Trauer, das übliche Bedauern, das schnelle Zurück zur Tagesordnung, dieser Tod, der Tod dieser Figur, läßt das nicht zu. Es ist, als ob dieser jetzt Tote uns zwingen wolle, zu seinem Tod Ja zu sagen oder Nein zu sagen. Der Entwederodermann! Und ich war immer ein Gegner seines Ja oder Nein. Immer! Von Natur aus. Aus Erfahrung und aus Bedürfnis. Und behalte dies bei. Das spüre ich. Auch jetzt im Todesfall lasse ich mich nicht von Herrn E-K zwingen, mich auf ein Ja oder Nein einengen zu lassen, sondern ich juble geradezu hinaus, daß ich zu seinem Tod ganz genau so laut Ja rufe wie Nein. Genauso laut Nein wie Ja! Ich singe mein Sowohlalsauch.*

Der Tod ist zwar die schroffste Erscheinungsart des Entweder-oder, aber durch das Sowohlalsauch wird er erst zu einem

*Erträglichen, erträglich für Menschen. Ich bin so frei und ver-
bessere Hans Lachs: Eine Figur, deren Tod man für vollkommen
gerechtfertigt hält, das wäre Realismus, wie folgt: Eine Figur,
deren Tod man sowohl für vollkommen gerechtfertigt wie auch
für überhaupt nicht gerechtfertigt hält, das wäre Realismus.
Und warum Ehrl-König es uns so schwer gemacht hat, uns zu
ihm sozusagen moralisch zu verhalten, kann daran liegen, daß
er charakterlich etwa den Zuschnitt einer Disney-Figur hat.
Großkasper, das wäre überhaupt der einzig richtige Name für
ihn. Großkasper!*

Sind Sie noch da?

Ich sagte: Ja.

Und, sagte er.

Sowohl als auch, sagte ich.

Er: Danke.

Pause. Ich wagte nicht aufzulegen. Er hatte angerufen, er mußte
auflegen.

Dann sagte er plötzlich: Wenn ich eine Akademie wäre, würde
ich eine Preisaufgabe stellen: Wann hat es das letzte Mal im
Literarischen eine solche Machtausübung gegeben wie in der
Ehrl-Königschen *SPRECHSTUNDE*? Die Antworten könnten ebenso interessant wie peinlich ausfallen.

Und hier fängt sein Groll an, seine Wut, auch gegen Hans Lach.
Wie kann ein denkender Mensch der Gerechtigkeit so in den
Arm fallen. Ehrl-König war alles durch Macht. Gut, die hatte er
sich geschaffen. Aber er hätte sich, um erfahren zu können, wer
er wirklich war, seiner Macht entledigen müssen. Dann hätte er
erfahren, was die speichelleckenden Professoren und andere
Armleuchter wirklich halten von ihm. So eine naiv-idealistische
Vorstellung: als gebe es zuerst ihn, dann die Macht als eine
Zutat, eine Ergänzung, ein Schmuck. Er war nichts als seine
Macht. Irgendwann wäre die zerfallen, und übrig geblieben
wäre das Männlein mit einem etwas zu breiten Mund. Theo-

rielos und praxisfern. Man hat seine Zitate gezählt, es sind dreiundzwanzig. Adieu.

Und legte auf. Dieses dann doch rasche Auflegen hat dem Gespräch entsprochen. Irgendwie eben beziehungsweise sowohl als auch. Ich hab mein Lehen, und ich hab Lydia. Was doch die Anlaute nicht vermögen! Hieße seine Frau Karin, hätte er gesagt: Ich hab mein Konto und ich hab Karin. Nein, eher so: Ich hab Karin und hab mein Konto. Zum Glück hat er Lydia.

7

Wir werden Sie mit unserem Besuch beehren, schuld daran sind Sie selber, mein Lieber, da Sie doch ein Buch über Ehrl-König schreiben.

So hatte noch nie jemand ein Telephongespräch mit mir eröffnet. Rainer Heiner Henkel. Mit WIR, meinte er sich und seine Schwester Ilse-Frauke von Ziethen. Soviel hatte ich auch schon mitgekriegt, daß der fast berüchtigt geheimnisvolle RHH nie ohne seine Schwester auftritt. Und so fuhr er fort: Uns nicht gehört zu haben zum Thema Ehrl-König, das wäre eines Gelehrten vom Rang Michael Landolfs nicht würdig.

Es dauerte, bis ich dazu kam zu beteuern, daß ich kein Buch über Ehrl-König schreiben wolle, mein Projekt heiße: Nachweis der Unschuld Hans Lachs. Aber, rief er, eben dazu müssen Sie ein Buch über Ehrl-König schreiben. Er nehme doch an, mir gehe es um die Unschuld per Motiv, daß Lach es getan habe, stehe außer Zweifel. Wie auch immer, Ilse-Frauke von Ziethen und er müßten bei mir eindringen. Um meinetwillen. Wann also?

Ende der Woche vielleicht, sagte ich.

Aber mein Lieber, wir sind heute in der Stadt, haben heute morgen um fünf Uhr dreißig die Baldsburg verlassen, wollen aber heute abend wieder droben sein, also unsere Stadtwohnung, die wir hassen, werden wir gar nicht betreten. Wann also?

Gegen drei, sagte ich.

Das lasse sich hören, bis dann.

Ich rief sofort Silbenfuchs an, erbat Informationshilfe. Der Professor wußte immer mehr, als ich wissen konnte. Daß ich nicht selber versucht hatte, RHH zu erreichen, nahm ich mir jetzt übel. Über Ehrl-König alles wissen wollen, und das ohne RHH, das war lächerlich. Ich würde auch dem KHK hinreiben, wie ich das fände: Ermittlungen im Fall Lach/Ehrl-König, und dann Rainer Heiner Henkel nicht einbeziehen!

Der Professor war da. Das Schöne bei diesem Mann: Er freute sich, wenn man ihn etwas fragte. Warum weiß ich, was ich weiß, wenn keiner kommt und es wissen will, das war immer seine Eröffnung. Und er wußte viel. Er war ein Spezialist für alles. Berühmt sein Satz: Europa, das ist für mich Heimatkunde.

Da er in seinem Arbeitszimmer eine Freisprechanlage hatte, konnte er, während er sprach, gehen. Daß er, um sprechen zu können, gehen mußte, war bekannt. Auch an der Ludwig Maximilians Universität ging er, je heftiger er sprach, um so heftiger hin und her. Er nannte sich auch einen Hin- und Herdenker, im Unterschied zum Einbahnstraßendenker, und seine Zuhörer wußten, wer gemeint war: Wesendonck. Ich setzte mich, seit wir uns besser kannten, öfter in seinen Hörsaal. Am liebsten, wenn er über Mittelalterliches sprach. RHH, rief er also, RHH, Ehrl-Königs Souffleur, Einpeitscher, aber auch Dompteur, da sind Sie bei mir an der richtigen Adresse. Und legte los: Rainer Heiner Henkel, genannt RHH, ein farbenblinder Kunsthistoriker, läßt zuerst fünf Gedichtbände drucken. Die gehören sozusagen in sein Wappen. Weithin bekannt wird er dann durch sein Buch: *Warum ich keine Gedichte mehr schreibe*. Leute, die sich nie für RHH's Gedichte interessierten, lasen neugierig bis gierig, warum RHH keine Gedichte mehr schrieb. Nämlich: Fünf Bände Gedichte habe er schreiben müssen, bis er erkannt habe, wie recht Adorno gehabt habe, als er sagte: nach Auschwitz keine Gedichte mehr. Aber er tröste sich auch damit, gab er bekannt, daß die Erde in 5758 Jahren von denen, die diese Erde bis dahin bis zur Unbewohnbarkeit verwüstet hätten, verlassen werde, und diese Ausreisenden würden alles mitnehmen, nur keine Literatur, und schon gar keine Gedichte, also wozu noch etwas schreiben für nichts als die terrestrische Vernichtung. Er werde sich den Lebewesen zuwenden, die allein später auf diesem Planeten gedeihen werden: den Spinnen. Er wurde also Arachnologe und hat inzwischen lesbare Bücher über Spinnen geschrieben. Ein paar Jahre lang auch Fernsehkritik. Durch Henkel kommt Ehrl-König überhaupt erst zum Fernsehen. Und: Er und seine Zwillingsschwester sind außer der Madame die einzigen lebenden Menschen, mit denen Ehrl-König per Du gewesen ist. RHH entwirft auch Wahlprogramme für die SPD. Er war und ist immer links. Aber von der Bibel her. Vom Neuen Testament her. Bei linken Politikern und Administratoren ist am meisten geschätzt sein Buch *Jesus von Nazareth, Politiker*. Trotz all dieser Interessen, seine ausgiebigste Beschäftigung sei gewesen: Ehrl-König. Das legendäre Telephongespräch. Immer zwischen Mitternacht und drei Uhr morgens. Von Ehrl-König in Hunderten von Interviews bekannt gegeben, von RHH nie ein Widerspruch. »Meine Schlaue Eminenz«, so Ehrl-König über RHH, seit Jahren. Ehrl-König hat jede Abendgesellschaft um Mitternacht verlassen. Telephontermin, sagte er dann und verschwand. Man sei nicht sicher gewesen, ob eigentlich Ehrl-König der Mächtigste im Kulturland sei oder nicht doch RHH. Und dann die Sensation. Ehrl-König beklagt sich bei Hans Lach über RHH. Fünf Wochen vor der Schicksalsnacht. Auf einem *PILGRIM*-Empfang. Das durfte Hans Lach für aufregend halten, für weitersagenswert. Und er sagte es weiter in den Tagen und Nächten nach dem PILGRIM-Empfang, der stattfand am 17. Dezember. Wie Ehrl-König da über RHH sprach, spricht man nicht über einen Freund. Beispiel: Wenn in RHH's Gegenwart das Wort Prostata falle, verlasse der sofort den Raum. Oder: RHH's Zwillingsschwester Ilse-Frauke von Ziethen, die nach einer Neunwochenehe mit dem Dermatologen von Ziethen wieder zurückgeschlüpft sei zu Bruder Rainer Heiner, die nenne ihren Bruder Mäuserich. Das aber nur, wenn von der Milliardenmenschheit niemand anwesend sei außer Ehrl-König. Und der sagt das wem weiter? Hans Lach. Oder: Die Rednerliste für den nächsten Geburtstag wird nicht mehr von RHH erdacht. Seine runden Geburtstage wurden ja immer fünfmal gefeiert. In Brüssel, in Bonn, in Berlin und, stellvertretend für das ehemalige Breslau, in Wien, und im Fernsehen. Ehrl-König sagte immer, er füge sich dem ihm Angedichteten. Vier Städte stritten sich darum, seine Geburtsstadt zu sein. Und das ließ er gern zu. Seine Mutter sei, als sie mit ihm schwanger war, viel unterwegs gewesen. Als wer oder als was unterwegs, das weiß niemand genau. Auf jeden Fall mit Gesang. Ob mit Schlager oder Arie, darüber darf getratscht werden. In diesen anregenden Gerüchteturbulenzen spürte jeder das RHH-Dirigat. Und diesen Spiritus Rector verrät der Meister wenige Wochen vor seiner Ermordung an einen einzigen: Hans Lach. Und dann die Niedermachung dieses auserwählt einzigen in der Januar-*SPRECHSTUNDE*. Und dann die Ermordung des Kritikers, über den die *Frankfurter Allgemeine* regelmäßig bekanntgab, es sei in der ganzen deutschen Geistesgeschichte noch keiner mächtiger ist gleich einflußreicher gewesen als er. Wie sehr daran RHH beteiligt war, ahnen wir mehr, als wir's wissen. RHH, der religiös erregte Sozialist, der Fünfbändelyriker, der farbenblinde Kunsthistoriker und ehemalige Fernsehkritiker – das war übrigens die RHH-Periode, in der er ungeschützt sehen ließ, daß auch er Macht wollte, Fernsehen, das Modemedium schlechthin, RHH als Fernseh-Lessing –, RHH der Immernoch-Arachnologe – das übrigens dürfe vielleicht doch als Ausdruck einer unerbittlichen Verbitterung gewertet werden –, RHH, der Mann hinter Ehrl-König. Und der verrät ihn intimst an Hans Lach, den er in der Januar-*SPRECHSTUNDE* böse traktieren wird. Aber das weiß Hans Lach noch nicht. Das weiß, behaupte ich, auch Ehrl-König am 17. Dezember noch nicht. Sein Instinkt weiß es. Er noch nicht. Er zieht einen radikal ins Vertrauen, den er gleich radikal vernichten wird. Kann man Macht deutlicher genießen! Aber Hans Lach, dem solche für sich selbst sorgenden Instinkte fremd sind, war nach dem Dezembergespräch nichts als aufgeregt. Schön aufgeregt, bitte, ganz und gar positiv aufgeregt. Schließlich mußte Ehrl-König, als er sich Hans Lach gegenüber so öffnete, die *Mädchen ohne*

Zehennägel schon gelesen haben. Das Buch war schon ein paar Wochen auf dem Markt. Ehrl-König mußte schon wissen, daß er das Buch in der *SPRECHSTUNDE* behandeln werde. Und hat sich auf diesem Empfang ausschließlich mit dem Autor dieses Buches unterhalten. Auf der obersten Plattform sitzend, an der *Reling*. Wer immer sich habe nähern wollen, sei weggescheucht worden, von Ehrl-König, der seinem Gesprächspartner nichts melden wollte als das jähe Ende der Freundschaft mit RHH. Die Gründe, beziehungsweise den Grund, kennen Sie ja.

Ich mußte gestehen, daß ich ihn nicht kenne.

Fabelhaft, rief der Professor, in ihre Vergangenheitslabyrinthe dringt kein Gegenwartslicht. Ende August plötzlich ein Artikel in irgendeiner Illustrierten, daß Ehrl-König seine Schuhe in Antwerpen machen lasse, Spezialanfertigung für ihn, innen so verarbeitet, daß er zweieinhalb Zentimeter größer ist, als er ist, und von außen merkt man's nicht. Das war im Medien-Sommerloch da und dort eine hämische Zeile wert. Ehrl-König ließ nachforschen. Die Quelle dieser Nachricht: Henkels Bruder Pirmin, ein Masseur, notdürftig im Ruhestand, Alkoholiker. Er hat die unangenehme Nachricht einem Journalisten verkauft. Aber er muß, was er verkaufte, von seinem Bruder haben. Ehrl-König verlangte von Henkel, daß der sich öffentlich von dieser Falschmeldung und von seinem Bruder distanziere. Henkel weigerte sich. Das war der Bruch. Henkel gab sich eigensinnig und ließ wissen, da es sich nicht um eine Falschmeldung handle, könne er sich nur für die Indiskretion entschuldigen, aber nicht für den Inhalt. Ehrl-König war entsetzt. Sein einziger Freund. Wenn der Anlaß nicht so lächerlich wäre, könnte man sagen: tragisch. Und kurz nach dieser Groteske offenbart Ehrl-König Schmerz und Enttäuschung ausgerechnet dem Autor, den er öfter schlecht als recht behandelt hat.

Hans Lach rief danach nicht nur mich an, seinen Silbenfuchs, sondern, wie sich von selbst herumsprach, mindestens zehn andere aus dem Kulturbetrieb, und jedem posaunte er seine glückliche Erregung hin: eine neue Epoche, Ehrl-König ist ganz anders, als viele geglaubt und verbreitet haben, und er, Hans Lach, nehme sich da überhaupt nicht aus! Ehrl-König könne eine Gesprächszärtlichkeit entfalten, eine Nähesprache, nie hätte man diesem Literatür makelnden Machtmenschen zugetraut, daß er überhaupt so flüstern, so einen Tuchfühlungston riskieren könnte. Noch nie habe mit ihm, Hans Lach, jemand so geschmeidig gesprochen. Ja, so müsse er Ehrl-Königs Präsenz bei dem *PILGRIM*-Empfang nennen, geschmeidig. Sie seien an der Reling gesessen, also auf der obersten Plattform, weshalb das Wegscheuchen von Zudringlichen auch besonders leicht gewesen sei, und – das sei ihm, Hans Lach, in jeder Sekunde dieses Vertraulichkeitsdialogs bewußt gewesen – alle, die auf den unteren Niveaus ihr Glas in der Hand hielten und Anwesenheit markierten, alle sahen natürlich immer wieder herauf und wunderten sich: wie lange redet Ehrl-König jetzt schon Stirn an Stirn mit Hans Lach, was ist denn da passiert. Ehrl-König habe nach dem Gespräch den Aufzug heraufbefohlen, habe sich von den immer theatralisch sich öffnenden und pathetisch sich schließenden Aufzugstüren schlucken und hinabführen lassen in die Auto-Unterwelt. Hans Lach sei von Niveau zu Niveau hinabgestiegen in die Polster-Wanne und habe die zudringliche Neugier der auf ihn Einstürmenden mit Verwunderung beantwortet. Was sie denn wollten! Er habe immer schon eine Beziehung zu Ehrl-König gehabt, die nicht auf eine Meinung reduziert werden könne. Überhaupt sei das, was aus seinem Verhältnis zu Ehrl-König eine Beziehung mache, am wenigsten im Meinungsmäßigen zu suchen, er glaube, es handle sich um eine Gemeinsamkeit durch Fülle, um eine Bevorzugung des Lebendigen, sogar dem Geistigen gegenüber. Und als man ihn fragte, was denn heute zwischen ihnen das Thema gewesen sei, ob sich Ehrl-König gegen jede Gewohnheit etwa schon über die *Mädchen ohne Zehennägel* geäußert habe, tat Hans Lach das ab. Das gehörte doch gar nicht dazu. Von Büchern sei nicht die Rede gewesen. Überhaupt nicht von Details. Ja, bitte, aber von was dann? Soweit Details beziehungsweise Personen vorgekommen seien, fühle er sich, obwohl es nichts gegeben habe, was man eine Abmachung nennen müßte, zu vollkommener Diskretion verpflichtet. Ihm, seinem Silbenfuchs gegenüber, habe er dann Einzelheiten sehr wohl genannt. Ich glaube sogar, rief Silbenfuchs, er wollte, daß auch ich es weitersage. Alles nämlich, was ihm über Henkel gesagt worden war. Er glaubte, auch Ehrl-König wolle, daß, was er Lach anvertraut habe, zirkuliere.

Wenn Sie wissen, welche Rolle Henkel in Ehrl-Königs Urteilswesen zugesprochen wird, verstehen Sie Hans Lachs Bedürfnis, das Reling-Gespräch weiterwirken zu lassen. Hans Lach hat es offenbar für möglich gehalten, daß er eine Art RHH-Nachfolge antreten könne. Und noch kühner, seine Vermutung: die Verurteilungen, die Verrisse, die er, Hans Lach, im Lauf der Jahre habe hinnehmen müssen, seien mehr dem direkten Souffleur RHH zuzuschreiben als dem eigentlich doch viel runderen, gemütreicheren Ehrl-König. Mit welcher Schärfe Ehrl-König zu Hans Lach an der Reling über RHH sprechen konnte, sei durch eine von Ehrl-König mit sarkastischem Behagen vermittelte Miniatur deutlich geworden. Ehrl-König und RHH im vergangenen Sommer auf einem Spaziergang rund um RHH's Baldsburg. Ehrl-König habe seinen Schirm mitgenommen und den, weil das Wetter noch schön gewesen sei, als Spazierstock benützt. RHH sieht das und sagt im Gehen, ohne herüberzuschauen: Hast du Schwierigkeiten beim Gehen. In diesem Sätzchen sei soviel Gier, soviel böse Hoffnung, soviel arges Keuchen zum Ausdruck gekommen, daß Ehrl-König erschrocken sei. So sehr hat sich Ehrl-König bei diesem Gespräch auf höchster *PILGRIM*-Ebene aufgetan. Wie aber nach dieser Vorgeschichte die Vernichtung auf Hans Lach gewirkt haben muß, können Sie jetzt zu ahnen versuchen. Mir hat Hans Lach gesagt, der bleibende Eindruck des Gesprächs an der Reling sei bei ihm: Geschmeidigkeit. Beide, Hans Lach und Ehrl-König, seien eins gewesen in Geschmeidigkeit, so daß er, Hans Lach, jetzt zu sagen versucht sei: Geschmeidigkeit sei bei ihnen beiden das alles andere Dominierende. Existenz-Geschmeidigkeit, hat er es sogar, schwärmerisch wie er ist, genannt. Und dann die Abkanzelung in der *SPRECHSTUNDE*. Inzwischen werde ja geraunt, wie es dazu nach dieser Vorgeschichte habe kommen können! Ihm, Silberfuchs, überhaupt kein Rätsel. Wenn es nicht Machtinstinkt war, dann eine Kalkulation. Nichts war Ehrl-König so wichtig wie der Glanz seiner Unbestechlichkeit, seiner Unabhängigkeit. Es lassen sich in seiner Geschichte immer wieder solche inszenierten Kraßheiten nachweisen. Und das kann so eine Inszenierung gewesen sein: Seht alle her, wie lieb vertraulich, menschlich nah ich hier mit Hans Lach plaudere, erinnert euch gefälligst daran, wenn ich ihn im Januar vernichte, ich bin nämlich unbestechlich, wie es noch niemand war. Und, sagte der Professor, selbst meine immer noch dürftige Menschenkenntnis sagt mir: Wer so seine Unbestechlichkeit demonstriert, der muß unter seiner Korrumpierbarkeit zu leiden haben. Darüber könnte inzwischen wirklich nur noch RHH Auskunft geben. Fragen Sie ihn danach. Und sagen Sie's mir weiter. Das Menschenmögliche muß man in der Gegenwart erfahren. Wer nicht geradezu gierig ist, das Menschenmögliche zu seiner Zeit zu ergründen, der bleibt in der Geschichte – um es henkelsch zu fassen – ein farbenblinder Kunsthistoriker.

Bleiben wir bei RHH, dem Autor – um es im Superlativstil des ermordeten Meisters zu sagen – der fünf erfolglosesten Lyrikbücher der Literaturgeschichte, den wir auch den Erfinder Ehrl-Königs nennen können. Er hätte seine Ehrl-König-Erfindung beim Deutschen Patentamt drüben anmelden können. Als Ehrl-König vor drei Jahrzehnten als ein Monsieur Nichts aus Lothringen in unser Land wechselte, weil ihm der Sprung nach Paris schwieriger vorkam als der nach Frankfurt-Hamburg-München, da traf er auf Rainer Heiner Henkel. Heute ist das längst Legende. Und wie alles, was mit Ehrl-König zu tun hat, widerspruchsreich bestückt, also ein Strauß von Gerüchten; die aber wirken nicht beliebig zusammengestückelt, sondern sind arrangiert von einer genialen Floristin: Ilse-Frauke von Ziethen, geborene Henkel, die Sie heute kennenlernen werden. Henkels Zwillingsschwester, die nach der Dermatologenehe den Gatten so wenig geschont hat, öffentlich, daß Herr von Ziethen die Auswanderung vorzog.

Heute hat er einen Pharmabetrieb für Anti-Allergika in Columbus/Ohio. Und Ilse-Frauke und Rainer Heiner sind wieder in inzestuöser Josefs-Ehe vereint. So genannt von Ehrl-König persönlich. Als man auseinander war, wurde er deutlich. Da beide Henkels dem Sexuellen abgeneigt seien, müsse das so gesagt werden. Aber als Ehrl-König in der Tatnacht kurz nach Mitternacht aufbrach, sagte er schmerzbewegt, er gehe jetzt, obwohl kein Telephongespräch mehr mit dem alten Freund stattfinden werde. Im Rundumgespräch nachher waren viele der Ansicht, Ehrl-Königs *SPRECHSTUNDEN*-Eröffnung mit dem Jahr 2030, mit der Entlarvung der *Mädchen ohne Zehennägel* als einer drittklassigen Lach-Fälschung, stamme noch aus RHH's Küche. Etwas sorgfältig Vernichtendes, das nicht ausschließlich von einem Superlativ der Hemmungslosigkeit lebte, das sei nicht Ehrl-König, sondern reiner RHH.

Eine Vernichtung sorgfältig vorzubereiten, das war wahrscheinlich immer RHH's Geschäft gewesen. Dazu gehörte sicher auch Ehrl-Königs Superlativstilistik. Ein so guter Autor, und wieder ein so schlechtes Buch! Warten wir weiter! Er mußte ja die Autoren, auf die er einschlagen wollte, sozusagen am Leben lassen, am literarischen, um später wieder auf sie einschlagen zu können. RHH habe sicher einen nicht zu überschätzenden Anteil gehabt an allen Vernichtungsgesten, die dann in der *SPRECHSTUNDE* exekutiert wurden. Wahrscheinlich hat er, der durch eine Art Erfolglosigkeitsschicksal zu einem zermürbenden Ansichhalten verurteilt ist, Ehrl-Königs Anlage zur Hemmungslosigkeit entdeckt und sie dann ausgebildet. Ohne RHH's bittere Kompetenz hätte Ehrl-König sich nicht so schnell zum Drauflosvirtuosen entwickelt. RHH hat, könnte man sagen, Ehrl-König so weit gebracht, daß dann ein besonders unglückselig Schwacher nicht mehr anders konnte, als diesen göttlich um sich schlagenden Machthaber zu töten. Daß dieser besonders Schwache Hans Lach gewesen sein muß, will ich kein bißchen vermuten, sagte Silbenfuchs, aber ausschließen kann ich es so wenig, wie ich es vermuten kann. Zum Besuch der inzestuösen Josefszwillinge wünsche er mir viel Vergnügen. Ich dankte heftig. Mir war danach. Wie naiv wäre ich, ohne diese Einweihung ins konkret Wirkliche, dem Henkelpaar ausgesetzt gewesen. Jetzt Julia Pelz. Zuerst noch einen Marc de Champagne, ans Fenster gehen und in den noch immer währenden Schnee hinausschauen. Märchen, dein Name ist Schnee, dachte ich und fühlte kindheitlich.

Aber Julia die Große mußte sein. Erstens sehnte ich mich nach dieser andauernd zwischen zwei Tonlagen hin- und herschwankenden Stimme, nach diesem Männersound im Frauenton, zweitens spürte ich ein radikales Vertrauen zu ihr, eins, das nicht nach Begründung verlangte, ein bodenloses also. Sie kannte doch alle, also mußte sie RHH auch kennen. Und ob, sagte sie. Eine Woche vor der Nacht der Handlung sei er bei ihr im Saturnischen Salon gesessen. Und zwar ohne seine Schwester. Damit das nicht als sensationell verbucht werde, entschuldigte er Ilse-Fraukes Abwesenheit mit einer Blasenentzündung. Sie, Julia, habe das für einen beeindruckenden Vorwand gehalten. Sie sei sofort sicher gewesen, daß er mit ihr allein sprechen wollte – und der Verlauf des Gesprächs habe das nachher bewiesen –, aber auf eine Blasenentzündung als Vorwand komme eben nicht jeder. Ein Rainer Heiner Henkel schon. Und bei dieser Schwester sowieso. Und dann bezieht sich dieses Initialgebläse gleich ganz frech darauf, daß jetzt zwei von der Welt mißhandelte Lyriker einander gegenübersäßen. Sie, Julia, habe sofort gesagt, sie sei niemals mißhandelt worden. Er gibt darauf unumwunden zu, daß er auch hier sei, um einen Verlag zu finden für sein Gesamtes, für alles. Aber das könne wirklich den Schluß bilden unseres Plauschs. Er komme natürlich wegen Ehrl-König. Er wisse, daß ich Opposition sei. Ehrl-König wisse das auch und arbeite an meinem Sturz und schaffe den auch. Bisher sei noch niemand, den er stürzen wollte, ungestürzt geblieben. Das zu melden sei er, RHH, überhaupt hier. Und um jetzt ganz offen zu sein: Ehrl-König habe ihm, RHH, vor dem Bruch aufgetragen gehabt, ihr zu melden, daß er an meinem Sturz, das heiße an meiner Trennung von Ludwig Pilgrim arbeite. Das ist seine Art, sagte RHH, er intrigiert nicht, er geht geradewegs zu auf das Ziel. Ehrl-König wisse, daß ich es sei, die das Ehrl-König-Archiv im *PILGRIM* Verlag verhindert habe, die Sponsoren geschart habe, daß siebzehntausend Zettel Ehrl-König-Notizen als Nachlaß bei Lebzeiten vom Literatur-Archiv in Marbach erworben werden konnten. An den zwei Millionen, die er kassierte, lag ihm erst in zweiter Linie. Marbach ist für relative Unsterblichkeit eine gute Adresse, aber er, Ehrl-König, wäre eben lieber in München unsterblich geworden als in Marbach. Er war sicher, wäre das Ehrl-König-Archiv im *PILGRIM* Verlag erst etabliert gewesen, hätte die Stadt München dieses Archiv unter die Sehenswürdigkeiten aufnehmen können, und Besucher aus der ganzen Welt hätten sich andauernd über seine siebzehntausend Zettel gebeugt. Auf denen, so RHH, erbärmlich wenig zu finden sei. Er, RHH, habe, vor dem Bruch, diesen Plan bekämpft. Genau so wie sie, Julia Pelz-Pilgrim. Und zwar ganz offen habe er da gekämpft. Der Meister habe nämlich schon im Vorgefühl des Gelingens – und wann wäre ihm je etwas nicht gelungen – verfügt, daß Ilse-Frauke von Ziethen Archivdirektorin des Ehrl-König-Archivs im Haus *PILGRIM* werde. Und eben deshalb habe er, RHH, in Frau Pelz-Pilgrim eine Bundesgenossin gesehen. Seine Schwester, ohne die er auf der Baldsburg weder Tage noch Nächte verbringen könnte, wäre ihm entzogen, entführt worden, herab von der Baldsburg, in der sie innig und alles überblickend geistreich hausen, hinein ins ödeblödeschnöde München. Und das hat Frau Pelz-Pilgrim verhindert. Dafür sei ihr sein ewiger Dank sicher. Aber für Ehrl-König ist sie seit dem casus belli. Das sagt er ihr freimütig. Und wie gesagt, er darf's. Denn er ist, wie jetzt schon jeder wisse, nicht mehr Ehrl-Königs Freund. Jetzt werde sich zeigen, was Ehrl-König ohne RHH sei. Er sei selber gespannt. Eigentlich halte er Ehrl-König ohne ihn, RHH, für weniger als ein Schemen.

Jetzt habe dieser wangenlose fadenscheinige Dünnling losgelegt. Und es kam heraus, was man ahnte, fast wußte, und doch nicht glaubte. Der Gerüchtedschungel, in dem Ehrl-König prachtvoll und unfaßbar herumtigerte, war seine, RHH's, Schöpfung. Allerdings im Auftrag Ehrl-Königs. Aber erfunden, in die Welt gesetzt und andauernd durch phantastisch genaue Produktionen am immer wieder sich steigernden Leben gehalten nur durch RHH. Natürlich seien die Gerüchte, die er habe kursieren lassen, alles andere als frei erfunden gewesen. Er habe die Gerüchte immer aus intimer Kenntnis und genauer, geduldiger Beobachtung gewonnen. Besonders habe er es genossen, wenn etwas kursierte, was er in Umlauf gesetzt habe, was überhaupt kein Gerücht sei, was aber behandelt wurde wie ein Gerücht, jeder erzählte es weiter, jeder glaubte, es sei eine typische Ehrl-König-Dekoration, in Wirklichkeit sei es aber nichts als die fast reine Wahrheit gewesen. Die reine Wahrheit natürlich nie. Die Medien sind wahrheitsimmun. Schönstes Beispiel: Ehrl-König schreibt nebenher unter dem Namen Siegfried Lerner klassizistische Gedichte, vor allem Sonette, sieben Bände dieser Lyrik seien in einem Tessiner Verlag erschienen, in Leder. Erschienen eigentlich nicht. Schönstens gedruckt, Ausstattung historisch, à la Bremer Presse, aber unter Verschluß gehalten, vorerst. Frau Ehrl-König, die zigarrenrauchende Madame, zwinge er, alle seine klassizistischen Gedichte ins Französische zu übersetzen. Verhandlungen mit Gallimard seien im Gange. Das halte jeder für ein polemisches Gerücht, das sei aber Wort für Wort wahr. Ehrl-Königs innigster Wunsch sei es nämlich, daß seine von der Madame ins Französische übersetzten und in Paris publizierten Gedichte dann von Hans Magnus Enzensberger ins Deutsche übersetzt werden würden. Und dann – die Krönung – seine Selbstpreisgabe mit der Triumphnachricht: seine deutschen Originale seien besser als Enzensbergers deutsche Übersetzungen. Die Gedichte sind allerdings denen von Karl Kraus ähnlich. Er, RHH, spreche als verstummter Lyriker, verstummt, weil seine Ansprüche zu hoch seien, aber verstummt auch, weil die Erde bald von ihren Verwüstern verlassen werde, und zwar ohne Lyrik im Gepäck, und verstummt aus hoch historischem Opportunismus, weil er seine ganze Empfindungsfähigkeit dem Dasein der Spinnen verschrieben habe, weil das die Wesen sind, die diese Erde dann endgültig beherrschen werden, also er dürfe sich für Lyrik kompetent fühlen, André leistet wie Karl Kraus als Lyriker Zuckerbäckerarbeit, Wortkonditorei mit Spritzgußtechnik.

Nun sei aber endlich zu gestehen, daß er, RHH, ohne die Mitarbeit der ganzen Gesellschaft seinen Gerüchtedschungel nicht betreiben könnte. Jedes Legendchen, das er in Umlauf gesetzt habe, sei wild aufgeblüht, habe sich vermehrt, manchmal habe er, was er in die Welt gesetzt habe, selber nicht mehr wiedererkannt.

So habe der wangenlose Dünnling geredet, mit säbelnden Händen und löchriger Stimme. Warum er das ihr erzähle, habe sie gefragt. Wir sind Verbündete, habe er gesagt, und sollten das wissen. Vielen Dank, habe sie gesagt. Und er, gewissermaßen stolz: Keine Ursache, gnädige Frau. Er sei sicher, daß sie, sobald Ehrl-König sich an ihr rächen werde, ohnehin auf ihn, RHH, zukommen werde. Diesem Tag sehe er gelassen entgegen. Und ging. Ihr sei es indes durch den Gang der Dinge erspart geblieben, RHH gegen Ehrl-König in Anspruch zu nehmen.

Julia die Große schnaufte auf. Dieser RHH und sein Ehrl-König seien nichts als Komplizen bei einem Verbrechen, von dem sie nicht einmal eine Ahnung hätten: die Auflösung des Wesens der Show. Die Show mache ja vor nichts mehr Halt. Religion, Politik, Kultur. Aber gut, so bereite sich der Erzsturz vor, Saturn kichere drunten im Dreck. Sein Auftritt knistere schon in aller Erscheinung.

Ich bedankte mich. Falls ich Sehnsucht nach Splendor solis habe, sei ich jederzeit willkommen. Ich sprach es aus wie eine Floskel, meinte es aber ernst, als ich sagte, seit ich in ihrem Saturnzimmer gewesen sei, gebe es für mich in München keinen Ort mehr, der mir gegenwärtiger sei.

Gut, rief sie.

Rechnen Sie mit mir, sagte ich.

Sie stieß einen Laut aus, der ihre beiden Stimmlagen vereinte. Saturnlaut, dachte ich. Und dachte noch: Wenn Engel grunzten, dann so. Ein durch und durch gehender Laut. Was für eine Frau! Und wie weit weg. Unerreichbar eben.

Es läutete.

Ich holte die beiden an der Gartentüre ab. Meine Frau hatte, weil sie heute keine Sprechstunde abhielt, einen Teetisch vorbereitet.

Ich hatte sie gebeten, nicht in Erscheinung zu treten. Mein Gefühl: keine Ablenkung, Henkel pur. Der erste Eindruck: Wer ist er und wer sie?

Als sie aus ihren völlig gleichen, sich zu Bayern bekennenden Mänteln geschlüpft waren, war diese Frage noch unbeantwortbarer. Genau gleich groß, einsachtzig, gleich braungebrannt, die Baldsburg – heißt es – liegt auf achthundert Meter Höhe, beide im vollkommen gleichen Anzug, allerdings eine anspruchsvolle Gleichheit: braunes Samt, unauffällig beige gesprenkelt, darunter beide im Rollkragenpullover, da, Gott sei Dank, ein Unterschied: ein Pulli in Schwarz, einer in Hellbeige. Ich entschied mich, in Hellbeige Ilse-Frauke von Ziethen zu vermuten. Die Stimmen bestätigten das. Er fast ein Baß, sie eine reine Mädchenstimme. Mädchenstimme stimmt nicht. Eine überraschend hohe Stimme. Nicht quieksend. Aber scharf schon. Baß für ihn, stimmt auch nicht. Tief schon, aber so brüchig, daß immer wieder hohe, wie durch Reibung entstehende Fieptöne vorkommen. Dunkel krächzend, könnte man sagen. Die Führung des Gesprächs lag eindeutig bei ihm. Sie sagte wenig, wirkte aber beaufsichtigend, kontrollierend, auch schützend. Sie schaute und hörte zu, als sei alles, was er sage, mit ihr abgesprochen, und sie müsse prüfen, ob er jetzt alles so bringe, wie sie es abgesprochen, vielleicht sogar eingeübt hatten. Er sah ja auch immer immer wieder zu ihr hin, ihre Zustimmung durch Gesten und Pausen erbittend, die gab sie. Fast immer. Je länger sie da waren, desto lieber mochte ich sie. Ein wunderbares Paar. Ich fühlte mich bezaubert. Die kassierten mich. Ihre Zusammenarbeit bei diesem Kassieren war virtuos. Er setzte seine langen schmalen Hände ein. Die konnten an den Gelenken rechtwinklig weggebogen werden. Sie benutzte zum Betonen nur den Zeigefinger ihrer rechten Hand. Ihre linke Hand lag reglos auf ihrer linken Bügelfalte. Obwohl seine Stimme klang wie die eines Wahlredners nach monatelangem Wahlkampf, mußte man nie fürchten, sie könne ganz versagen. Alles an ihm und von ihm drückte eine unbändige Willenskraft aus. Er bestand aus nichts als Entschlossenheit, Eifer, Sicherheit, eben aus Kraft. Gerade weil er physisch überhaupt nicht stark wirkte, erlebte man das aus Kehle und Seele Sprühende um so mehr als Demonstration der reinen Geisteskraft. Aber am meisten beeindruckte mich die in jeder Sekunde manifestierte Abhängigkeit von ihr, von ihrer Zustimmung. Ich hatte noch nie zwei Menschen erlebt, die so zärtlich zusammengehörten wie diese zwei. Und das wirkte als reine Schönheit. Ich hätte am liebsten in die Hände geklatscht vor Zustimmung.

Er sagte, er sei wie ich Historiker, also daran interessiert, daß letzten Endes keine Falschmeldungen das Feld beherrschten. Was ich in meinem Ehrl-König-Buch aus seinem Beitrag machte, sei meine Sache. Sein Vertrauen zu mir gründe in seiner Achtung vor meiner wissenschaftlichen Leistung, wenn auch meine Themenfelder unter einer anderen Sonne lägen als seine. Er sei durch und durch der Aufklärung verpflichtet, das wisse ich ja. Aber den dunklen Rändern unserer Existenz humanes oder wenigstens anthropologisches Potential abzugewinnen sei des Schweißes eines Edlen wert. Und heller als ich habe über die in uns beheimateten Dunkelheiten niemand geschrieben.

Ich bin ihm und der Schwester nicht wegen dieses deutlich zu dick aufgetragenen Lobs verfallen. Im Gegenteil. Die Portion Anerkennung, die er mir verpaßte, empfand ich als das Zweckrationalste in seinem ganzen Auftritt. Beide hatten sich übrigens auf meine vage einladende Handbewegung hin aufs Sofa gesetzt, allerdings so weit wie möglich auseinander. Ich saß ihnen also gegenüber. Sie lobte den Tee. Er beendete deutlich das, was Vorrede gewesen sein sollte, dann fing er an. Zeitweise saßen da zwei Vögel auf dem Sofa. Lange Hälse, schmalste Gesichter, ruckartige Kopfbewegungen, große Augen, seine Hände wie sich entfalten wollende Flügel. Sie anwesend mit der sanften Betulichkeit, die man bei Vogelweibchen beobachten kann, am meisten bei Enten. Dazu habe ich ja fünf Minuten vom Haus, am Nymphenburger Kanal, reichlich Gelegenheit.

Er trug dann vor, was ich dem Inhalt nach schon durch den Professor und durch Julia erfahren hatte. Aber er trug es beteiligter vor. Und redete sich trotz aller Beherrschtheit in eine Verurteilung Ehrl-Königs hinein, die vor nichts Halt machte. Hat er das beabsichtigt? Ist es ihm passiert? Ich weiß es nicht. Alles, was er vortrug, wurde durch die Art, in der er es vortrug, sozusagen beschädigt, aber eben dadurch glaubhaft. Er selber war beschädigt, verletzt, beleidigt, gedemütigt! Das drückte sich in allem aus. Man spürte, warum er so reden mußte. Manchmal klang es, als rede da einfach ein Feind Ehrl-Königs, der viele Jahre lang hatte warten müssen auf den Augenblick, in dem er zu Wort kommt. Aber er fand auch immer wieder zurück zu einer Bewunderung für den, gegen den er da redete. Er ging nie unter im bloßen Geschimpfe. Dafür sorgte schon streng seine Schwester. Mit ihrem rechten Zeigefinger, der so lang war wie ihr Mittelfinger, und der war sehr lang. Sie dirigierte eigentlich seinen Vortrag, als sei er ein Orchester. Ein Orchester der Tonlosigkeit allerdings. Aber was er bei unbehebbarer Tonlosigkeit seiner Stimme aus seiner Kehle an Ausdrucksunterschieden herauswirtschaftete, war erstaunlich. Ich dachte an sein erfolgreichstes Buch *Jesus von Nazareth, Politiker.* Ich würde es lesen.

Lassen Sie sich durch mich nicht gegen Ehrl-König einnehmen. Sie haben kein Recht, gegen ihn zu sein. Ihnen hat er nichts getan. Vor allem: er hatte ein Recht zu sein, wie er war.

Von allen um- und durcheinanderlaufenden Legenden und Histörchen stimme am genauesten alles über die Mutter, die große Dame, die gebe es so, wie er, RHH sie bekannt gemacht habe. Eben einhundertdrei Jahre alt geworden. Aber schon, daß sie wirke wie entworfen von Klimt plus Stefan George, sei sein Einfall, den Ehrl-König fort und fort benutze als Verehrungsformel für diese unentbehrliche Backgroundbellezza. Der Vater, auch der stimme, Bankier in Nancy, schon lange tot, aber eben eine schauderhafte Gestalt, klein, dicklich, große rote Ohren, die Mutter hat er, als sie siebzehn war, geschwängert, sie aber, so der Meister, sei mit achtzehn aus dem Kindbett aufgestanden als eine Dame, und die sei sie geblieben. Ihren Sohn hat sie immer verachtet. Sagte der Sohn. Weil er aussah wie sein Vater. Für den habe er, RHH, um der Unterhaltung willen, auch kursieren lassen, daß der ein lothringischer Pferdehändler gewesen sei. Wozu dann eben gepaßt habe, daß er die Siebzehnjährige vor dem Schwängern aufs Pferd gesetzt habe. Ehrl-

König verehrte seine Mutter, und er haßte sie. Er haßte sie, weil er sich verurteilt fühlte, sie, die ihn verachtete, zu verehren. Jeder kenne die Photos, auf denen er mit fünfzig, sechzig und siebzig Jahren an ihrer Seite steht. Sie, die große schöne, wie erfunden schöne Dame, er, der rundliche Kleine, dem mit sechzig plötzlich die vorher schon weißen Haare ausgingen, die er immer lang getragen und im Nacken zusammengefaßt gehabt habe. Ehrl-König selber sagte übrigens, daß seine Haltung auf den Photos mit seiner Mutter bewußt gewählt sei. Die Leute, die spotteten, daß er da wie ein bösartiger und doch bedauernswerter Zurückgebliebener neben der aufragend Schönen stehe, die reagierten genau so, wie er es wünsche. Diese Rolle spielte er auf jedem Photo mit seiner Mutter. Darum habe er doch den Kopf zur Seite hängen lassen, als gehorche der ihm nicht mehr ganz, und grinste. Dieses Grinsen sollte alles vernichten, was die Mutter an Bellezza darstellen wollte. Er, der geniale Kretin, sie die Klimtpuppe in der Stefangeorgepose. Sie in märchenhaft an ihr hinabfließenden Gewändern, er in schaurigen Konfektionsanzügen. Ehrl-König habe solche Anzüge nur getragen, wenn er zu seiner Mutter reiste. Er wollte ihren Schönheitssinn beleidigen und protestieren gegen ihren, wie er es nannte, drittklassigen Klimt-Verschnitt. Ja, so umsichtig, so konzentriert, so energisch habe er immer gelebt. Es sei eine Freude gewesen, ihm Vorschläge zu machen, weil er jeden Vorschlag mit Leidenschaft geprüft und ihn, wenn er ihn brauchbar fand, mit kältester Perfektion in Wirklichkeit umsetzte. Woher diese Energie, diese Unermüdlichkeit? Dafür gibt es ein einziges Motiv: Unsterblichkeit. Klar, Unsterblichkeit ist knapp, es gibt, angesichts der Nachfrage, viel zu wenig Unsterblichkeit, also entbrennt ein Kampf um Unsterblichkeit wie um nichts sonst. Und da ist jedem jedes Mittel recht, von Heuchelschwulst bis zu kalter Gewalt, um noch ein Fetzchen Unsterblichkeit zu erhaschen. Und jeder ist da eines jeden Feind. Todfeind, da paßt das Wort. Das habe ja Hans Lach, den er, RHH, sonst gar nicht schätze, in seinem *Wunsch, Verbrecher zu sein*, akzeptabel ausgedrückt: *Wir stoßen einander von den Planken eines sinkenden Schiffs.*

Daß Hans Lach für diese entsetzliche Tat in Frage komme wie kein anderer, liege auf der Hand. Ehrl-König hat ihm die Aussicht auf Unsterblichkeit gründlich vermasselt. Das heißt, er hatte diese Aussicht nie, aber Ehrl-König war das historische Werkzeug, das diese angemaßte Aussicht zu zerstören hatte. Daß er die Erfüllung dieser historischen Funktion mit dem Leben bezahlen mußte, gibt seinem Sein und Wirken das Pathos, das er zwar immer weggegrinst hat, von dem er aber in seinem Innersten ganz erfüllt war. Er war ein großer Mann. Einem Laffen hätte ich nicht vierunddreißig Jahre gedient. Ich habe ihm gedient. So wie der Bildhauer dem Stein dient, aus dem er die Figur schlägt. Er hat es versucht, mir zu danken. Aber Danken war seine Sache nicht. Die Mutter dürfte versäumt haben, ihn so zu hegen, daß er gerne gedankt hätte. Er wollte undankbar sein. Vorsätzlich. Er wollte böse sein. Er glaubte dafür Gründe zu haben. Er wollte groß sein im Bösesein. Seine Tragödie: er blieb ewig hängen im Giftigsein. Giftzwerg sei ein Wort, das man in seiner Gegenwart niemals gebrauchen durfte. Was bei ihm laut wurde und rauschte, war nicht das Flügelrauschen eines gewaltigen und bösen Engels, sondern die Wasserspülung, die zu betreiben ihn das Schicksal verdammt hat. Und dann immer Lessing im Mund führen wie andere Leute Kaugummi, Lessing, der gesagt hat, wenn Gott ihm etwas zuteilen wolle, dann nicht die Wahrheit, sondern das Streben danach. Er ist immer aufgetreten als die hemmungslose Gewißheit, die Zweifellosigkeit schlechthin, die diamantene Urteilsunanfechtbarkeit. Er hat das Entwederoder eingeführt in die Literaturkritik, haben seine Chorknaben in den Feuilletons gesungen. Und ich, Rainer Heiner Henkel, habe, weil er mir in seinem Auftrittsfortissimo allmählich komisch vorkam, an ihm gearbeitet in Richtung reisender Henker im Western,

das ist der mit dem Arztköfferchen, in dem das Hinrichtungsbesteck blitzt. Aber für Komik war er nicht mehr zu haben. Sein Erfolg panzerte ihn allmählich gegen jede Einrede. Unsere Freundschaft wäre auch ohne den Fehltritt meines armen Bruders verendet. Er war beziehungsunfähig. Manchmal hat er mich angeschaut, wie er schaute, wenn er in der *SPRECHSTUNDE* das Schlechte Buch behandelt hat. Wenn wir zusammen saßen und tranken und ich, als er zum dritten Mal vom Klo zurückkam, sagte: Was ist los mit dir, protestiert bei dir die Prostata, dann stampfte er auf und schrie: Wenn du noch einmal dieses Wort in den Mund nimmst, sind wir getrennte Leute. Kurz vor dem Bruch sagte er einmal: Wie ich mich beeindrucke, das schafft sonst nur noch die Musik. Und das war die Begabung, die alles entschied: Von sich selber rückhaltlos beeindruckt sein zu können. Das war dann immer das Mitreißende: In kindlichem Überschwang in Jubel auszubrechen über sich selbst. Er hatte einen unbeirrbaren Instinkt, in jedem Augenblick die einzig richtige Bewegung zu machen, sich auf den einzig richtigen Fleck zu stellen und dann zu sagen, er habe sich sein Leben lang immer zwischen alle Stühle gesetzt. Das war seine Genialität: sich alles zu glauben, wenn es ihm nützte. Das mit immer zwischen alle Stühle gesetzt ist übrigens die Formel jedes zweiten Erfolgreichen. Sie haben kassiert, was es zu kassieren gibt, und sagen nachträglich leidensglorios, daß sie sich immer zwischen alle Stühle gesetzt hätten. Zu Ehrl-Königs Ehre sei übrigens gesagt, daß so ziemlich alles, was von Geschlechtsverkehr handelt, nicht von RHH stamme, sondern von ihm selbst. Er, RHH, sei religiös gebunden, Ehrl-König nicht. Ehrl-König sei der freieste Mensch gewesen, dem er, RHH, begegnet sei. Und als er erlebte, wozu ein wahrhaft freier Mensch im Stande sei, fand er Freiheit nicht mehr desiderabilis.
Nicht vergessen dürfe er, wie wichtig es für eine solche Autoritätsfigur sei, alle anderen herabzusetzen. Als er, RHH, diese Herabsetzungslust bei Ehrl-König entdeckt habe, habe er

sie richtig entwickelt und fort und fort mit Details gefüttert, die dann einfach zu jedem Ehrl-König-Auftritt gehörten. Wenn er gerade einen positiven Superlativ gelandet hatte, zum Beispiel über Thomas Mann, dann im nächsten Satz, der hochgerühmte Essayist Thomas Mann hat alle seine Zitate aus zweiter Hand, weder von Nietzsche noch von Wagner hat er je etwas in der Hand gehabt. Oder wenn er Goethe gerade als den Allergrößten gelobt hat, dann gleich draufgesetzt, daß auch dieser Goethe eine gute Besprechung seiner *Wahlverwandtschaften* vom Verleger hat extradrucken lassen, um sie wie wild herumzuschicken. Ehrl-König habe einmal zu ihm gesagt, er sei zu reiner Verehrung nicht im Stande. Und da nichts in der Welt reiner Verehrung wert sei, erfülle er eine für die Welt unersetzbare Funktion: Die Aufhebung jeder Verehrung durch ein Gegenteil. Übersehen habe der Meister dabei, daß er zur Selbstverehrung sehr wohl im Stande war.

Er, RHH, wisse, Herr Landolf sei durch solche Nachrichten nicht zu erschrecken, ihm sei bekannt genug, daß kaum einer von den Wichtigen, wenn er im Fernsehen auftritt, eigenen Text spricht. Angesichts eines Publikums, das in die Millionen geht, wäre das einfach zu riskant. Stellen Sie sich vor, da spräche einer, wie ihm gerade ums Herz ist, dann kämen die Millionen auf die Idee: der ist ja auch nicht besser als ich, und das wäre das Aus. Wer auftritt, muß Paradesätze haben, und wenn er dazwischen Eigenes bringt – jetzt rede er von Ehrl-König –, dann muß er das Eigene, egal was es ist, so superlativisch emotionalisieren, aufblasen, daß das Publikum, wenn schon nicht durch eine Pointe, dann doch vom Heftigkeitsgrad betäubt wird. Er, RHH, habe Ehrl-Königs Aussprache gewisser Wörter so lange mit ihm geübt, bis dadurch eine Ehrl-König-Kenntlichkeit erreicht war. Dadurch wurde Ehrl-König von jedem imitierbar, und nichts macht populärer als Imitierbarkeit. Denken Sie nur an den Ehrl-König-Sound, wenn er über deutsche Scheriftstellerrr spericht und über die Sperache, die sie schereiben und wie scherecklich es ist, sein Leben geweiht zu haben einer Literatür, die zu mehr als neunzig Perozent langweilig ist. Das hat er gesagt! Und vielleicht hat er recht.

Ich war übrigens gar nicht überrascht, als er mich einmal regelrecht beauftragte, herauszubringen, auf welchem Weg, mit Hilfe welcher Leute man das Nobelkomitee in Stockholm dazu bringen könnte, in die Preiswürdigkeit auch Kritiker aufzunehmen, da die ja für das Gedeihen der Literatur deutlich wichtiger seien als dieser und jener Belletrist. Den Präsidenten der Deutschen Akademie forderte er direkt auf, ihn für den Büchnerpreis vorzuschlagen und hoffte, dieser Präsident werde das, weil er als Autor auf Ehrl-König angewiesen war, auch tun. Als sich das als schwierig erwies, war er wochenlang nichts als wütend. Tagtäglich wütend. Flüche ausstoßend. Verwünschungen. Drohungen. Aber er erholte sich. Sie konnten ihm den Weg zur Unsterblichkeit mit Schwierigkeiten pflastern, verbauen konnten sie ihn nicht. Und abbringen von diesem Weg und Ziel schon gar nicht.

Längere Pause.

Ich zeigte Zustimmung. Ich wußte allmählich, warum mir dieses Paar angenehm war. Sie hatten das und das erlebt und dem entsprechend waren sie jetzt. Eine vollkommene Verhältnismäßigkeit von Erfahrung und Ausdruck. Das macht glaubwürdig. Und Glaubwürdigkeit macht schön.

Er gebe zu, er habe selber zuerst lernen müssen, wie viel beziehungsweise wie wenig Realgehalt eine Gerüchtschöpfung haben muß, um dann erfolgreich kursieren zu können. Gegen pure Wahrheit seien die Medien eben immun. Nehmen Sie Ehrl-König und die Frauen. Es hat sich nie um Frauen gehandelt, immer um Mädels. Oder auch um Mädelchen. Mädel oder Mädelchen, da hat er immer scharf unterschieden. Am liebsten waren ihm natürlich Mädelchen, aber wenn's keine gab, nahm er auch Mädels. Frauen findet er langweilig. Unzumutbar. Besonders deutsche. Weibliches plus Schicksal, zum

Davonlaufen! Aber schicksallose, ihres Aufblühens noch nicht ganz sichere Mädels oder Mädelchen, dann wisse er, sagte er, wozu er zur Welt gekommen sei. Herr Pilgrim mußte ihm jede auftauchende Literaturjungfer sofort melden. Und er fragte nie: Schreibt sie gut, sondern: Ist sie hübsch. Eine der kühnsten Kreationen RHH's sei gewesen: Der-Tee-in-der-Suite. Daß Ehrl-König mit jeder in Frage kommenden Jung-autorin in den *Vier Jahreszeiten* gegessen, dann formelhaft gesagt habe: Den Tee nehmen wir in meiner Suite!, das sei in-zwischen in der Szenenbelletristik schon ein paar Mal be-schrieben und ausgemalt worden.

Jedem anderen, der irgendeine Macht ausübt, hätte ein einziger Bericht dieser Art das moralisch-professionelle Genick gebro-chen, Ehrl-König ging aus jeder solchen Geschichte noch strahlender hervor. Und das verdankte er, so RHH, ihm. Er, RHH, habe ihn ausgestattet mit einer eher feudalistischen als bürgerlich-demokratischen Legitimität, man hat ihn einfach nicht mehr an einer solchen Bagatelle wie sexual harassment gemessen. So wenig wie Charlie Chaplin, John F. Kennedy oder Franz Josef Strauß. Die Megafiguren gibt es eben dazu, daß sie dürfen, was alle wollen, aber nicht dürfen. Und so weit habe er Ehrl-König aufgeblasen. Er habe ihn gelegentlich auch aufs Glatteis geschickt, einmal, um zu testen, wie viel oder wie wenig er weiß, andererseits um zu testen, wieviel Blödsinn er ihn reden lassen könne, ohne daß jemand sich über ihn lustig macht. Ehrl-König habe natürlich eher nichts als wenig ge-wußt, aber er konnte sagen, was er wollte, den Leuten ging es nur darum, seine Faxen und sein Autoritätstheater zu genie-ßen. Womit er das betrieb, war ihnen egal. Einmal habe er Ehrl-König für eine Talkshow mit einer Bemerkung über Mo-lière ausstaffiert, einfach, daß er per Bildungsprotz seine Autorität füttere. Ehrl-König solle sagen, habe er zu ihm ge-sagt, das Aufregende an Molière sei für ihn, daß Molière gegen den Adel und gegen die Jesuiten geschrieben habe. Er hat's mit großer Geste gebracht, hat mit verdrehten Augen – sein Pathosblick – gerufen, er fühle sich immer der Aufklärung verpflichtet, die Leute haben geklatscht. Kein Mensch hat protestiert und klargestellt, daß Molière im Interesse Ludwig XIV gegen den Adel geschrieben hat, und nie gegen die Jesuiten, sondern gegen die Jansenisten. Im Fernsehen können Sie, wenn Sie's genügend aufdonnern, gar alles sagen. Das Statement, das bei Ehrl-König die höchste Nennquote erreichte, war die Feststellung, daß es zur Zeit in Deutschland nur Schriftsteller und Bücher gebe, aber keine Literatur. Er, RHH, habe versucht, ihm diesen Ladenhüter wieder abzugewöhnen – vergeblich.

Ehrl-König habe immer ein Repertoire von zwölf bis fünfzehn Sätzen gehabt, pointierten Sätzen. Dazu noch fünfzehn bis achtzehn Zitate. Die pointierten Sätze, die wirken mußten wie aus dem Augenblick entstanden, wie aktuelle Einfälle, die verbrauchten sich natürlich schnell, weil Ehrl-König praktisch von einem Auftritt zum nächsten hastete. Mehr als fünfmal durfte er so einen Standardsatz nicht bringen, er aber konnte von einem Satz, solange der Lacher brachte, nicht lassen. Er meckerte anfangs an jedem Satz herum, wenn der Satz Lacher brachte, liebte er ihn und – das war das Erstaunlichste – glaubte, dieser Satz sei von ihm, sei ein Ehrl-König-Satz.

Er hatte zwar ein triviales Vorurteil gegen die Psychoanalyse, ich habe ihm beigebracht, was daraus zu machen ist. Er hatte zu sagen: Psychoanalyse! Um Literatur zu verstehen! Lächerlich. Beispiel: Kafkas Parabel *Vor dem Gesetz*. Eine Parabel, die um so wirkungsreicher ist, je weniger man sie ins sogenannte Verständliche übersetzt. Und Ehrl-König, ließ sich in der Talkshow fragen, was er von der Psychoanalyse halte: Quatsch! Rief er. Bitte, Kafkas Parabel *Vor dem Gesetz*, wo der immer vor der Tür steht! Er kniet nicht davor, er steht! Und wovor er steht, das ist das weibliche Genital, das sieht doch ein Blinder. Und der immer davorstehende Türhüter ist spitznasig und im Pelz, also wer dazu Psychoanalyse braucht, dem ist nicht mehr zu helfen.

Ilse-Frauke, ich meine, wenn ich aus dem, was er uns des langen und breiten auftischte, eine bündige Formulierung machte, sie aufschrieb und ihm hinreichte für die nächste Show, stand dann da: Zwei Möglichkeiten, eine Frau kennenzulernen, im Bett oder wenn sie betrunken ist. Und so wie sie ist, wenn sie betrunken ist, ist sie dann auch im Bett. Entsetzlich, sagte Ilse-Frauke. Sie ist Feministin, sagte er, das macht sie strenger, als sie von Natur aus wäre.

Dann fragte er, wo es zum Klo gehe. Rechts, dann erste Türe links. Sie sagte, als er draußen war, ihr Bruder habe unendlich viel zu leiden gehabt unter Ehrl-Königs Launen, aber mit der Todesnachricht werde er überhaupt nicht fertig. Wenn er jetzt Negatives über Ehrl-König herausbringe, habe sie den Eindruck, er wolle sich den Verlust kleinreden. Egal wie es war, eine lebenslängliche Bindung läßt sich nicht durch nachträgliche Bewertung kleinreden. Das eigene Leben kann doch nicht falsch gelaufen sein. Das hielte man nicht aus.

Er trat ein mit dem Satz: Ich war ja auch sein Waffenschmied. Ich freute mich, wenn er in einer Talkshow einen Auftrumpfenden einfach umwarf mit dem Satz: Von Musik verstehen Sie nichts, da sind Sie schwach auf der Brust. Da bleibt jedem die Antwort im Hals stecken. Wie soll er jetzt beweisen, daß er etwas von Musik verstehe. Und es gibt kaum etwas Disqualifizierenderes als nichts von Musik zu verstehen. Ich riet ihm sogar, gelegentlich anzudeuten, daß er Streichquartette komponiere, aber über die Wiener Neuromantiker komme er nicht hinaus. Das war ihm nicht witzig genug. Er brauchte Lacher wie wir Sauerstoff.

Ilse-Frauke, weißt du noch, wenn er zurückkam und berichtete, wie erfolgreich er wieder mit diesem und jenem Satz gewesen war. Und es waren alles ganz und gar seine Sätze. Auch die Technik, andere mit der eigenen Gedächtniskraft zu bluffen, von mir erdacht, dann war's seine Hauptwaffe. Einfach etwas Konkretes genau sagen und im Ton schon merken lassen, daß man wisse, der andere wisse genau das, was man selber gerade sagt, nicht. Der andere ist beeindruckt, denkt nicht mehr daran, daß er ja auch etwas weiß, empfindet jetzt nur noch seinen Mangel: er weiß nicht, womit ich aufgetreten bin. Das lasse ich ihn spüren, beute seine Schwäche aus. Das habe ich Ehrl-König beigebracht. Wer heute über Ehrl-König spricht und ihn jetzt, da er tot ist, erst richtig rühmen will, der zitiert die Stellen, mit denen Ehrl-König, von mir trainiert, paradierte: Wann genau hat die Jungfrau von Orleans mit Lionel geschlafen? In welcher Oper findet der Geschlechtsverkehr im Orchester statt? Auf den kühnsten Satz ist er selber gekommen. Als ihm in einer Talkshow vorgehalten wurde, daß er eine Autorin zu schnöde abgetan habe, er blitzschnell: Mr. Hefner zahlt nach Potenz. Also der Playboy-Erfinder bezahlt seine Mädchen nach dem, was sie bei ihm bewirken. Und wie er das sagte, wurde sofort verstanden und bejubelt. Das kühnste Gerücht stammte aber von mir: Ehrl-Königs sexuelle Delikatesse, Schwangere bis zum dritten Monat. Pfui, rief Ilse-Frauke. Ist ja nicht angekommen, Liebste, beruhige dich. Aber wie virtuos er praktiziert hat, mit der schlichten Entgegensetzung zweier Superlative jeden jederzeit klein zu kriegen beziehungsweise ihn mundtot zu machen. Siehe Lukas 7, 28: Denn ich sage euch, unter den von Weibern Geborenen ist keiner größer als Johannes der Täufer. Aber im Reich Gottes ist auch noch der Kleinste größer als er. Auf Goethe angewendet: Keiner ist größer als Goethe, aber wenn er gute Kritiken über sich im Land herumschickte, war er so klein wie der Kleinste und eigentlich, weil er doch der Größte war, kleiner als der Kleinste. Und so weiter, mein Lieber. Sie sehen, wir sind zu Ihnen gekommen, um uns Ihnen auszuliefern. Und sind gespannt auf Ihr Buch.

Ich schreibe wirklich kein Buch, sagte ich. Ich will lediglich Hans Lachs Unschuld beweisen.

Und er: Vergessen Sie nicht, daß Ehrl-König nicht skifahren konnte. Ilse-Frauke und ich sind in den zehn Jahren Baldsburg zwar keine guten, aber doch uns selber genügende Skifahrer geworden. Und sind weiß Gott auf flachem Land geboren. Aber Ehrl-König hat sich immer mit Schauder gewendet, wenn wir ihn auf Skier stellen wollten. Er war ein furchtbarer Mensch. Aber er träumte auch davon, daß er ein furchtbarer Mensch ist. Vergessen Sie das nicht. Er hat mir Träume erzählt, um die ich ihn nicht beneide. Er sitzt im Traum in Aix an der Promenade, ein Hubschrauber landet vor ihm, der Hubschrauberpropeller wirbelt mit weltfüllendem Lärm alle Tischtücher und Gläser und Markisen durch die Luft, alle Leute rennen, rennen nur weg von ihm, Ehrl-König, dem der Hubschrauber-Orkan die Kleider vom Leib gerissen hat, und dann stehen alle Leute in einem riesigen Kreis um ihn herum, und ein Mädchen tritt vor und sagt mit leiser Stimme, die aber den Hubschrauberlärm übertönt: Mörder. Dann dringen alle auf ihn ein und trampeln auf ihm herum, bis er schmerzgepeinigt und schweißgebadet erwacht. Solche Träume hatte er. N'oubliez pas, ma chère. Ilse-Frauke, ich seh's, du meinst, es reiche. Recht hast du. Aber das doch noch: Daß er ermordet worden ist, gibt ihm recht in allem und gegen uns alle. Dieses Ende sagt, wie recht er gehabt hat in seiner hemmungslosen Gefühlsexzentrizität. Und Liebesunersättlichkeit. Die seine Mutter in ihm gegründet hat. Adieu. Oh, Ilse-Frauke-Allerliebste, nur noch eins, und das nicht gesagt zu haben, würden wir uns beide vorwerfen, Nietzsche, an den Sie sich ranschreiben, Herr Landolf, Nietzsche, das muß ich Ihnen zu bedenken geben, mein Guter, Nietzsche hat sich fürchterlich überschätzt, als er verkündete, die Umwertung aller Werte vollbracht zu haben, bürgerlich befangen, wie er nun einmal war, hat er nicht gemerkt, daß alles so weiterging wie immer! Die Umwertung aller Werte, und nur darum hol ich zum Schluß noch einmal jede Menge Atem, die hat André Ehrl-König vollbracht, und das nicht ganz ohne meine Mitwirkung. Bei diesem epochalen Reinemachen ist nur ein Wert übriggeblieben als der Wert aller Werte, und außer ihm ist nichts: der Unterhaltungswert. Quote, mein Lieber. Jeden Abend Volksabstimmung. Die Demokratie des reinen Werts. Endlich. Quod licet bovi non licet jovi.

Ilse-Frauke hatte praktisch jedes Wort durch Kopfnicken bestätigt und gebilligt.

Adieu, riefen beide wie aus einem Mund.

Ich brachte sie hinunter und bis zur Gartentür und blieb stehen, bis sie in die Gernerstraße eingebogen und verschwunden waren. Zuletzt hatten sie sich noch einmal umgeschaut und gewinkt. Beide. Ab jetzt hatte ich doch das Gefühl, ich sei heimgesucht worden von einem Gespensterpaar. Allerdings von einem märchenhaften.

Erna hatte einen Zettel hinterlassen: Liebster, ich muß noch in die Stadt. ErnaDeine.

8

Das eng am Kopf bleibende Rotgraugemisch, Hans Lachs Haare. Das Rötliche und Graue mischen sich so ganz und gar, daß eine neue Farbe entsteht, weder rot noch grau, aber ein Glanz aus beidem. Hans Lachs Haare glänzen. Schon bei kleinster Lichtzufuhr glänzen sie. Fast, als glänzten sie von selbst. In der Mitte beginnen diese Haare etwas früher als links und rechts. So entsteht eine Art Kappe. Aber vielleicht sollte man, was er auf dem Kopf hat, überhaupt Fell nennen. Auf Photographien sieht Lach immer erstarrt aus. Als habe er bis zum Augenblick des Photographiertwerdens noch gelebt, aber beim Photographiertwerden selbst nicht mehr. Die Kinderaugen wirken bis zur Blödheit erstarrt. Die hervorragende Nase kommt noch am besten weg. Der Trotzmund hat offenbar vor der Photographiersekunde noch etwas gesagt, was ihm nicht geglaubt wird. Das Kinn ist selbst unter dieser Nase zu groß. Alles zusammen ergibt eine Brutalplastik einer asiatisch-afrikanischen Naivkunst. Und anrief der KHK. Ob ich die Zeitung gelesen habe. Welche. Die *BILD*-Zeitung. Noch nicht, sagte ich, um nicht hochmütig zu wirken. Ein Handy-Interview mit Cosi von Syrgenstein. Damit heiße es Eins zu Null für die *BILD*-Zeitung. Er habe diese Cosi natürlich auch gesucht, und nicht gefunden. Aber vielleicht hat die eben doch die *BILD*-Zeitung angerufen, um sich in Szene zu setzen, und die Zeitung tut dann so, als sei ihr etwas gelungen, was der Polizei nicht gelungen sei. Die übliche Nummer. Auf jeden Fall, die Gefährtin der letzten Stunde liegt im Sand von Fuerteventura, oben und unten ohne, das sagt sie, kein Photo von dort, es geht ihr nicht gut, André war ein Schatz, verstehen Sie, tesoro y querido, sie schreibt und schreibt, ja *Eingespeichelt*, was denn sonst, von André hat sie sich noch im Hof der *PILGRIM*-Villa verabschiedet, sie mußte ja früh raus, André war wie immer, geistreich und zärtlich und ein bißchen geschwätzig, das heißt, wenn sie nicht auf Abschied gedrängt hätte, stünden sie wahrscheinlich immer noch dort. Ach wär' es doch so. Daß er nicht mehr leben soll, ist ihr unfaßbar. Solange Ehrl-König nicht tot aufgefunden werde, weigere sie sich, ihn für tot zu halten. Daß Hans Lach verdächtigt werde, tue ihr weh. Daß der kein Alibi habe, sei tragisch. Hans Lachs Drohungen halte sie für nichts als laute Wehleidigkeit eines zu kurz Gekommenen. Für weitere Auskünfte stehe sie jeder Zeit zur Verfügung. Wenn sie nicht gerade im Wasser sei. Also zwei Stunden täglich nicht. Was ich dazu sage?

Ich sagte, daß ich mir die Zeitung beschaffen und den Text analysieren werde. Er erbat sich, falls ich auf etwas komme, benachrichtigt zu werden. Einer von uns zweien kommt immer voran, sagte er. Und damit auch der andere, sagte ich. Wenn ich die Unschuld beweise, sind Sie genau so am Ziel wie ich. Und wenn ich die Schuld beweise, Sie auch, sagte er.

Ich hatte mich an diesem Tag bei Frau Lach angemeldet. Ich wollte nur die von Ehrl-König gewidmeten Exemplare sehen. Zu Fuß vor in die Böcklinstraße. Es war etwas wärmer geworden, der festgetretene Schnee weichte auf.

Ich hatte den Fuß noch nicht auf die unterste Stufe gesetzt, da hörte ich das Klavier, nein, das war sicher ein Flügel, und was da gespielt wurde, war Bartók. So überraschend und dann gleich nicht mehr anders vorstellbar steigen die Töne bei Bartók herab. Eine der beiden Elegien spielte Frau Lach, die erste, sie übte, kam mir kühn vor. Ich hatte mich diesen Stücken gegenüber längst auf die CD zurückgezogen. Frau Lach war Klavierlehrerin gewesen. Diese Musik ist ja erst eine, wenn sie einem aus den Händen strömt, als habe sie darauf gewartet. Als nicht mehr weitergespielt wurde, läutete ich.

Ich war jetzt eingestellt auf eine melancholische Dame, es kam aber eine Münchnerin. Sie trug zwar kein Dirndl, aber ihre Sprache tönte in allen Dirndl-Farben. Sie wußte, was ich wollte, die Bücher lagen auf dem Tisch. Kaffee oder Tee? Tee. Sie sah einfach zu, wie ich Buch nach Buch aufschlug und jeweils die Stimmungswörter, mit denen Ehrl-König seine Widmungen ausgestattet hatte, in mein Notizbuch übertrug: Chaleureusement. Avec l' expression de mon attachement sincère. De tout cœur. En toute amitié.

Dann schaute ich auf und sagte: Er war es nicht. Jemanden, der einem solche Sätze widmet, kann man nicht töten. Sie nickte, machte eine wegwischende Handbewegung. Das hieß: Mir müssen Sie das nicht sagen. Sprechen wollte sie offenbar nicht. Daß ich mir vorgenommen hatte, die Unschuld ihres Mannes zu beweisen, wußte sie. Ich hätte ihr gern angeboten, die Einsamkeit, die sie geradezu ausstrahlte, mit mir zu bevölkern. Einfach, weil sie nicht zugab, daß sie litt. Sollte sie's doch zugeben. Dieser überspannte Mund. Der erinnerte an Lydia Streiffs Mund. Offenbar ein Schriftstellergattinnen-Mund. Kein in sich ruhender Mund, sondern eine Verformung der ganzen Partie, als habe letzten Endes ein Schmerz den Ausschlag gegeben. Ich würde von jetzt an Schriftstellergattinnen auf den Mund schauen. Man ist ja immer an Rubrizierung interessiert und darauf angewiesen. Der Mund von Verlegergattinnen sieht schon mal ganz anders aus. Und erst der Mund von Kritikergattinnen! Ergebnis: Schaut den Gattinnen auf den Mund, und ihr wißt Bescheid! Warum durfte ich diese Frau nicht streicheln? Die Welt wollte mir offenbar unbewohnbar vorkommen. Genau genommen, war mir Frau Lach im Augenblick wichtiger als ihr Mann. Die Bartók-Elegie. Dazu der bayerische Anklang, der schon eher ein Klang war als ein Anklang.

Ein dunkelbraunes Samtkleid mit rechteckigem Ausschnitt, an dem ein Band mit rotem Mäander auf gelbem Grund entlang lief. Art déco, dachte ich. Um den langen Hals eng ein goldenes Kettchen, von dem, in Gold gefaßt, ein Karneol in den Ausschnitt hing, eine in die Länge gezogene, ganz spitz und auch noch geschwungen zulaufende Raute.

Daß sie mich, als ich aufstand und mich verabschiedete, einfach gehen ließ, tat mir weh. Unter der Tür sagte sie: Am Alibi hängt alles. Das Alibi entscheidet. Ich behauptete, die Unschuld ihres Mannes sei auch ohne Alibi beweisbar. Warten Sie's ab, sagte ich großspurig. Ich hatte die Gartentür noch nicht erreicht, entfalteten sich schon wieder die Schleier aus Tönen, aus denen undurchhörbare Akkorde ragten.

Ich hätte doch noch fragen müssen, ob ihr Mann inzwischen zugelassen habe, daß sie ihn besuche. War sie bei ihm? Was wurde geredet? Hat er überhaupt geredet mit ihr? Wahrscheinlich nicht, sonst hätte mir der KHK davon berichtet. Die Frau ließ so wenig mit sich reden wie ihr Mann.

Auf ihrem Flügel lagen die drei Ringe, die sie zum Spielen nicht an den Händen brauchen konnte. Sie hatte sich stimmungslos gegeben. Sie wollte mit mir nichts zu tun haben. Sie versprach sich von mir nichts.

Die zwei Sätze über das Alibi. Ihr kam es auf etwas anderes an als auf das, was sie da sagte. Es klang, als interessiere sie, was ermittelt werden konnte, überhaupt nicht. Daß er's nicht getan hatte, wußte sie besser als ich. Sie wollte nur wissen, wo er in dieser Nacht gewesen war. Und wußte es doch. Wahrscheinlich. Aber wollte es sicher wissen.

Am besten wäre es, sich RHH als Täter vorzustellen. Der haßte Ehrl-König, wie Hans Lach den nie hassen konnte. Hans Lach war beleidigt, erzürnt, enttäuscht. RHH war um sein Leben gebracht worden. Was er geschrieben hatte, hatte er geschrieben, aber seine Erfindung Ehrl-König hatte ihn verlassen, hatte sich losgesagt. Er hatte sich in Ehrl-König mehr verwirklicht als in seinem Geschriebenen. Er war der gewesen, der jede Nacht angerufen worden war, ein, zwei Stunden lang. Nicht vergessen: RHH hatte gesagt, daß Ehrl-König während dieser Nachtgespräche ununterbrochen gegessen habe. Und er, RHH, hatte nie gefragt, was der immerzu kaue und knabbere. Er habe es immer beleidigend gefunden, daß seine Figur, wenn er sie anhöre und mit dem Nächstnotwendigen versehe, in einem fort fressen müsse.

Wie hatte Bernt Streiff gesagt: Als Autor liest man einen Verriß doppelt so langsam wie ein Lob.

Zu Hause schlug ich sofort Hans Lachs *Der Wunsch, Verbrecher zu sein* auf. Ich erwartete von diesem Buch andauernd die endgültige Auskunft. Um die Schuld oder die Unschuld eines Schriftstellers zu beweisen, braucht man doch keine Indizien, die Bücher genügen.

Weil er sich nicht traut, etwas von sich zu erzählen, erzählt er es so, als handle es sich um einen Bekannten. Dann wird der scharf verurteilt. Zynisch, debil u.s.w. Dann weiß er, was er zu erwarten gehabt hätte, wenn er gestanden hätte, daß es sich um ihn selber handle. Oder ist das eine Routine-Reaktion: Man freut sich, verurteilen zu können, und kann das natürlich leichter, wenn der, um den es sich handelt, nicht da ist?

Der letzte Satz machte wieder alles zunichte. Dann aber:

Er kann nicht so kämpfen wie sein Gegner, weil er gegen das Gute kämpft. Er muß seinen Kampf im Geheimen führen; er darf nur Schläge anbringen, wenn es niemand sieht. Für ihn gibt es keinen Sieg. Das Gute und die Guten sind unbesiegbar. Nach jedem Krieg hat sich bis jetzt herausgestellt, daß das Gute gesiegt hat. Gibt es etwas Unmenschlicheres als Gerechtigkeit? Etwas Gemeineres als das Gute Gewissen?

Das waren die Stellen, die Julia Pelz für Hans Lach einnehmen.

Mein Gott und dein Gott kennen einander nicht.

Von Gott zu sprechen ist eine Art, von sich zu sprechen. Für Julia Pelz ist Moral deshalb ein anderes Wort für Lüge. Sie tendiert antiuniversalistisch. Eine Frau, eine Ichkraft, grellste Selbständigkeit, schneidendste Unabhängigkeit. Ich spürte, daß sie mich mehr beschäftigte, als ich wollte.

Ich mußte Hans Lach herausholen aus seinem Schock. Der KHK nennt das Schock. Je mehr ich von Hans Lach las, desto deutlicher wurde mir das Motiv für sein Verhalten. Er schämt sich dafür, so behandelt worden zu sein. Er schämt sich absolut. Jeder, der mit ihm spricht, will mit ihm über das sprechen, dessen er sich schämt. Und am wenigsten ist er diesen Zudringlichkeiten in Stadelheim draußen ausgesetzt. Hier in der Stadt müßte er andauernd reden, Fragen beantworten von Menschen, die glauben, ein Recht zu haben, ihm Fragen zu stellen. Da draußen kann er jede Antwort verweigern. Ehrl-König, die Macht. Er, die Kreatur, die man treten kann, bis sie sich selber nicht mehr kennen will. Er will sich selber nicht mehr kennen. Vor Leuten. Wahrscheinlich ist er sich so deutlich wie noch nie, so nah wie noch nie. Aber das darf er vor Zeugen nicht zugeben. Er darf den, der da vorgeführt wurde vor ein paar Millionen Zuschauern, nicht kennen, nicht verteidigen, nicht erklären. Er darf sich nicht mit dem identifizieren. Und nichts tun oder sagen, was ihn mit dem Zugrundegerichteten identifizierbar macht. Wenn er zugibt, daß er der ist, der da vorgeführt wurde, hat jeder und jede die Macht, weiterzumachen in diesem Text. Auch die, die ihm helfen, heraushelfen wollen, müssen dazu ja von dem sprechen, der er vor Zeugen nicht mehr sein will. Nicht mehr sein kann. Sobald er weg ist, fort, heraus aus jeder Erreichbarkeit, stirbt die Machtausübung aus Mangel an Objekt. Das ist seine Chance. Sich zu immer deutlicherer Unerreichbarkeit entwickeln. Bis zur Überhauptnichtmehrerreichbarkeit.

So dachte ich. Und was dann in Stadelheim und sonstwo geschah, gab mir recht.

Eine Figur, deren Tod man für vollkommen gerechtfertigt hält, das wäre Realismus. RHH hat gesagt, Ehrl-König habe den Redakteuren des *DAS*-Magazins verboten, eine nichts als zustimmende Kritik über den *Wunsch, Verbrecher zu sein* zu drucken. Und er, RHH, sei von Ehrl-König beauftragt worden, das überall herumzuerzählen. Und das so lange, bis Hans Lach es erfahre. Natürlich wisse jeder, daß auch ein Ehrl-König so etwas nicht verbieten kann. Aber er konnte dafür sorgen, daß die positive Kritik nicht gedruckt wurde. Und dieses Dafürsorgen wollte er dann verbreitet wissen als: Er hat verboten. Die Chorknaben des Feuilletons würden sich dann schütteln vor Lachen. Ihnen kann doch niemand etwas verbieten. Ihnen hat auch niemand etwas verboten. Sie haben lediglich, nach einigen Diskussionen, sich für eine andere, negativere Kritik des *Wunsch*-Buchs entschieden. Aber im gesellschaftlichen Raum kursierte, von RHH lanciert, die Geschichte als Anekdote der Machtausübung. Das heißt nur: Ehrl-König hat immer gehandelt, wie er immer gesprochen hat. Superlativisch. Er war offenbar darauf angewiesen, sich in jedem Augenblick übermäßig zu erleben. Eine Frau lernt man kennen, betrunken und im Bett. Solche Sätze sagte er sozusagen ununterbrochen, und immer wurden sie gehört und verbreitet. Und wenn nicht, half RHH nach.

Im *Wunsch*-Buch steht: *Wem begegnen, so bloß. Verschwinden.* Zwei Jahre bevor die Bloßstellung vollkommen wurde.

Verschwinden, das war Hans Lachs Chance. Er benutzte den Tod Ehrl-Königs, um zu verschwinden. Hinter dieser Tat, die er nicht getan hatte. Dessen war ich jetzt sicherer als je zuvor.

Ich hätte mich noch einmal in Stadelheim angemeldet, wenn ich ihm eine Art zu verschwinden hätte anbieten können, die den Verschwundenheitsgrad, den er selber erreicht hatte, überbieten könnte. Ohne Julia Pelz nicht zu machen.

Sie mußte Hans Lach dazu bringen, das Alibi, das er haben mußte, preiszugeben. Dann war er frei. Dann mußte sie ihm ein Verschwinden ermöglichen, gegen das Stadelheim Stachus war. Mir gefiel es, daß ich glaubte, ohne Julia Pelz nicht mehr weiterzukommen. Ich sehnte mich nach dem *Sonnen-Glantz-Zimmer*, nach der Tapete der Hirsche mit zu großen Geweihen, nach den Blumen, die sich für einmalig halten, nach den singenden Schmetterlingen, vor denen die Vögel verstummen. Und ihren siebenzackigen Stern im Meditationskreis wollte ich wiedersehen. Und die überirdischen Porzellanpuppenfinger der Frau Pelz-Pilgrim, wie sie an der siebten, der goldenen Zacke dieses Sterns spielen. Immer wie gerade vom Pferd gesprungen, hatte der Professor gesagt, der zweifellos auch verliebt war in Julia Pelz. Wer denn nicht? Ihren Spottblick läßt sie immer von ihren Lippen bis zur Parodie verstärken, das heißt, das Ganze ist nicht mehr ernst gemeint und ist doch mehr als bloß das Geständnis der eigenen Übertreibung. Es heißt immer auch: Ich nehme mich zwar, wie Sie sehen, nicht durchaus ernst, aber Ihnen möchte ich das nicht geraten haben.

Ich rief an. Die Sekretärin, die ich kennengelernt hatte: Frau Pelz-Pilgrim ist verreist. Wenn ich ihr etwas zu sagen habe, bitte, das werde schon heute abend bestellt. Ja, sagte ich, ich würde gern sprechen, mit ihr. Über den Fall, bitte. Das werde ausgerichtet. Noch am selben Abend rief sie an. Sie ist – und das sagt sie nur mir, das muß wirklich Geheimnis bleiben –, sie ist auf Fuerteventura. Sie hat da ein Haus, es heißt Casa del Destierro. Sie ist diesmal hergeflogen, um die Syrgenstein zu kriegen. Ist ihr nicht gelungen.

Und was wolle ich ihr sagen?

Ich skizzierte, daß ich in Hans Lachs Verhalten nichts als ein Bedürfnis nach Nichtmehrdazugehörenmüssen sehe. Und daß Frau Pelz-Pilgrim ihm ein Verschwinden ermöglichen könnte, das ihn aus der Stadelheimer Bredouille erlöse.

Sie sagte, die einzige Erlösung wäre das Geständnis. Dann gehört er nicht mehr dazu. Dann läßt sie ihn herausholen aus allem und verschwinden bis zu Erlösung. Übermorgen fliege sie zurück ins glücklicherweise unselige München.

Überall wimmelt es von Besiegten. Geh aus dem Haus, du begegnest Besiegten. Du mußt andauernd wegschauen von Besiegten. Weit und breit keine Julia Pelz. Julia Pelz, der siegende Spott, die triumphierende Ironie, die reine Unbesiegbarkeit. Es müßte einen zu Frau Lach hinziehen. Aber wenn du an Julia Pelz denkst, möchtest du Frau Lach nicht mehr streicheln. Hans Lach gehört einem anderen Volk an als seine Frau. Wie bei Streiffs. Die Frau besiegt, der Mann gezeichnet, aber überhaupt nicht besiegt. Von jetzt an werde ich Menschen, die ich kennenlerne, zuerst einmal einteilen in Besiegte und Unbesiegte. Und wozu gehörte ich? Da man sich genauer kennt als den Rest der Welt, ist diese simple Einteilung auf einen selbst nicht anwendbar. Aber ich konnte jetzt denken, an wen ich wollte, jeder reihte sich sofort ein bei besiegt oder unbesiegt. Ehrl-König hätte sich sogar eingereiht in eine dritte Kategorie: unbesiegbar. Dadurch, daß einer umgebracht wird, ist er im Sinn meiner Einteilung noch nicht besiegt. Hans Lach, kam mir vor, war noch nicht besiegt, war aber besiegbar. Vielleicht war er in der letzten *SPRECHSTUNDE* besiegt worden. Besiegt, das heißt: davon erholst du dich nicht mehr. Deshalb schämte er sich. Der Besiegte schämt sich. Er weiß, daß er seine Niederlage sich selber zuzuschreiben hat. Er kann protestieren, argumentieren – es nützt nichts. Besiegt zu sein, das ist ein Zustand, der von keinem Argument berührt oder gemildert werden kann. Das erlebte ich an Hans Lach. Du kannst andere beschuldigen, aber du weißt: du allein bist die Ursache deiner Niederlage. Siehe doch Deutschland. Abgesehen davon, daß es eben überhaupt keine Rolle spielt, warum du besiegt bist. Das interessiert außer dir niemanden. Bernt Streiffs Tiraden. Bernt Streiff ist der Besiegte schlechthin. Und wie sich Hans Lach auf der Party benommen hat, weist darauf hin, daß er jetzt besiegt ist. Und deshalb schämt er sich. Julia Pelz hätte Hans Lach gerne geschützt. Weil ihr das nicht gelungen ist, ist sie jetzt mit ihm verbunden. Innig verbunden sogar. Am Telephon hat sie angedeutet, daß sie, wenn sie im glücklicherweise unseligen München gelandet sein wird, sofort nach Stadelheim fahre, um Hans Lach endlich über das aufzuklären, was mit ihm geschehe. Daß sie mich nicht gefragt hat, ob ich mitkommen wolle, hat mich gekränkt. Andererseits war es gut so. Ich mußte in einer unstörbaren Beziehung zu Seuse bleiben. Zum Beispiel mußte ich am Tag der Rückkehr der unbesiegbaren Julia nach Würzburg, mußte zu einer Tagung, die der Klett-Verlag veranstaltete zur Klärung von Sprachproblemen. Dort hatte ich einen Vortrag zu halten, den ich, je nach Tagungsthema, unter wechselnden Titeln hielt. Für Würzburg hatte ich formuliert: *Von der Sprache lernen*. Anstandshalber schrieb ich, um dem jeweiligen Titel deutlich zu entsprechen, jedes Mal noch etwas dazu. So auch für Würzburg. Mein Sprachvortrag wuchs also jedesmal, wenn ich ihn hielt, er mußte ja nicht nur dem jeweiligen Tagungsthema, sondern auch mir entsprechen. Das durfte ich nicht so genau nehmen, wie ich eigentlich wollte, weil ich dann jedesmal hätte ganz neu anfangen müssen. Was ein paar Wochen alt war, stimmte nicht mehr überein mit mir. Und etwas vorlesen, das nicht mit einem übereinstimmt, tut in der Seele weh. Aber eben dafür wird man ja bezahlt. Ich begriff, daß Hans Lach sich schämte. Schwerer ist nichts, als zuzugeben, daß man sich schämt.

II.
Geständnis

Daß man von der Sprache Ichsagen lernen könne, hatte ich gesagt, am zweiten Tag hätte ich zugehört, aber schon beim Frühstück im *Rebstock* las ich: Hans Lach hat gestanden. Als ich im Zug saß, merkte ich, daß ich mein Honorar nicht mehr hatte. Nirgends mehr. Alles durchgestöbert, durchgeblättert, egal wie das auf Mitreisende wirkt. Also mußte ich das Kuvert mit den Scheinen im Zimmer liegen gelassen haben. Aber ich konnte mich genau daran erinnern, daß ich das Zimmer, bevor ich es verließ, mit geschärftem Routineblick noch einmal abgetastet hatte, nirgends war etwas liegen geblieben. Mir war bewußt gewesen, daß ich in Eile war, ich erinnerte mich an Amsterdam, den Ausweis an der Rezeption vergessen, also, bitte, konzentrier dich. Nichts vergessen, also ab. Und jetzt war das Honorar weg. Das war schlimmer als der Ausweis. Oh Hans Lach. Ich mußte anrufen. Ich präparierte den Satz, mit dem ich vorsichtig zum Ausdruck bringen wollte, daß mir das Kuvert mit dem Honorar ... nein, ein Kuvert fehle, darin zwei Geldscheine. Die Summe würde ich nicht sagen. Zwei Scheine, das war klar genug. Ich rief an, wurde sofort mit der Hausdame verbunden, mußte überhaupt nichts sagen, mein Anruf wurde erwartet, das Zimmermädchen, sie nannte einen asiatischen Namen, hat im Papierkorb ein Kuvert gefunden, DAS Kuvert. Ich dankte sehr, sagte, das sei echt *Rebstock* und bat, einhundert für die Finderin abzuziehen. Der schöne Tag, den sie mir noch wünschte, mußte nicht noch schöner werden. Der Zug blieb nirgends auf freiem Feld stehen. Ich wäre mir, wenn ich dieses Geld eingebüßt hätte, besiegt vorgekommen. Ich hätte nicht gleich nach Haar hinausfahren können, um Hans Lach zu besuchen. Aber bevor ich hinausfuhr, mußte ich schon noch Julia Pelz anrufen. Die triumphierte. Das Geständnis. Endlich! Aber warum dann Haar? Das tat sie ab als einen Anfall von Schwäche. Das geht vorbei. Er muß lernen, seine Tat zu ertragen. Daß er da zuerst einmal zusammenbreche, versteht man doch. Ich sagte ihr, daß ich Hans Lach besuchen wolle. Ich sagte nicht, daß ich trotz Geständnis noch von seiner Unschuld überzeugt sei. Sie wollte auch gar nicht wissen, wie es mir zumute war, sie sprühte, sie sprach, sie war jetzt die Anwältin, die Oberanwältin, jetzt komme es darauf an, daß das Geständnis wirke. Das dürfe nicht in irgendwelchen Amtslabyrinthen verpuffen. Eine Figur, deren Tod vollkommen gerechtfertigt erscheint, das wäre Realismus. Das ist Realismus. Durch Hans Lach kommt er jetzt zur Sprache. Ehrl-König wird so genau vorgestellt, daß sein Tod keine Sensation mehr ist. Aber dazu gehört eben auch die Figur, deren Tat vollkommen verständlich wird. Der Glücklichste und der Unglücklichste, eine Konstellation, die trotz des Superlativs alltäglich ist. Lach und Ehrl-König überall. Es muß, wenn das zur Sprache gebracht ist, in ein allgemeines Erstaunen ausbrechen: Warum wird so selten jemand umgebracht?

Ich sagte, daß ich ihr berichten werde, falls mir in Haar Berichtenswertes begegne.

Sie sagte, sie sei zweimal die Woche in Haar. Bei ihm. Dr. Swoboda, der behandelnde Psychiater, habe sie in sein Konzept integriert. Und ich ihn in meins, sagte sie und lachte ihr quecksilbriges Lachen. Und nannte mir die Adresse: Ringstraße 21, genannt die *Burg*.

Schnell noch eine Stelle aus dem *Wunsch*-Buch, sagte sie. Diese Stelle habe sie bisher immer übersehen. Die zeige aber, was für einen Weg Hans Lach habe zurücklegen müssen. Und las:

In der Ecke. Wozu einer im Stande ist, wenn er soweit ist. Leider erschrickt er noch, wenn er merkt, wie wenig das Gute über ihn noch vermag. Gutsein muß man sich leisten können. Er wird beim Wunsch, böse zu sein, bleiben. Aber unterlassen wird er. Was er unterlassen kann, wird er unterlassen. Vor allem, wenn er glaubt, durch Unterlassen jemandem schaden zu können. Diese

Befriedigung. Er muß sich spüren. Im Schadenkönnen spürt er
sich. Stellt er sich vor.

Und schwieg. Und ich schwieg auch, obwohl ich nicht sicher
war, daß wir über dasselbe schwiegen.

Dann sie: Ob ich es schon wisse, Ludwig Pilgrim auf der In-
tensiv-Station. Diagnose ungewiß. Dann, aus großer Entfernung, ein wirklich empfundenes Der arme Ludwig.

Und auch noch zu KHK Wedekind. Ich hatte nicht gewagt, Julia
Pelz zu sagen, daß ich sie lieber in der Elstervilla in ihrem
Sonnen-Glantz-Zimmer besuchen würde als ihr nur am Telephon zuzuhören. Den KHK konnte ich fragen, ob ich kommen
könne. Er freue sich. Klang glaubhaft. Sein Büro in der Bayerstraße ist erschütternd nüchtern. Jedesmal wenn ich da eintrat,
dachte ich *Mordkommissariat*, ein pathetisches Amt, aber ein
Büro, kein bißchen stimmungsdeutlicher als das meines Steuer-
beraters in der Klenzestraße. Allerdings, wie man ein Mord-
kommissariatszimmer möblieren und tapezieren sollte, wußte
ich nicht. Aber ich mußte dann droben doch wieder so herum-
schauen, daß es dem KHK auffiel. Was wollen Sie, sagte er, das
sind ein paar in einem Geschäftsgebäude angemietete Stock-
werke. Und die Polizei unten nur auf dem Klingelbrett, sagte
ich, so banal wie möglich.

Sie fangen an zu begreifen, sagte er und zündete die nächste
Zigarette an.

Ich hoffe, sagte ich, Sie rauchen, wenn Sie mit mir reden, nur
halb soviel, wie wenn Sie verhören.

KHK Wedekind triumphierte nicht. Daß ein Täter seine Tat, zu
der er doch fähig war, nachträglich nicht mehr erträgt, ist ihm
nichts Neues. Daß die Gewöhnung an das, was man doch hat
tun können, einem so schwer falle, sei bei einer Persönlichkeit
wie Hans Lach nicht verwunderlich. Er, Wedekind, hätte es
zwar vorgezogen, Hans Lach in aller Ruhe zurückzuführen
zum Augenblick der Tat, in Gesprächen, die Verhöre zu nennen

er sich weigere. Aber jetzt ist es eben so gelaufen. Die Psychiater in Haar werden wissen, mit wem sie's zu tun haben. Ein Kollege vom Kommissariat habe gespöttelt: Der will doch bloß den Unzurechnungsfähigkeitsparagraphen. Er, Wedekind, habe das keine Sekunde lang gedacht. Dann griff er noch zu einem Buch, es war *Der Wunsch, Verbrecher zu sein*. Diese Stelle habe er erst jetzt richtig entdeckt. Und las vor:

Aber wenn man sich aus einer unerträglichen Lage auf irgendeine unvorstellbare Art gewaltsam befreite, dann hinge man dann genau so unerträglich an der Angel dieser Tat.

Dann wollte er mich auch noch trösten. Die Unschuld eines Menschen beweisen zu wollen, und das unter gar allen Umständen, sei schon an sich etwas Gutes. Seine, des Kriminaltechnikers, Aufgabe sei ja auch nicht so sehr die Überführung eines Verdächtigen, sondern die Hinführung eines Täters zu seiner Tat. Er, der Kriminaltechniker, müsse den Täter mit seiner Tat vertraut machen, sie ihm annehmbar machen, um ihn dann samt seiner Tat wieder aufzunehmen in die menschliche Gesellschaft. Das alles sei ihm bei und mit Hans Lach nicht gelungen, beziehungsweise die ungewöhnliche Persönlichkeit Lach habe ihn, den Kriminaltechniker, nicht gebraucht. Allerdings, das Geständnis war nur möglich auf dem Umweg über eine Psychose. Die hätte er Hans Lach gerne erspart. Er werde jetzt noch lange darüber nachdenken, was er hätte anders machen müssen, um diesen Umweg über die Psychose zu vermeiden. Denn ein schmerzlicherer Weg zum Geständnis als über eine Psychose sei kaum vorstellbar. Er beneide die Kollegen von der Haarer Psychiatrie nicht um die Aufgabe, diesen Geständigen jetzt sozusagen zur Zurechnungsfähigkeit zurückzubringen. Zur Verhandlungsfähigkeit. Zur Schuldfähigkeit. Er, Wedekind, werde von Dr. Swoboda mit Gesprächsprotokollen auf dem laufenden gehalten. Oh, dabei fällt ihm das Tonband ein. Fast hätte er vergessen, mir das vorzuspielen. Eine Studentin habe es gebracht nach langer Gewissenserforschung, eine Verehrerin von Hans Lach, sie schreibt eine Doktorarbeit über Identität bei Hans Lach. Das Tonband mußte kopiert werden, weil sie das Original nicht dalassen wollte. Sie sei immer noch Verehrerin. Hören Sie. Dann Hans Lachs Stimme. Er bellte mehr als er sprach. Er war betrunken. Das klang nach Kneipe. Nachts. Rundum Gequatsche und stampfende Musik. Dahinein die erschöpfte, brüchige, bellende Stimme Hans Lachs:

Ich werde alles tun, was ich tun kann. Ich werde mich wehren. Schluß mit dem Rachegeplapper. Wenn jetzt nichts passiert, halt ich mich nicht mehr aus. Also, Freunde, leiht mir ein Messer. Ja, ich habe nicht mal ein Messer. Aber ich brauch eins. Los, Bernt, her mit dem Messer. Licht aus, Messer raus, drei Mann zum Blutrühren. Was kann man mit uns eigentlich nicht machen? Wir san doch die echten Wimmerl, Mensch. Aber ich nicht.

Dann versackte die Stimme vollends.

Na ja, sagte ich, der Alkohol.

Moment, sagte der KHK, das geht noch weiter.

Und schon war Bernt Streiffs helle, hohe, fast mädchenhafte Stimme da. Auch er offenbar schwer betrunken, noch betrunkener als Hans Lach: Seit dem Chaplindiktator hat doch keiner mehr so vor laufender Kamera rumgerudert und rumgebrüllt.

Eine unbekannte Stimme: Jetzt reicht's dann.

Wieder Hans Lach: Man müßte mit den Kameraleuten reden, daß die ihm einmal mit dem Zoom aufs Mundwerk fahren, daß endlich mal das weiße Zeug, das ihm in den Mundwinkeln bleibt, groß herauskäme, der vertrocknete Schaum …

Scheißschaum, gellte Bernt Streiff, das ist sein Ejakulat. Der ejaculiert doch durch die Goschen, wenn er sich im Dienst der deutschen Literatur aufgeilt.

Und Hans Lachs Stimme: Tu's in den Samisdat.

Ich geh' jetzt, sagte die unbekannte Stimme.

Ende der Aufnahme. Mein Gott, sagte ich. Ja, sagte der KHK, das möchte man, wenn man den und jenen in der Zeitung sieht, dem und jenem nicht zutrauen. Alkohol, sagte ich. Aber ich kam mir, als ich das sagte, verlogen vor. Aber ich wollte nicht mit einem Kriminalhauptkommissar Abgründe inspizieren. Machen Sie sich auf etwas gefaßt, sagte er, in Haar.

Eine Psychose könne einen Menschen ganz schön zurichten. Und die forensische Psychiatrie wohnt nicht in sanften Sanatorien. Sagte er und schüttelte mir die Hand, als kondoliere er mir.

Ich komme zu jeder Verabredung zu früh, weil ich es nicht ertrage, zu spät zu kommen. In Haar also, weil es kalt war, noch in die Bahnhofwirtschaft. Nichts als schmutzig. Scheiben, durch die man schon lange nicht mehr hinaussieht. Eine Luft, die man nicht atmen möchte. Musikboxlärm. Ein einziger Gast. Und der am Spielautomaten. Fixiert auf einen wandernden Lichtpunkt. Die Bedienung bewegt sich wie in einem Alptraum. Wenn sie dann tatsächlich vor einem steht, schafft man es gerade noch, aufzuspringen, hinauszurennen, bevor sie fragen kann, was man wolle.

Es war ein langer Marsch von der Hauptpforte bis zu Nummer 21, diesem ins Waldwiesengelände gebauten Flugzeugträger aus Beton. Betonwände, mindestens sechs Meter hoch, oben drauf noch Stacheldrahtspiralen. Das heißt also die *Burg*. Eine Tür ohne jede Aufschrift. Aber ein Hinweis, der einen leiten kann. Man läutet, zwei Meter nach der Tür steht man vor einem Gebäude, wieder eine Tür, elektronische Schleuse, alles abgeben, bis auf das Taschentuch und zwei Zigaretten. Im Sprechraum zirka zehn Plexiglassprechstellen, man spricht in ein Sieb, schaut am Sieb vorbei den da drinnen an, hinter dem sitzt ein Pfleger. Der da drinnen war Hans Lach. Mit einer Handbewegung stellte er den, der hinter ihm saß vor: Pfleger eins, genannt die Naturkatastrophe. Ich roch seinen verrauchten Atem durch das Sieb. Bevor wir sprechen konnten, empfing der Pfleger eine Nachricht, stand auf, sagte etwas zu Hans Lach, der sagte: Oh. Bis gleich. Auch zu mir kam einer im weißen Mantel, stellte sich vor: Dr. Swoboda. Und nahm mich mit. Er habe mir nur einmal zeigen wollen, wie der Normalverkehr mit denen ablaufe, die den Paragraphen 63 schon hätten oder drauf und dran seien, ihn zu bekommen. Meinen Frageblick beantwortend: Gemeingefährlich. Als ich sagte, wie mir diese Betonfestung vorkomme, sagte er: Die Mauern um dieses Haus gefallen keinem von uns. Er sage immer: Diese Mauern hat die Presse gebaut. Wenn einer abgehauen ist, ging's los: Geistesgestörter Krimineller entflohen! Das seien immer Leute gewesen, mit denen er jede Nacht durch jeden Wald gegangen wäre. Jetzt entflieht keiner mehr. Jetzt stehe in der Zeitung, das sei eine alle menschliche Empfindung vernichtende Mauer. Er habe hier zweiundsiebzig Patienten, früher hätte man gesagt, Psychopathen, dürfe man heute nicht mehr sagen, Geisteskranke eben, Nervenkranke, Charakterneurotiker. Mehr als fünf bis zehn Minuten pro Patient schaffe er nicht. Der Gesetzgeber habe da wieder einmal Gesetze geschaffen, aber nicht dafür gesorgt, daß man die Gesetze praktisch umsetzen könne ...

Da waren wir in seinem Arbeitszimmer angekommen. Hans Lach sei einer, der heroben bleiben dürfe. Die anderen arbeiteten tagsüber unten, im Keller. Steckkontakte zusammensetzen. Die meisten ziehen das vor, man ist doch in Gesellschaft.

In seinem Zimmer gibt es zwei Sessel, ein Sofa, ein Tischchen und in der anderen Ecke seinen Schreibtisch. Zuerst muß man die großen, eigentlich schon riesigen grellfarbigen Bilder anschauen, die die Wände bedeckten, den Raum beherrschten, Kinderbilder, so vergrößert, daß die Zwei- bis Dreijährigen alle fast in Naturgröße von den Wänden lachten und winkten. Vielleicht sind es zweimal Zwillinge. Auf einem Bild haben die Kinder goldene Flügel auf dem Rücken und posieren so, daß man sieht, sie sollten die kleinen Engel am unteren Rand der Raffael-Madonna darstellen. Herr Dr. Swoboda ließ mich schauen, lachte dann und sagte, ein bißchen Glückskulisse könne bei den Therapiesitzungen nicht schaden. Und die Kinder seiner Schwester seien doch wirklich Glückskinder. Ich nickte heftig. Er hörte fast jäh auf zu lachen. Er hat auffallend große, andauernd die Lippen zurücklassende Zähne. Der könnte einen beißen, dachte ich. Wenn er wollte. Aber er wollte mir Hans Lach erklären. Hans Lach wird ein Frustrationskontingent zugemutet. Das muß er auf sich nehmen. Wir müssen ja auch Sachen machen, die wir nicht machen wollen.

Der Doktor hat so kleine Hände, daß ich glaubte, die seien seit seinem elften Lebensjahr nicht mehr mitgewachsen. Die Nägel abgekaut. Kein Wunder, bei diesen Zähnen. Er hat eine Sprachschwierigkeit, die er aber beherrscht. Therapie!

Also Hans Lach, sagte er. Vielleicht hat der gestanden, um endlich in Ruhe gelassen zu werden. Andererseits diese Stimmen, die ihm sagen, was er zu tun hat. Und die Angst, vergiftet zu werden. Und die Fluchttendenz. Noch weigert er sich, Medikamente zu nehmen. Es sei aber möglich, einen gerichtlichen Beschluß zu erwirken, der dann erlaube, die Medikamente zwangsweise zu applizieren. Das natürlich nur, wenn beweisbar ist, daß er durch Medikamentenverweigerung hinausschieben will, für verhandlungsfähig erklärt zu werden. Er habe sich mit einem zwanzig Jahre Jüngeren mehr als angefreundet. Mani heißt der. Versuchte Vergewaltigung mit Körperverletzung. Seit zwei Jahren hier. Inzwischen auf Stufe sieben angelangt. Bei acht kann er entlassen werden. Wenn wir ihm bescheinigen, daß von ihm nichts mehr zu befürchten ist, kommt es zu keiner Verhandlung. Lach hält Mani für einen Dichter, redet nur noch vom großen Dichter Mani. Er will, wenn er je wieder schreibt, ein Buch über Mani schreiben. Mani selber hat noch nichts geschrieben, das heißt, er hat, sagt er, tausend Gedichte geschrieben, aber die habe er, weil sie, wie er sagt, sauschlecht gewesen seien, verbrannt. Erstaunlich sei diese Beziehung, weil Hans Lach sich selber eigentlich vergesse, Manis wegen. Er, Dr. Swoboda, sei nicht berechtigt, mir die Kranken- und Deliktge- schichte dieses Mani mitzuteilen. Von KHK Wedekind wisse er, daß Hans Lach in der Ettstraße und in Stadelheim sich ebenso vehement auf einen Mithäftling gestürzt habe, um dem beizu- bringen, wie man Verhöre scheitern lassen könne. Dieses ver- zehrende Interesse für andere. Dann die Weigerung, sich nachts auszuziehen und sich ins Bett zu legen, in diesem Bett bekom- me er keine Luft, also schläft er, seit er hier ist, auf dem Boden. Die Weigerung, irgend etwas aus unserer Küche zu essen. Wenn Frau Pelz-Pilgrim ihn nicht mit Nahrung versorgen würde, müßten wir ihm die Zwangsernährung antun. Von dem von Frau Pelz-Pilgrim gestellten und immer neu gefüllten Leder- rucksäckchen trennt er sich keine Sekunde, auch nicht, wenn er zur Toilette geht. Und dann die Hilferufe. Tag und Nacht tele- phoniert er in der Welt herum nach anderen Ärzten, besseren Behandlungen, kurzum, die Psychose blüht und blüht und klingt nicht ab. Er leidet und weigert sich, sich helfen zu las- sen.

Dann wurde Hans Lach von dem zwerghaft kleinen, aber bä- renstark wirkenden Pfleger hereingebracht. Dr. Swoboda setz- te sich an seinen Schreibtisch, Hans Lach hob beide Hände, ließ die eine Hand die andere fassen, das hieß: Begrüßung ohne Berührung. Schlimm sah er aus. Unrasiert. Das paßte nicht zu ihm. Das wuchtig ausschwingende Kinn, die mächtige Mund- partie, die das Gesicht beherrschende Nase, alles Starke und auch Schöne war durch den rötlichen Stoppelbart verdorben. Und die Augen, die andauernd grimassierenden Lider und Brauen. Hoch in die Stirn gezerrte Brauen. Der immer halb- offene Mund zuckte, wie es um die Augen herum zuckte. Die Hände fuhren auseinander. Beide Zeigefinger stachen nach oben. Der Kopf drehte sich. Die ganze Gestik konnte nur hei- ßen: Jetzt hören Sie doch! Hören Sie's?

Er hatte sich seines zierlichen Rucksacks wegen nur auf das vordere Drittel der Sesselsitzfläche gesetzt.

Sie hören's also nicht, sagte er. Und zu Dr. Swoboda zurück: Und Sie auch nicht! Nichts als konsequent, meine Herrn. Wenn die Stimmen nur mir hörbar sind, können Sie behaupten, ich bildete mir die Stimmen ein, sei also wahnsinnig oder sonstwas. So simpel geht das zu hier, lieber Michel. Und Sie machen gleich mit bei diesem Verstellungstheater. Das ist die wahre Ironie. Gratuliere! Kennen Sie das Buch von M. Rufer. Schizophren werde man, wenn die anderen einem anders begegneten, als sie dächten. Insgeheim redet man über einen wie über einen Wahnsinnigen, ins Gesicht hinein tut man so, als hielte man einen für normal. Da unsereins beides wahrnimmt, ist eine Verwirrung die Folge, eine nichts verschonende Desorientierung.

Ich wußte überhaupt nicht, wie ich mich verhalten, was ich sagen sollte. Hans Lach sagte dann plötzlich Sätze, die aus einem Gespräch zu stammen schienen, von dem wir nichts wußten, an dem er aber in diesem Augenblick teilnahm. Und was immer er sagte, er sagte es zu laut. Er hatte offenbar überhaupt kein Gefühl für die Größe des Raums, in dem er sprach. Er sprach nicht, er rief. Er fühlte sich oder uns offenbar weit weg. Nein, Herr Dr. Weißkopf, sagte er, morgen noch nicht, aber übermorgen sicher, wenn ich noch lebe. Es gibt Arschlöcher hier, die wollen mich so lange an allem hindern, bis ich in ihre Blumentöpfe passe.

Jetzt erst fiel mir auf, wie braungebrannt, wie wohl Dr. Swoboda aussah und wie elend Hans Lach. Eigentlich sah er gefoltert aus. Plötzlich fing sein beträchtlicher Unterkiefer an zu zittern, zu mahlen, zu beben. Und gleich wieder völlig ruhig. Diskynesie, Akinese, sagte er. Von den Neuroleptika, die mir hier eingeflößt werden wie Hamlets Vater das Gift, nämlich im Schlaf. Leponex, Michel, von dem jeder weiß, daß es so ganz nebenbei Parkinson produziert. Dr. Swoboda rief: Eben nicht!

Er bringt wieder alles durcheinander. Er könne schon nicht mehr die Zähne putzen, rief Hans Lach, ohne daß seine Zunge sich gegen ihn wende. Und wenn er nicht noch heute Akineton bekomme, müsse er sich umbringen. Dr. Swoboda rief jetzt: Moment, Herr Lach, Akineton ist ein Mittel gegen Nebenwirkungen bei der Einnahme von Meresa, Haldol und anderen Neuroleptika. Sie weigern sich, Neuroleptika einzunehmen, die Ihnen helfen würden, und Akineton ohne vorherige Neuroleptikagabe produziert Psychosen.

Plötzlich holte Hans Lach dann den Rucksack auf seine Knie, kramte, brachte ein wattiertes Kuvert heraus, das gab er mir.

Da Michel, sagte er, falls Sie zurückfinden auf meine Seite.

Ich wollte etwas sagen, aber das ließ er nicht zu. Don't talk to a tortured, sagte er. Er fliege weg, sobald seine Unschuld erwiesen sei. Den Widerruf seines Geständnisses habe er mir auf Band gesprochen, und einiges mehr. Am wichtigsten sei ihm der Mani-Text. Den brauche er, sobald er hier rauskomme. Dann nach Israel, zu Dr. Weißkopf, und von dort nach Australien, Melbourne.

Ich werde mich Ihren Vorschlägen fügen, sagte Dr. Swoboda, sagen wir zweiundsiebzig Stunden lang werde ich jetzt mit Ihnen umgehen, als seien Sie momentan ein kleines bißchen psychotisch dekompensiert, mehr nicht. Mal sehen, ob Sie sich dann wohler fühlen bei uns.

Bravo, Doktor, rief Hans Lach und stand auf. Pfiff durch die Finger, der Pfleger trabte herein. Servus, Michel, jetzt hängt also alles von Ihnen ab. Geben Sie von den Tonband-Abschriften Kopien an Julia Pelz-Pilgrim weiter. Ludwig geht es sehr schlecht.

Ich weiß, sagte ich, um endlich auch etwas zu sagen.

Aber Sie wissen nicht, warum! Erster Pfleger, weghören! Oder noch besser, hinaus! Ich pfeif dann.

Der Pfleger schaute den Doktor an, der nickte. Im nächstn Lewn wer' i Patient, sagte der Pfleger und trabte hinaus.

Hans Lach leise: Ludwig hat einen Nachtpfleger, der schreibt, dreimal abgelehnt vom Pilgrim-Verlag, wegen Horror und Obszönität. Der flüstert dem Ludwig ins Ohr: Wenn ich in Ihrem Tropf das Rheomacrodex und das Conplamin sechsfach dosiere, verhauchen Sie zur Gänze und gleich danach gleich' ich den Tropf wieder aus, Herr Professor.

Hans Lach schulterte den Rucksack, gab den Fingerpfiff, rief Servus, rief: Nichts mehr ertragen zu können muß man sich leisten können! Und war draußen.

In der S-Bahn zählte ich die Wörter zusammen, die ich gesagt hatte. Es waren keine zwanzig. Und trotzdem hatte Dr. Swoboda unten an der Elektronikschleuse zu mir gesagt, mein Besuch sei immer willkommen, Hans Lach sei durch mich so gesprächig gewesen, wie er sonst nie sei.

Ich war Hans Lach nicht nahegekommen. Die Begrüßung ohne Berührung enthielt schon den ganzen Verlauf.

Eigentlich, fand ich nachträglich, sind Hans Lachs Reaktionen einsehbar. Als wir mit dem Aufzug, dem inwendig gepolsterten, hinauffuhren, hatte Dr. Swoboda gesagt, Hans Lach habe in seinem Zustand keinen freien Willen mehr, das rechtfertige es, gegen seinen erklärten Willen zu handeln. Zu seinem Besten natürlich.

Der Schleier ist sehr dünn, aber unzerreißbar. Ich nahm mir vor, Julia Pelz-Pilgrim alles wortgenau, tongenau, gestengenau zu erzählen. Wenn überhaupt etwas zu hoffen war, dann durch Julia Pelz-Pilgrim. Diese Frau war so stark. So schön sie war, ihre Stärke war noch offenbarer als ihre Schönheit.

2

Das paßte dazu, daß es jetzt taute. In einem bäumereichen Viertel wird, wenn eine rasch hergeworfene Schneelast ebenso rasch wieder wegtaut, das Tauen zum Schauspiel. Erst recht in München, wo das Wegtauen durch jähen Föhnüberfall passiert. Es platscht und gluckert und rauscht überall. Da ich öfter gern ein Komponist wäre, allerdings einer im Jahr 1890, träume ich dann davon, daß ich eine Programm-Musik schreiben würde, so wie Richard Strauss' *Alpensinfonie*, Titel: Alles fließt. Und zum Föhnüberfall, der die Leute ohnehin quirlig macht und süchtig nach etwas Besonderem, paßte die Sensation: das Geständnis.

Jetzt wurde geschrieben, als wäre zu Ehrl-Königs Tod noch nichts geschrieben worden: Daß Hans Lach gestanden hatte, wurde nicht zu seinen Gunsten ausgelegt. Jetzt war man geradezu gierig auf die Leiche. Jeden Tag neue Bilder der Suchaktionen in und an der Thomas-Mann-Allee. Die steile Böschung hinab, das von hohen Bäumen bestandene Ufergelände, das steile Ufer selbst, die Isar war übervoll und reißend. Wenn der Täter den Leichnam der Isar anvertraut hatte, mußte man hoffen, daß der Fluß ihn am gar nicht so weit entfernten Wehr anliefern werde. Aber weder Spuren noch Leichnam. Trotzdem wurde Ehrl-König das Thema wie noch nie zuvor. Eben durch das Geständnis.

Ende Januar hatten alle den großen, unvergeßlichen, unersetzbaren Kritiker betrauert, der jetzt vollkommen ein Held geworden war, da er doch höchstwahrscheinlich ermordet worden war, weil er seinen Beruf so ernst und unbestechlich und unbeirrbar ausgeübt hatte wie noch nie ein Kritiker in der Geschichte der deutschen Literatur, ja, der Weltliteratur. Also, André Ehrl-König hätte sich zurücklehnen können und sein Gesicht, das er hatte, wenn er Huldigungen oder Komplimente entgegennahm, hätte sich so selig in die Breite dehnen können wie noch nie. Er war gefeiert worden als das absolute, immerwährende Edeldenkmal der Literatur schlechthin. Ein Opfer, wie es zu Herzen gehender nicht gedacht werden kann.

Und jetzt der Täter. Hans Lach. Daß der das Geständnis inzwischen schon widerrufen hatte, hat noch nicht bekannt sein können. Vielleicht war es auch nur so hingesagt gewesen. Wie das Geständnis vielleicht auch. Dr. Swoboda hatte auf jeden Fall noch keinen Gebrauch davon gemacht. Und ich hatte es auch nicht weitergegeben an den KHK. Da ich nicht an die Schuld glaubte, bewegte mich die erklärte Unschuld zu nichts.

Das Thema war jetzt, daß Hans Lach einen Juden getötet hatte. André Ehrl-König und Rainer Heiner Henkel hatten zwar Ehrl-Königs Herkunft nie als jüdische herausgestellt, aber jetzt wurde der jüdische Bankier König aus Nancy herbeschworen, und es wurde mehr als vermutet, daß die inzwischen mehr als hundertjährige Mutter, die ehemalige Sängerin Claire Koss auch aus einer jüdischen Familie stamme. In wenigen Tagen war aus Vermutbarem Tatsache geworden. Er, Rainer Heiner Henkel, werde sich allerdings nicht beteiligen an der Herkunftsdebatte. Die erinnere ihn peinlich an andere Zeiten. Egal, zur Schmähung oder zum Preis, er finde Herkunftsdebatten fies und obsolet. Trotzdem ging das weiter: Hans Lach hatte seine Tat in der Tatnacht in der *PILGRIM*-Villa in einem an Hitler erinnernden Jargon angekündigt.

Ab heute nacht Null Uhr wird zurückgeschlagen.

Diesen Hans Lach-Satz konnte man jetzt jeden Tag überall lesen und abends aus allen Kanälen hören.

Wolfgang Leder warf sich im *DAS*-Magazin diesem Spezialschwall entgegen, erklärte scharf und genau, daß es von nichts als Antisemitismus zeuge, wenn die Ermordung eines Juden, wenn er denn einer gewesen sei, moralisch schlimmer geahndet werde als die Ermordung eines Nichtjuden. Philosemiten seien eben, wie bekannt, Antisemiten, die die Juden liebten. Jetzt mußten die Feuilletons sich mit Leder auseinandersetzen und ihm scharf und genau erklären, daß in Deutschland die Ermordung eines Juden doch wohl ein Faktum ganz anderer Art sei als in jedem anderen Land der Welt.

Dann Leder: Wenn Ehrl-König ermordet worden wäre, weil er Jude gewesen sei, hätten die anderen Recht. Aber es sei ja noch nicht einmal sicher, ob Ehrl-König Jude gewesen sei. Er, Leder, wisse an Ehrl-König nichts so sehr zu schätzen wie dessen Zurückhaltung in der Herkunftsfrage. Daß die Presse daraus immer wieder Tatsachen gemacht habe, sei nicht Ehrl-Königs Schuld, sondern zeige den Geisteszustand der deutschen Gesinnungspresse. *Gesinnungspresse* war sofort ein Wort, ohne das keiner mehr auskam. Das zweite Leder-Wort für Presse war *Meinungsbörse*. Das kam nicht in Umlauf. Aber mildern konnten die Feuilletons ihre spezielle Empörung nicht. Warum hat Leder den Hitlerton in der Drohung *Ab heute Null Uhr wird zurückgeschlagen* einfach übersehen?! So ging es weiter. Erst jetzt hatten die Medien ihr Saisonthema gefunden. Da ich nicht im Stande war, mir Hans Lach als Täter vorzustellen, tat mir die Wucht dieser Verurteilungseinhelligkeit weh. Daß er inzwischen als psychotischer Psychiatriepatient in der forensischen Abteilung in Haar untergebracht war, wurde nicht so einmütig kommentiert wie seine Tat. Es gab sogar Töne des Bedauerns. Die Tat, die er als schuldfähiger, zurechnungsfähiger Zeitgenosse getan hatte, hielt er nachher nicht aus. Er brach zusammen. *Der Wunsch, Verbrecher zu sein* wurde das am meisten zitierte Buch des späteren Winters. Manche gingen so weit zu bemerken, daß man, wenn man dieses Buch rechtzeitig gelesen hätte, diesen Autor nie mehr hätte mit Ehrl-König in Kontakt kommen lassen dürfen. Vorwurf an das Haus *PILGRIM*. Am weitesten gingen die, die feststellten, dieses Buch zeige einen so abseitig verirrten und verwirrten Autor, daß der Paragraph für verminderte Zurechnungsfähigkeit durchaus in Frage komme.

Ich schrieb die Tonbänder I bis IV ab.

(besprochen von Hans Lach)

Wie eng und klein das Land ist, merkst du erst, wenn die Schläge, die morgens gegen dich geführt werden, mittags schon bei dir eingetroffen sind. Ein Ausweichen innerhalb des Landes ist nicht möglich. Also fort. Nach Südspanien. In die äußerste Ecke. Da sich bergen. Am Saum Afrikas. Es muß da eine Stelle geben. Aber wie sie erreichen? 8,1 Prozent mehr Umsatz, 0,1 Prozent weniger Personal, letzte Nachricht von Ludwig Pilgrim. Von Los Angeles kann ich nichts berichten. Das nährt das Gefühl, nicht in Frage zu kommen. Und konzentriere mich also auf hier und Haar. Ein Schauspieler, natürlich kein berühmter, hat mir einmal nachts beim Trinken gesagt: Ein Schauspieler mit Auto ist ein Heuchler. Ich habe nicht gewagt zu fragen, ob er eins habe. Der KHK hat mir den Weg gewiesen: Je mehr ich von Ihnen weiß, desto mehr begreife ich, warum Sie zum Täter geworden sind. Das einzige, was ich nicht begreife: Warum nicht schon viel früher.

Bevor ich mich in mir verliere, zu Mani Mani. Der Kerl ist noch nicht vierzig oder gerade vierzig oder ein fünfzigjähriges Kind, unerwachsen bis zum Tod, wie jedes Genie, wie jeder Mensch, denn jeder Mensch ist ein Genie, außer denen, die das bestreiten. Entonces, Miguel: Mani Mani nennt er sich, nennen ihn alle, so heißt er, das ist er. Und hat sich hier mir sofort genähert. Praktisch auf mich gestürzt. Dr. Swoboda hat uns protegiert, ich durfte mein Tonband mitlaufen lassen. Als Mani Mani mir seine Zuneigung hinrotzte, hatte ich natürlich keinen Recorder dabei. Ich sei zwar nicht eines seiner Vorbilder, aber er habe sich immer gefragt, warum ich eigentlich nicht eines seiner Vorbilder sei. Als seine Vorbilder nennt er Bernt Streiff (bitte, das dem melden, tut ihm gut), Rolf Hochhuth und Else Lasker-Schüler. Was für eine Mischung! Aber echt Mani Mani.

Daß Frau Ehrl-König Nancy heißt, obwohl sie dort geboren ist und jeder glaubt, er müsse diesen Namen englisch aussprechen, ist eine echte Ehrl-König-Prozedur. Sie wissen, wer mit Nancy wirklich sprechen will, muß Französisch sprechen. Ein Historiker habe ihr einmal gesagt, daß jemand gesagt habe, Deutsch sei eine Sprache für Pferde. Daß sie ihre schwarzen Zähne nur von erstklassigen kubanischen Zigarren hat, kann einen mit manchem versöhnen. Zu meinem Alibi komme ich später. Zu Gunsten von Ehrl-König muß man sagen: Sein Mund war geschaffen nur für Urteile, also durfte man nicht auch noch Begründungen verlangen. Man erlebte ihn andauernd hingerissen von sich selber. Er konnte gar alles, nur eins nicht: sich selber schaden. Das mußte ein anderer tun. Ich. Andererseits: es paßt nicht zu ihm, umgebracht worden zu sein. Wenn es doch passiert sein sollte, dann als fürchterlicher Zufall. Mich überkommt nachts manchmal das Gefühl, er sei nicht umgebracht worden. Am Tag kann ich dieses Gefühl nicht durchsetzen in mir. Sie glauben an meine Unschuld. Ich auch. Auch wenn ich es getan haben sollte, wäre ich unschuldig. Es muß auch unschuldige Mörder geben. Er hat einmal, als Pilgrim ihm sagte, im Herbst werde ein Buch von mir erscheinen, ohne auch nur eine Sekunde zu zögern, gesagt: Impotenter Dreck. Bewundernswert, diese Fähigkeit, sofort das einzig Richtige und das ganz und gar Ehrl-Königgemäße zu sagen, eben das, was Pilgrim dann achtundvierzig Stunden lang in jedem Telephongespräch wiederholen wird. Jedesmal mit Kichern und Schaudern. Warum vermutet kein Mensch, daß die Madame ihn umgebracht hat? Die muß mehr gelitten haben unter ihm als jeder andere Mensch. Sie hätte uns das abnehmen können. Und wenn sie's uns abgenommen hat? Stecken Sie das Ihrem Freund, dem KHK mit dem Kollegennamen. Es ist mehr als moyens de fortune. Ein soupçon de parfum tut jeder Mordgeschichte gut. Il ne faut pas conclure maintenant. Je persiste à penser, moi, je … c'est drôle, égal. J'ai le vent en poupe. Das kommt von der Fremdsprache. Entre nous soit dit.

Silbenfuchs, der immer in Wörtern aufblühende Mensch aus

Bingen, erzählt: Ehrl-König habe berichtet, daß Elias Canetti ein Vorwort zu einem eigenen Buch geschrieben, dann Erich Fried gebeten habe, als Verfasser dieses Vorworts zu zeichnen. Was man nicht alles lernen müßte. So bin ich in meinem ganzen Leben noch nie beleidigt worden, hat Ehrl-König in Stuttgart dem Veranstalter ins Gesicht gebrüllt, weil der versäumt hatte, Ehrl-König mit dem Taxi vom Hotel abzuholen, so daß Ehrl-König selber den Portier am Empfang bitten mußte, ein Taxi zu bestellen. Da beginnt man zu ahnen, was dieser Mensch gelitten hat in seinem Leben.

Für Rainer Heiner Henkel war er die Lebensrettung: Vor lauter Echolosigkeit am Taubwerden, vor Nichtanerkanntheit sich schon völlig fremd, entdeckt er das inhaltslose Großtemperament, das auf Stichworte wartet. Die liefert Henkel. Los geht die Schlacht. Tausendmal Entschuldigung. Ich verliere mich. Habe mich verloren. Bin aber noch nicht bei den Spinnen gelandet. Habe allerdings keinen, der für mich tötet. Schreckliches Wort. Selbst als Metapher. Mein Alibi, lieber Michel. Ich sollte mich darum kümmern. Julia Pelz-Pilgrim, die ich Julia die Große nenne, glaubt nicht, daß mir an einem Alibi gelegen sein dürfte. Trotzdem: Ihnen fühle ich mich anvertraut. Gehen Sie zu Olga Redlich, Schlotthauerstraße 16, fragen Sie, ob sie mir das Alibi spenden möchte. Wenn sie sagt Nein, bitte, nicht weiter fragen, ich will nicht, daß sie weine. Ich komme auch ohne Alibi durchs Leben. Und sei's nur dadurch, daß ich mir einrede, Ehrl-König sei nicht tot. Oder brauche ich seinen Tod? Könnte ich plötzlich frei und froh schreiben, wenn er nicht mehr bevorstünde? Damit bin ich praktisch bei Mani, den Sie jetzt, bitte, zur Kenntnis nehmen wollen. Danach dann noch einmal ich. Ich kann's auch gleich sagen: Das ist das Material, das mir dazu dienen wird, Mani Mani vorzustellen, die literarische Welt aufmerksam, vielleicht sogar neugierig zu machen auf Mani Mani. Arbeitstitel: *Drauf und dran. Materialien zu einem Dichterleben.*

Tonband II

(Besprochen von Mani Mani, einer eher dünnen Stimme, die hastig sprach, Silben verschluckte oder wegnuschelte. Phantasievolle Ergänzung war andauernd nötig.)

Die österreichische Fernseh-Ansagerin Geneviève Winter sprach es aus: Unser Geheimnis, unsere Vielfältigkeit. Das heißt, ich komme in Frage nicht nur als Dichter, sondern auch als Komponist und werde als Maler berühmt. Als ich Heine las, schoß es mir durch den Kopf: Heine war ein großartiger Lyriker. Ich glaube zu wissen, daß ich zweiundachtzig Jahre alt werde. Würde ich fünfundachtzig, könnte ich neben Heine bestehen. Aber so alt werde ich nicht. Also komme ich gleich nach Heine. Ich will gar nicht weltberühmt werden. Vielleicht ist das ein Zeichen dafür, daß ich es doch noch werde. Ich denke schon seit langer Zeit sehr schlecht von mir. Ich weiß, das geht vorbei. Hauptsache, ich mache meinen Weg. Und ich bleibe ein lieber (und hoffentlich auch einfacher) Kerl. Und: Ich küsse gern. Vielleicht bin ich doch erfreulich für die Welt. Ich vermute, daß ich eben doch weltberühmt werde, und dann kann man sagen: Schaut mal, was für ein lieber und lustiger Kerl. Was wird mich erwarten? Ich meine das nicht dramatisch oder zu ernst, einfach nur so. Beispielsweise zu nichts anderem mehr kommen als Literatur lesen. Schreiben. Ansonsten: Ich schlucke alles. Angriffe, Polemiken, Kritiken, Schweinereien. Das macht mir alles nichts aus. Ist ja auch alles … vieles!! – lächerlich. Ich muß fünfundachtzig werden. Also Schluß mit Kettenrauchen. Wenn ich fünfundachtzig werde, schaffe ich es nach Weimar. Sobald ich auf meiner Couch liege, schießt es mir durch den Kopf: Was wirst du vermögen.

Wann immer ich auf Äußerungen von Rainer Heiner Henkel stoße, schießt es mir durch den Kopf: Rainer Heiner Henkel lebt im Vokativ. Oh könnte ich das doch auch. Für einen Erzähler tödlich. Für einen Republikunterhalter göttlich.

Was für ein Gefühl wird das sein, wenn ich wieder lesen kann?

Was werde ich lesen? Was werde ich als erstes lesen? Ist doch klar: *Hör zu.* Den Programmteil. Eines ist sicher: Nicht ewig in München. Hauptsache, ich fange an zu schreiben. Auf Lesen folgt Schreiben. Logisch. Schulisch. Typisch. Uff. Südbayern, mein Ideal. Nirgends empfängt man mehr Programme als in Südbayern. Vielleicht lerne ich Dario Fo kennen. Auf die Frage: Für wen schreiben Sie? Werde ich wahrheitsgemäß antworten: Für alle *Bayern*-Fans. Ich schreibe so gern wie Lothar Matthäus Fußball spielt. Das Lesen muß sich einfach einstellen. Ich explodiere vielleicht. Vor Begeisterung. Schon vor Jahren stellten sich, als ich auf der Couch lag, die Vorbilder ein. Bernt Streiff, Rolf Hochhuth, Else Lasker-Schüler. Roy Black hat Abitur. John Lennon nicht. Ich auch nicht. Dr. Swoboda neulich: Ich will ja nicht behaupten, daß es nichts gibt, was Sie zu einem wertvollen Menschen gemacht hätte. Man kann auch ohne Abitur ein wertvoller Mensch sein. Ich hätte ihn küssen können. Georg Meidner, seinerseits Künstler und mein bester Freund: Du bist Weltmeister im Verarschen, ich bin nicht länger bereit, dich in meine Wohnung zu lassen. Kurz darauf, ich lag auf meiner Couch, fielen diese Tonnen auf mich nieder, die mich so gut wie impotent, die mich zum Greis gemacht haben. Der Professor in der Uni: Man kann schon in jungen Jahren zum Greis werden. Dann im Radio, Carlos Fuentes: Wir in Südamerika haben einen Bruch in unserer Entwicklung. Da schoß es mir durch den Kopf: Genau wie ich. In der Schule mußten wir ein Stück *Mein Kampf* lesen. Da schoß es mir durch den Kopf: Der konnte kein Werk der Weltliteratur in seinem Bücherschrank gehabt haben. Zwei Wochen später las ich in den Memoiren eines Generals, Hitler habe kein Werk der Weltliteratur in seiner Bibliothek gehabt. Als ich zum ersten Mal mit Dr. Sandra Rothroz in der Menterschwaige vereinbarte: Einmal die Woche! sagte sie: Wenn Sie meinen, daß das reicht. Der Jungschwester in der Königlichen in der Nussbaumstraße gestand ich, daß ich Schriftsteller werden will, darauf sie: Da muß man erst mal einen Wortschatz sammeln. Da schoß es mir durch den Kopf: Aber wovon in dieser Zeit leben. Als ich auf meiner Couch lag, schoß es mir durch den Kopf: Es gibt das Drama des Jahrhunderts. Abends im Fernsehen, der Sportreporter: Das wäre das Drama des Jahrhunderts geworden, wenn der seinen Schuh verloren hätte. Der Schnürsenkel war dem aufgegangen. Ich konstatierte: Ein Drama des Jahrhunderts weniger. Ich hatte mit drei Dramen des Jahrhunderts gerechnet. Bleiben also noch zwei. Die werde ich schreiben. Mani Mani schoß es mir durch den Kopf, es macht sich bezahlt. Und einen Tag später, der Sportreporter: Gelegentlich macht es sich bezahlt. Als ich das endlich Dr. Sandra Rothroz berichtet hatte, sagte sie: Die müssen praktisch Ihre Gedanken lesen können. Dann ging ich durch München wie durch Watte. Im Schulbus hatte jeden Morgen der fette Frank gedröhnt: Der Mani ist so doof, daß … da lachte schon der ganze Bus. Dem fetten Frank fiel jeden Tag etwas Neues ein zum doofen Mani Mani. Mich retteten die Skandinavierinnen. Die blonde Agnetha vor allem. Überhaupt *Abba*. Agnetha bewies als erste, daß ich rettbar bin. Und rettenswert. Die nächste war Geneviève Winter. Aber Agnetha war die erste. My my, at Waterloo Napoleon did surrender o yeah, and I have met my destiny in quite a similar way. The history book on the shelf is always repeating itself. Waterloo – I was defeated, you won the war. Waterloo – promise to love you for evermore Waterloo – couldn't escape if I wanted to Waterloo – knowing my fate is to be with you Waterloo – finally facing my Waterloo. Das zu wissen half. Oder auch nicht. My, my, I tried to hold you back but you were stronger Oh yea, and now it seems my only chance is giving up the fight and how could I ever refuse I feel like I win when I loose. Und hat mich zuerst hinters Gitter gebracht. Neunundsiebzig. Olympiastadion. *Abba* life. Mein Marktplatz Turin. An allen Vieren gefesselt, trugen sie mich weg. Wieder von vorn. Leben Nummer zwei. Geneviève Winter, die prächtige, die prachtvolle, prunkvolle Geneviève Winter, die ORF-Königin, die als einzige das Rettende ausgesprochen hat: Die Vielseitigkeit. Neben Geneviève Winter kommt mir sogar Dr. Sandra Rothroz klein vor, verschwindend klein. Der Beitrag der Doktorin: Genau so wie Sie, wenn Sie Hunger haben, zu Ihrer Mutter gehen, kommen Sie zu uns, wenn Ihnen Zweifel an Ihrer Berufung kommen. Ich hätte sagen sollen: Deshalb komme ich nicht. Ich bin hier, weil Tonnen auf mich herabgestürzt sind und mich in jungen Jahren zum Greis machen. Trotz meiner Impotenz oder, genauer gesagt, Halbpotenz, möchte ich andauernd der Geneviève an ihren Bäckchen schmusen. Ich habe nur Angst, daß ich ihr zuviel an ihren süßen weichen Bäckchen, den pflaumenweichen sozusagen, herumschmusen will, dann sagt sie vielleicht auf wienerisch – ich weiß wirklich nicht, was die auf wienerisch dann sagt. Ich bring mich auch nicht um, wenn's nicht klappt. Mich haben einfach die Skandinavierinnen gerettet. Eigentlich müßte ich jetzt schon schreiben. Als ich durch München ging wie durch einen wunderbaren Nebel, schoß es mir durch den Kopf: In einem Jahr fange ich an zu schreiben. Uff. Herr Dorn, Sie wollen ein Drama über Hannibals Alpenübergang, bitteschön, Lieferfrist vier Monate. Meine Vorbilder haben sich etabliert: Bernt Streiff, Rolf Hochhuth, Else Lasker-Schüler. Über allem und allen immer Dostojewski. Vom 12. bis zum 20. Lebensjahr habe ich alles gelesen. Dann die Tonnen. Mit dem Lesen ist es seitdem so eine Sache. Ich gehe lieber an der Isar spazieren. Unter der Großhesseloher Brücke habe ich meine tausend Gedichte verbrannt. Im Januar. Bei Nebel. Die Isarauen werden meiner zukünftigen Poesie Licht, Farbe und Klänge liefern. Ich bin so sicher wie noch nie: Eines Tages werde ich gar nicht mehr verstehen können, wie ich so lange Zeit nicht habe lesen können. Das heißt: mit maßloser Begeisterung lesen. Alles andere ist kein Lesen. Ich glaube, ich werde einmal sehr viel lesen. Schreiben vielleicht weniger. Sehr unwahrscheinlich, daß ich in Deutschland etwas veröffentliche. Ich spüre eine Art auf mich lauernde Unfreundlichkeit. Ehrl-Königs überhaupt nicht zu bestreitende Genialität ist seine Unbeeindruckbarkeit. Daraus sprießt unwillkürlich seine Verneinungskraft. Und die wird unwillkürlich für Urteilskraft gehalten. Zum Glück werde ich nie zu tun haben mit ihm. Also in Frankreich veröffentlichen. Frankreich, das Literaturland schlechthin. Kein Literatur-Schredder weit und breit. Uff. Bekkenbauer würde vielleicht den Kopf schütteln. 300 Jahre alt möchte ich werden, sehen, ob das Bürgertum noch was schafft. Einen Goethe, bitte. Mit 20 zum Greis geworden. Der Philosophieprofessor, bei dem ich mich in die erste Reihe gesetzt habe: Man kann auch in jungen Jahren zum Greis werden. Mir passiert! Allerdings, eines Tages werde ich wieder jung werden. Und lesen können. Und dann eben auch schreiben. Lesen ohne Schreiben, das ergibt für mich keinen richtigen Sinn. Vielleicht lese ich deshalb jetzt noch nicht. Es wäre ein leeres, inhaltsloses, sinnloses Lesen. Wie viele Jahre hin- und hergestürmt zwischen Küche und Wohnzimmer. Nicht schlechtes Gewissen, Mutter, sondern psychomotorische Hast. Zieh deinen entsetzten Blick ein. Es ist wie Zahnweh, bloß auf einem anderen Nerv. Auf dem Nerv der Seele. Et in toto plurimus orbe legor. Mutter. Dein Sohn. Wie Ovid wird man Mani Mani nennen. Gleich hinter Heine. Ich schlage vor als Maßeinheit für Selbstbewußtsein 1 Mani einzuführen. Das Pfeifkonzert der Bayern-Fans beim Schalkefoul, dergleichen hält mich am Leben. Durch und durch geht mir die Stimme des Reporters: Und wieder eine unschöne Aktion des ansonsten so fairen Schalker Goalhüters. Wunderbar. Warum immer nach dem Ball treten, rief der Reporter, der ist so rund und klein, den Mann triffst du viel leichter. Die besten Fans hat *Bayern*, die schlimmsten *Schalke*. Und wenn dann noch der Schalker Mittelstürmer aus Bayern kommt! Aber meine Lieblingsbeschäftigung bleibt, schöne Fernsehansagerinnen anzuschauen. Ich habe einen kannibalischen Blick. Darum bin ich hier gelandet. Ich wollte der

Prachtserscheinung in den Isarauen nichts tun. Sie trat als Geneviève Winter auf. Das Wunder geschah. Kommt auf mich zu. Daß ich Geneviève in allen Verkleidungen beziehungsweise Jahreszeiten kenne, kann man mir glauben. Juli. München blendet. Nach stundenlanger Wanderung an der Isar entlang verlasse ich das Isarufer, gehe quer unter den Bäumen, erreiche fast die Straße, da kommt sie, Geneviève. Juli. Die Sonne bricht durch die hohen Bäume. Ich habe ihr doch nichts tun wollen. Mein kannibalischer Blick! Metaphorische Spielerei. Geneviève kommt auf mich zu, bleibt stehen, vor mir, kommt offenbar nicht vorbei an mir, also wenn ich da nicht zugreife, zärtlich nämlich, ja dann werde ich nie wieder jung. Es war doch Geneviève, die das Entscheidende gesagt hat: Die Vielseitigkeit. Jetzt ist es soweit, habe ich gedacht. Du bist kein Greis. Beweis es ihr. Geneviève hat diesen spöttischen Blick. Den schätze ich sehr. Und die diesen Blick ergänzenden Lippenbewegungen. Die Lippen beschäftigen sich mit einander, auch wenn die dunkelhaarige Geneviève nichts sagt. Aber dann sagte sie ja etwas. Das hätte sie nicht sagen sollenmüssendürfen. Ja, wer bist denn du scho! Das zu mir, nachdem sie mich jahrelang vom Fernsehschirm her angemacht hat. Und jetzt: Ja, wer bist denn du scho. Da habe ich es ihr doch zeigen müssen, wer ich bin: Mani Mani, die Hoffnung aller Hoffnungen! Also nichts wie hingelangt. Jetzt also nichts mehr mit der Königlichen, nichts mehr mit der Menterschwaige, ab in die Forensische, endlich nach Haar, wo schon der Pfleger eins eine Naturkatastrophe ist. Als Zwölfjähriger einmal vom Dreimeterbrett gesprungen. Einer süßen Dreizehnjährigen zuliebe. Als Nichtschwimmer. Ich hatte ihr gesagt, ich stünde am Anfang einer Agentenkarriere, deshalb müsse ich jetzt vom Dreimeterbrett springen. Das mit den schönen Frauen müßte noch genauer gesetzlich geregelt werden. Das liegt doch vollkommen im argen. Du kommst auf eine zu, sie auf dich, du siehst, es ist Geneviève, sie bleibt stehen, du nicht, also triffst du auf sie, ja, warum geht sie dann nicht an dir vorbei, da mußt du doch zugreifen. Versuchte Vergewaltigung. Daß ich dann getobt habe, glaube ich nicht. Das ist forensisch-psychiatrische Metaphysik. Nur wer gefährlich lebt, wird von den Frauen geschätzt. Sie wissen nie, wo Sie sich befinden, hat Sean Connery zu mir gesagt. Als ich so siebzehn, achtzehn war, sah ich mich an der Spitze eines möglicherweise verlorenen Haufens bewaffneter Arbeiter im Bürgerkrieg den Nockherberg hinaufziehen. Ich war schon früh bereit, für eine Sache zu sterben. Gestern schoß es mir durch den Kopf: Das Fernsehen macht dich krank. Ich will ja nicht behaupten, daß es nichts gibt, was Sie zu einem wertvollen Menschen gemacht hätte: Dr. Swoboda. D'outre-mer, schoß es mir durch den Kopf. Dostojewski, schoß es mir durch den Kopf. Außer Dostojewski ist alles Mist. Sogar Tolstoi ist nur einer, der vierspännig fährt und alle Tricks beherrscht. Dostojewski beherrscht nichts. Dostojewski wird beherrscht. Ihn wirft es ja in die Höhe. Ihn schleudert es in jede Tiefe. Außer Dostojewski nichts. Wenn Dostojewski mein Psychiater wäre, wäre ich sofort gesund. Verließe Haar mit Dostojewski. Per S-Bahn. Und wir setzten uns in den Augustiner-Garten dicht am Haus, mit Blick über alle Tische und Bänke und Leute, äßen Weißwürste. Jeder zwei Paar. Mit süßem Senf. Und Brezeln. Dostojewski liebt nichts so sehr wie süßen Senf mit Weißwürsten und Brezeln. Plus Bier aus den riesigen Gläsern. Wir würden fröhlich hinschauen über all die Trinkenden, Schmausenden, Brüderlichschwesterlichen. Fröhlich aber stumm. Bloß nichts sagen jetzt. Dostojewski nickt. Meiden die Sprache, die Verführerin schlechthin. Wenn ich wieder lese, heißt das, ich setze die Dostojewski-Lektüre fort. *Der Idiot*. Myschkin will mein Bruder sein. Gerade Arbeiter achten große Dichter. Mein Jahr in der Fabrik hat's mich gelehrt. Tolstoi ist der Ruhepunkt der Menschheit. Dostojewski der Unruhepunkt. Natürlich habe ich auch Norman Mailer gelesen *Die Nackten und die Toten*. Aber es wird der Zeitpunkt kommen, da werden sich alle Menschen, bei dem, was sie tun, fragen: Was würde Dostojewski dazu sagen. Sonst wird kein Elend ein Ende nehmen. Bevor ich anfange zu schreiben, muß ich prüfen, wie weit meine Sensibilität reicht. Und wie weit sie zuverlässig ist. Dostojewski vor Augen, sage ich: Ich bin vielleicht in einem Volk aufgewachsen, das nicht mein Volk ist. Nur wer gefährlich lebt, ist befugt, Frauen zu beanspruchen. Mein Freund Georg Meidner, seinerseits Künstler, hat bei meiner Hannelore den Eindruck erweckt, er lebe gefährlicher als ich. Schwupps, war Hannelore bei ihm. Hat sich ihm, wie man so sagt, hingegeben. Ich habe immer gesagt, wenn eines Tages James Bond auftaucht, trete ich sofort zurück, wie sich das gehört. Aber Georg Meidner, seinerseits Künstler! Auch wenn ein Indianer aus Detroit gekommen wäre, weggewesen wäre ich. Aber Georg Meidner! Aber ich weiß aus dem Fernsehen, wie es bei denen jetzt zugeht. Georg, Georg, ruft Hannelore. Hör zu, du oberbayerisches Miststück, ich habe keinen BH an, du brauchst mir nur meinen Sommerschlußverkaufkarstadtschlüpfer runterzuziehen, alles andere kommt dann von selbst. Das ist die sexuelle Emanzipation, sagt Georg Meidner, seinerseits Künstler. Und die Liebenden fallen einander um die Hälse. Sex. Quäl mich ruhig, Georg, ruft Hannelore. Hannelore, nur daß du das weißt, so laut mag ich es nicht, ruft Georg. Sex. Heute abend nicht, Georg, sagt Hannelore, laß, ich will nicht, nein, komm, geh, komm. Sex. Hannelore, treib es nicht zu weit. Sex. Georg, du warst gut. Sex. Ich muß den ganzen Tag an dich denken, Hannelore. Das ist gut, Georg. Sex. Ich höre nicht auf, an Dostojewski zu denken. Und mir sagte Dr. Sandra Rothroz in der Menterschwaige, eine Woche nach meiner freiwilligen, selbstbesorgten Einlieferung in die schattigste Seelenwaldklinik der Welt: Ihnen fehlt das Private. Alles bei Ihnen ist Sache. Wahrscheinlich kommt es bei Ihnen deshalb zu nichts, was man Seelenleben nennen könnte. Frau Doktor, sagte ich, mir wird es nie zu einer Sache reichen. Allerdings zu einer Seele auch nicht.

Ich bin nur etwas Bewegtes, von jemand oder von etwas, also bin ich niemals ich selbst, also unbeständig, also niemals sachlich oder privat. Sobald ich auf meiner eigenen Couch liege, sozusagen allein bin, schießt es mir durch den Kopf: Ich bin nicht zu sprechen für mich. Aber für jeden anderen schon. Zum Beispiel, für Sie, Frau Dr. Rothroz. Oh, oh, oh, sagte sie dann, Schluß für heute. Dann sagte sie noch: Vielleicht sollten Sie es machen wie König David. Der ließ in allen Städten, die er erobert hat, seinen Namen ausrufen. Überlegen Sie mal. Ich sagte: Wieviel gelassener wäre ich, wenn ich nicht soviel zu verbergen hätte. Und ging. In den Wald beziehungsweise durch den Wald, wie es sich für den Insassen einer Waldseelenklinik gehört. Abstand! Auch hat diese Klinik etwas unordentlich Abenteuerhaftes. Die Insassen werden hereingespült, hinausgespült, wie das Leben eben so spült. Autsch! Mani Mani, du hast einen Ruf zu verlieren, einen zukünftigen! Das Friedlichste überhaupt: *Bayern München* beim Gewinnen. Ich muß nur aufpassen, daß ich nicht in Ehrl-König hineinzappe. Sobald er merkt, daß ich zuschaue, bläst er sich auf und brüllt los. Brüllt wie einer, der nicht weiß, warum er brüllt. Es ist ein ausgreifendes, schweifendes, losgelassenes Brüllen. Ein Brüllen an sich. Aber es sucht mich. Als Grund.

Warum lacht er denn nicht, fragt der Quäler den Gequälten, wenn er einen Witz gemacht hat.

Das ist ganz sicher: Ohne Witze zu machen, könnte ein Henker seine Arbeit nicht tun.

Immerhin hat man schon in der Nussbaumstraße in der Königlichen Psychiatrie darauf verzichtet, mir Treppen zuzumuten. Und dann Dr. Sandra Rothroz in der Menterschwaige genau so: Sie können vorübergehend die Fähigkeit, hinaufoder hinunterzugehen, eingebüßt haben. Das soll uns nicht stören. Fabelhaft, diese Dr. Sandra Rothroz. Ob die beiden Liebfrauentürme oder ein Komma – durch die Vernichtung ist alles mit einander verbunden und gleich. Als meine tausend

Gedichte unter der Großhesseloher Brücke im dichten Nebel brannten, schoß es mir durch den Kopf: Jetzt haben deine Gedichte den idealen Aggregatzustand erreicht. Du bist veröffentlicht wie keiner, den du kennst. Uff.

Band III
(Mani Manis Stimme)

Daß andere weniger lächerlich sind, ist deren Sache. Du kannst nicht von allen verlangen, gleich lächerlich zu sein. Allein, bin ich nicht lächerlich. Im Gegenteil. Der Psychoanalytiker ist der Hexenfolterer von heute. Genau so weit weg von seinem Opfer. Und genau so überzeugt von seinem Recht. Meine Mutter bei der Rothroz in der Menterschwaige: Unter jedem Dach, ein Ach. Einmal mit der Jungschwester in der Nussbaumstraße ins Unger schwimmen gegangen, sie unter der Brause, das Gesicht straff, den Mund unerbittlich in die Breite und nach unten gezogen. Sollte das die Empfindungen ausdrücken, die das herabprasselnde Wasser in ihr auslöste? Als ich bestimmte Medikamente bekam und hin- und herlief wie ein Tier im Käfig, sagte sie: Mani, machen Sie das Fenster zu, sonst erkälten Sie sich. Und ich, trotzig: Ja, ja. Lief weiter hin und her. Haßerfüllt denke ich an die Jungschwester in der Nussbaumstraße. Träume mich in die Rolle hinein, daß ich ihr nachgerufen hätte: Ja, ja, du superpsychologische Jungschwesterfotze. Das denkend, lächle ich. Sogar. Vielleicht das einzige Recht, das ich habe, zu lieben. Oder ich habe mich in diese extrem schwache Position (*Nur* das Recht haben, zu lieben) hineinmanövriert, weil man in einer Situation vollkommener Schwäche und Wehrlosigkeit die Menschen in ihren Reaktionen auf mich besser erkennen kann. Als ich zuletzt mit Georg Meidner, seinerseits Künstler, im Dürnbräu saß, hatte ich plötzlich eine Ahnung, wie es sein kann, wenn ich merke, so, jetzt mußt du schreiben, sonst springst du aus dem Fenster. Und wäre in diesem Augenblick voll mit den Genitalien daran beteiligt gewesen. Brecht zu einer

Jugendfreundin: Ich komme gleich nach Goethe. So kann man vielleicht Literatur definieren: Man schämt sich nicht, so beschämend es auch ist, etwas geschrieben zu haben. Geneviève Winter weiß noch immer nicht, daß ich ihretwegen in der forensischen Psychiatrie gelandet bin. Hannelore, als sie noch nicht von Georg Meidner, seinerseits Künstler, erobert war, ging mit mir durch die Faschings-Stadt. Sobald uns Betrunkene begegneten, rückte sie näher zu mir. Mir schoß es durch den Kopf: Du hast dich heute morgen nicht gewaschen. Auf dem Heimweg in einem Gäßchen, blieb sie stehen, ich auch, sie schlang ihre Arme um mich, preßte ihre Lippen an meine, schlug mit ihrem Unterkörper gegen den meinen. Mir schoß es durch den Kopf: Die Güte und Nachsicht der Frauen ist unendlich. Oder schafft das der Geschlechtstrieb allein? Ich wußte, kurz vor dem Geschlechtsakt (kein so tolles Wort) würde es mir durch den Kopf schießen, daß ich nichts davon haben werde. Also würde ich halt noch nach ihren Brüsten oder anderswohin greifen, mehr wie ein Doktor, bis die Vorstellung des Aneinanderklammerns, des möglichen Reizes nackter Brüste, des geschwollenen Glieds, des Eindringens völlig verschwindet. Im Traum einmal exemplarisch: Ich kurz vor dem Eindringen in sie, da, die Stimme ihrer Mutter: Hannelore, komm mir mal helfen. Was hätte ich davon, wenn ich wirklich drinsteckte? Samenablaß, basta. Vielleicht alles nur ein Weglaufen vom Schriftstellerwerden. Misery acquaints a man with strange bedfellows. Oh du, mein Erzkollege Shakespeare. Folgen seelischer Haltungen im Körperlichen. Und umgekehrt. Wenn der Vater mich übers Knie legte, richtete sich der Penis auf, wurde hart. Als Kind in die Hose gepinkelt aus Angst, wenn der Vater auf mich zukam. Aber was würden die Psychologen sagen, wenn es für mich unmöglich ist, ohne meine Mutter zu leben? Dem Dr. Swoboda ins Gesicht: Nachher wollen Sie mit Ihrer psychologischen Aufmerksamkeit-auf-sich-ziehen-Theorie auch noch den Selbstmord erklären, ja?! Was ist wichtiger, dieser Erkenntnis zu frönen, also diesen und jenen Selbstmord voll und ganz aufzuklären, oder sich einzugestehen, daß diese Sichtweise den Blick für vieles andere, vielleicht wichtigere, versperrt? Dr. Swobodas Reaktion: der klassische physiognomische Psychiater- und Psychotherapeutenausdruck, gesenkte Lider, Mundwinkel nach unten gezogen. Ich zu ihm: Dieser Gesichtsausdruck, Mundwinkel nach unten, divahaft gesenkte Lider, entspricht weder dem Ernst meiner Lage noch dem Ernst der Welt. Ich weiß nicht, ob Sie mir helfen wollen. Es gibt Gründe, mir nicht helfen zu wollen. Aber zu bedenken geben muß ich, daß kein Psychotherapeut in der Nähe war, als ich als Kind aufgeschrieen habe, wenn meine Mutter nach einem Streit mit meinem Vater weinte und ich sie mit Küssen und Umarmungen verzweifelt bat, mit dem Weinen aufzuhören. Und ich habe immer noch Angst vor der Psychotherapie, weil das, was meine Mutter trotz all ihrem von mir verschuldeten Leid noch lachen läßt, an der psychotherapeutischen Praxis vorbeiläuft. Als ich aus der Nussbaumstraße entlassen war und mit der Straßenbahn heimfuhr, fiel ein Baby beim Hochheben des Kinderwagens aus dem Wagen heraus und wäre auf die Straße gefallen, wenn nicht eine alte Frau gerade noch zugegriffen hätte. Ich habe nicht zugegriffen, sondern die Hände vors Gesicht geschlagen und aufgeschrien. Allein, bin ich nicht lächerlich. Georg Meidner, seinerseits Künstler und Eroberer Hannelores, verachtete mich, weil ich kaum eine Sportschau versäumte. Seit ich nicht mehr mit dem Vater ins *Bayern München*-Stadion ging. Die Fußballsamstagnachmittage dröhnten vor Einsamkeit. Als Kioskverkäufer stand mir die gesamte Porno-Produktion kostenlos zur Verfügung. Eine Stelle in der Bahnhofsbuchhandlung war nicht zu ergattern. Dostojewski wurde fast wahnsinnig, wenn er nach einem Anfall eine Woche lang nichts lesen konnte. Ich habe seit unzähligen Jahren praktisch nichts mehr gelesen. Von zwölf bis zwanzig alles. Dann die Tonnen. Seit dem Schluß. Warum ausgerechnet ich Schriftsteller werden will, ist von allen Fragen der Welt die rührendste. Ich werde soviel lesen, wie physisch überhaupt möglich ist. Dann gleich die Frage: Wird es nicht doch verlorene Zeit sein? Dann aber sofort die Gegenfrage: Wieso ich, der Herumlungerer schlechthin, Angst habe vor verlorener Zeit? Und schon frage ich weiter: Darf ich mir doch einbilden, keine Lebensminute vertan zu haben, weil ich in Gedanken immer bei der gerade geliebten Frau war, und wenn nicht bei ihr, dann in Stratford upon Avon oder im Petersburg Dostojewskis? Whatever gets you through the night, it's alright. Die Mutter schreibt: Der Vater ist abends erschöpft. Gestern vorm Fernseher eingeschlafen. Aber es kommt ja viel Geld herein. Das Auto werden wir bis Jahresende abbezahlt haben. Wenn der Vater durchhält. Und hat noch Ärger mit seiner Mutter. Die ist immer noch nicht mit dem Geld zufrieden, das er ihr überweist. Es gibt keine Entschuldigung dafür, daß ich mich nicht als Hilfsarbeiter durchs Leben schlage. Vielleicht operiere ich instinktiv so, daß ich – als Schriftsteller – nicht der Vermittlung, die die Psychoanalyse bietet, entraten kann. Das heißt eben gar nicht, daß ich mich behandeln lasse. Warum auch? Bin ich nicht im wahrsten Sinn des Wortes kerngesund? Gratwanderung. Solche Wörter gibt es. Nicht ohne Grund. Die Jungschwester in der Nussbaumstraße sagte, als ich ihr mitteilte, daß ich ein alles umfassendes Romanwerk plane: Genau das erwarte ich von Ihnen. Mir schoß es durch den Kopf: Und wenn Literatur heißt, das zu schreiben, was nicht erwartet wird!? Poesie, kommt mir vor, das sind die Momente, wo es uns den Kopf herumreißt, daß wir aller Unvereinbarkeiten ledig sind. Ich war mit drei Jahren schon weiter, als alle Psychotherapeuten Bayerns je kommen. Und mein Greisentum lichtet sich. Dr. Swoboda zu mir: Ihre Weltliteraturträume sind Versteckungsmechanismen, um Ihren Wunsch, von anderen versorgt zu werden, zu verstecken. Ich werde aber den endgültigen Stalingradroman schreiben. Als ich mit vierzehn die Bilder mit toten deutschen Soldaten in Stalingrad sah, kriegte ich immer Erektionen. Dr. Swoboda: Wenn der Vater fällt, ist der Weg zur Mutter frei. Aber schreiben kann nur, wer liest. Und ich habe jedesmal, wenn ich zu lesen versuche, das Gefühl, ich hätte beide Füße im Feuer und sie seien schon halb verbrannt. Also muß ich aufspringen. Rennen. Hin und her. Dann Fernsehen. Die Nervenheilanstalt hat nichts Erschreckendes mehr. Mein Lieblingswort: Irrenhaus. Auch wenn ich frei herumlaufe, trage ich mein Gefängnis mit mir. Die Literatur wäre das Tor ins Freie. Ich trage ein Werk in mir, das will heraus. Und ich soll dafür sorgen. Leider kommt mir zur Zeit die Arbeit an einem und sei es noch so großen Werk sinnlos vor, wenn sie mir nicht hilft, eine Frau zu erobern. Geneviève, zum Beispiel. Als sie zwischen Isar und Erich Schmid-Straße auf mich zukam, hätte sie doch nicht so tun dürfen, als erinnere sie sich nicht mehr daran, daß sie mir in aller Öffentlichkeit, vom Fernsehschirm her, einen Kuß zugeworfen hat! Und dann: Wer bist denn du scho! Wenn einen das nicht erbittern und dann eben zu Tätlichkeiten hinreißen darf! Als Übergang plane ich, in der Buchhandlung in Gauting zu arbeiten. Darin sind sich die Psychologen einig: mich auf eigene Füße stellen. Wenn die dann bloß nicht wieder Feuer fangen. Aber bitte, ich werde in der Buchhandlung in Gauting arbeiten und nachts schreiben. Wenn es sich nicht herausstellt, daß die Gegenwart meiner Mutter für mich als Gefühlsnahrung unerläßlich ist, das hieße, ich muß bis zu ihrem Tod bei ihr leben. Herrn Pilgrim habe ich über meine Pläne informiert, er weiß, daß er sich an meinem Werk eine goldene Nase verdienen wird. Wenn der edle Pilgrim Zicken macht, sofort zu Hanser. Mir Michael Krüger vorzustellen ist für mich fast ein Genuß. Ich werde ihn und Pilgrim fragen: Was halten Sie von meinen Vorbildern Bernt Streiff, Rolf Hochhuth und Else Lasker-Schüler? Sind das die richtigen Vorbilder? Ist es lächerlich zu gestehen, daß ich Agnetha immer noch liebe? Darf man so lange in eine blonde Schwedin verliebt sein, oder ist das ein Armutszeugnis? Ich träume ja gegen jede Wahrscheinlichkeit, daß Agnetha und ich das Jahrtausendpaar werden. Gut, als Sechzehn- oder Siebzehnjähriger ich an der Spitze einer möglicherweise verlorenen Schar von bewaffneten Arbeitern nockherbergaufwärts. Seit die Tonnen auf mich niederstürzten, sind mir solche Vorstellungen fremd. Freund Georg Meidner, seinerseits Künstler, zu mir: Was kannst du denn? Ich: Nichts. Log ich. Aber ich dachte: Ich kann schreiben wie der Herrgott persönlich. Damals hätte ich anfangen sollen mit Schreiben. Aber ich hatte meine Vorbilder noch nicht gefunden. Damals schoß es mir durch den Kopf: Du machst dir etwas vor. Aber was ich damit meinte, wurde mir nicht klar. Klar war immer nur der Gedanke: Unfaßbar, wie schön das Leben sein könnte. Und eben der Dauergedanke: Das Fernsehen macht mich krank. Wer Georg Meidner, seinerseits Künstler, auf Hannelore ansetzte, daß er sie mir wegnehme, hat mir bis jetzt kein Psychologe sagen können (oder wollen). Die wollte sofort nichts mehr von mir wissen. Und prompt schallte es aus dem Fernseher: Da wackelt die Wand. Und das hieß schon: Drüben fickt Georg meine Hannelore so gut, daß die Wand wackelte und daß ich das nie schaffe. Ich kann beschwören, daß das genau so ablief. Ich hätte zum Pfleger eins nicht sagen dürfen: Sie sind eine Naturkatastrophe. Deshalb muß ich hier jetzt mit dem von ihm strafweise verfügten Spitznamen Manerl oder Manderl herumlaufen. Als Manderl kriege ich keine Frau, klar. Und als Manderl kann ich nicht schreiben, klar. Ich will Ihnen keine Angst machen, sagte in der Nussbaumstraße Frau Dr. Probst-Baierl zu mir, entweder man macht Selbstmord, oder man kommt zu uns. Aber ich dürfe, sagte sie, mit meinem Leiden nicht hausieren gehen. Ich weiß aber, wenn der fette Frank im Schulbus mich nicht gequält hätte, wäre ich heute mit einer hübschen, netten, lieben Frau verheiratet. Wenn ich je schreibe, fragt es sich, ob ich ohne Kindheitstragödie – wenn es eine war! – überhaupt schreiben würde. Seit meinem 20. Lebensjahr bin ich eine plündernde Null. Den großen Alexander Solschenyzin hat die Mathematik gerettet. Mich die Skandinavierinnen. Ich werde aber trotzdem Geneviève Winter heiraten. Ein zweites Mal entkommt sie mir nicht. Ich habe einmal getobt, sie hat einmal geblutet, das reicht doch. Mein Geheimnis: Ich bin durch nichts aufzuhalten. Das habe ich zufällig mit Alexander dem Großen gemeinsam. Aber Frau Dr. Probst-Baierl irrt: ich verachte meinen Vater nicht. Ich liebe meinen Vater. Ich denke oft an einen Krieg mit betäubenden, nichttötenden Kugeln nach. Immerhin haben zirka 20 Verlage meine ersten Manuskripte abgelehnt. Keine Rache meinerseits. Unreifes Zeug war das. Hatte noch keine Vorbilder. Alexander Solschenyzin: Die Wahrheit bahnt sich ihren Weg. Daran konnte mich auch diese ARD-Zicke nicht irremachen, der zu einer Vogelschar, die nicht mehr in den Süden gelangt war, nichts einfiel als: Ob zu jung oder zu schwach, für SIE (die Vogelschar) ist der letzte Zug jedenfalls abgefahren. Das mußte ich, weil sie das SIE so betonte, auf mich beziehen. Aber sie hatte recht. Auch nur ein Tonband zu kopieren war für mich eine unbestehbare Aufgabe geworden. Es stellt sich natürlich die Frage: Muß ein Schriftsteller ein Tonband kopieren können? Hannelore einmal schnippisch: Wenn ich dir den Laufpaß gäbe, das würdest du nicht überleben. Stimmt. Ich habe es nicht überlebt. Ach nein, Quatsch, gerettet haben mich damals eindeutig die Skandinavierinnen. Im Fernsehen hieß es zu allem Überfluß: Es waren die asiatischen Regimenter, die Moskau retteten. Dieser Satz ist nun wirklich von mir. Aber weil ich ihn nicht niedergeschrieben habe, kann ich das nicht beweisen. Das passiert jetzt immer häufiger, daß Sätze von mir da und dort gesagt und geschrieben werden, und ich kann, weil ich immer noch nicht anfangen kann zu schreiben, nicht beweisen, daß es meine Sätze sind. Frau Dr. Sandra Rothroz hat mich immer so abfahren lassen: Kommen Sie mir nicht mit Übersinnlichem! Und ich habe nicht gewagt zu fragen, was das jetzt wieder sei: das Übersinnliche. Wenn mir Pfleger eins zuruft: Unser Manderl! dann denke ich an die Naturkatastrophe und dann natürlich an: Gelegentlich macht es sich bezahlt. Wie hat es Geneviève formuliert: Die Vielseitigkeit. Ich habe Dr. Swoboda informiert: Wenn ich Geneviève ficke, muß ich kein bißchen besser sein als Ramazotti, aber ich darf auch kein bißchen schlechter sein. Das Wichtigste im Leben: Man macht sich nicht lächerlich. Allein, bin ich nicht lächerlich. Basta. Gestern schoß es mir durch den Kopf: Wenn ich fünfundachtzig werde, komme ich vielleicht doch noch zum Vögeln. Bis dahin Zölibat. Meine Spätwerke werden nichts sein als ein Lesen in den Augen Gottes. Da steht ja alles, was die Menschheit hineingeschrieben hat. Und es steht nirgendwo sonst. Öfter schießt es mir durch den Kopf: Wer bin ich denn …? Das war überhaupt das Höchste, als Geneviève sich versprach und Mulokken sagte statt Molukken. Aber dann: Ja, wer bist denn du scho! Hätte sie nicht sagen sollenmüssendürfen. Einmal schoß es mir durch den Kopf: Ich bin ein Hampelmann. Als Geneviève sich versprochen hatte, riß ich sie über den Tisch, an dem sie saß, herüber und ließ sie, die ohnmächtig war vor Liebe, in meine Arme sinken. Und hörte Paul McCartney singen: That's what I want. Aber ein Tag, an dem der Pfleger eins mir von weitem zuruft: Wie geht's unserem Manderl heut? ist ein verlorener Tag. Wenn es Zeugen dieses Zurufs gibt, kann ich ja nicht jedesmal dazusagen: Das tut der bloß, weil ich ihn Naturkatastrophe genannt habe. Das sitzt natürlich: Naturkatastrophe! Uff! Hätte ich nicht sagen sollen. Es macht sich nicht bezahlt. Und der Samen kommt nur noch mühsam hoch. Überhaupt nicht mehr frech herausgespritzt wie ehedem. Ach, ehedem kommt wieder. Frau Dr. Sandra Rothroz von der Menterschwaige: Das ist bei Ihnen alles Geist geworden. Quatsch. Da wackelt die Wand, und das ist mein Freund Georg Meidner, seinerseits Künstler, und er vögelt gerade jetzt Hannelore. Also, bitte, da muß es einem doch vergehen. Von den Tonnen mal ganz abgesehen, die immer noch auf mir liegen. Was Lyrik angeht, ist Goethe Nummer eins. Und bleibt es. Aber ich habe etwas gemeinsam mit Solschenyzin. Ich bin auch gerettet worden. Ihn hat die Mathematik gerettet, mich die Skandinavierinnen. Waterloo. An der Spitze eines möglicherweise verlorenen Haufens bewaffneter Arbeiter nockherbergaufwärts. Tausend Jahre nach meinem Tod gehöre ich zu den Großen. Ich bin eine explodierende Mischung. Arschloch, Schumann, Heine, Dostojewski, Beckenbauer. Was ich eigentlich wollte in meinem Leben – und nichts als das wollte ich –, daß Geneviève Winter vom ORF sagt: Du bist der Mann, den ich begehre, nach dem ich verlange, von dem ich ein Kind will (oder zwei oder drei). Das wollte ich. Habe ich gewollt. Aus. Vorbei. Es soll mir also genügen, ein Ästchen zu sein am Goethe-Baum. Da schießt es mir durch den Kopf: Lieber ein Ast. Und dann auf mir ein Vogelnest. Und darin Geneviève. Und sie piept: Komm zu mir, großer Vogel. Hast du mich verstanden. Ich dich auch nicht. Wenn der endlich aufhören könnte, Manderl zu brüllen. Durch dieses große Haus nur noch dieses Gebrüll: Manderl. Das ist doch eine Naturkatastrophe. Sollte es mir noch einmal durch den Kopf schießen: Wer bin ich denn? werde ich antworten: Der Mann, den Geneviève begehrt. Aber wenn sie dann an Ramazotti denkt? Und weit und breit keine Skandinavierin mehr, die mich retten könnte. Weit und breit leere Schwere. Ich war einmal, laut Georg Meidner, seinerseits Künstler, ein Weltmeister im Verarschen. Aber ich habe versäumt, auch mich selber zu verarschen. Darauf wartet die Welt. Ich werde versuchen, der Welt zu Willen zu sein. Ich hätte mein Leben als Fliege nicht ausgehalten ohne die Hoffnung auf die Wiedergeburt. Und siehe da, ich bin wiedergeboren worden. Als Mensch beziehungsweise Mani Mani. Und gestehe: Ich hielte auch dieses Leben nicht aus ohne den Glauben an die Wiedergeburt. Das Schöne: von Mal zu Mal wird der Glaube mehr zur Gewißheit. Wenn die jeweiligen Inkarnationen sich als immer unerträglicher erweisen, wird die

Wiedergeburt immer erwünschter beziehungsweise notwendiger. In jedem Verlauf passieren aber Schönheitsmomente. Ein Sonnenuntergang im Sterbensaugenblick, Selbstvergessenheit auf dem Weg zur Hinrichtung, ein Bayern-Tor im Augenblick reiner Verzweiflung. Ich werde die Wirklichkeit um ihre Grausamkeit betrügen. Illusionen züchten wie andere Orchideen oder Schafe. Oh Schafe! Nicht mein Fall. Wohl aber Illusionen. Ewig blühende Gehirngewächse. Und wenn sie nicht ewig blühen, züchten wir weiter. Optimierung. Alles wird einfach optimiert. Und meinen Illusionen wird man anmerken, wogegen sie gezüchtet worden sind. Gegen die Misere. Auch meine.

3

Ich gönnte mir, bevor ich das vierte Tonband, das wieder von Hans Lach besprochene, abschrieb, eine Pause und fuhr hinüber in die Schlotthauerstraße zu Olga Redlich. Am Telephon hatte sie zurückhaltend geklungen. Schon ihren Namen hatte sie so gesagt, als wolle sie verhindern, daß man sich bei ihrem Namen etwas denke. Olga Redlich. So flach und tonlos wie möglich. Es gibt Leute, die führen ihre Namen auf wie Auftakte zu Arien. Olga Redlich sagte ihren Namen so, daß man ihn als nicht gehört verbuchen konnte. Ich ging die vier Treppen zu Fuß hinauf: Ich liebe alte Treppen. Das waren Stufen, die einen aufwärts führen konnten. Olga Redlich wohnt also in großen Räumen ohne Möbel. Alles fand auf dem Boden statt. Teppichboden. Hellstes Lila. Ich mußte, wenn überhaupt, auf einem der Polster Platz nehmen. Die gab es als Rollen, als Würfel, als rundliche Stümpfe. Matratzen gab es auch. Und Tischplatten auf Klötzen, höchstens dreißig Zentimeter über dem Boden. An den Wänden Bücherregale, Höhe höchstens ein Meter. Darüber Zeichnungen. Portraits offenbar. Auf mehr als einem erkannte ich Hans Lach. Alle Köpfe und Gesichter schienen aus jähen Strichen entstanden zu sein, nicht aus sorgfältiger Strichelei, um ja dem Dargestellten ähnlichkeitsgerecht zu werden. Die Verzerrungen, die so entstanden, hatten durchaus einen frechen Reiz. Ich nahm auf einem Polsterwürfel Platz. Interessant, sagte sie. Man wird also beurteilt, je nachdem, worauf man sich setzt, sagte ich. Aber nicht verurteilt, sagte sie.

Sie war wirklich zartgliedrig, auch ihre längsten Haare reichten ihr nicht ganz in den Nacken, hingen aber mit einer Spitze weit und ein bißchen seitlich in die Stirn. Kastanienbraun, deutlich gefärbt. Bewirtet werden wollte ich hier nicht. Sie hatte sich so auf eine Polsterrolle gesetzt, daß ihre Knie links und rechts von der Rolle standen. Ich vermied es, *interessant* zu sagen. Sie war mir so sympathisch, daß ich angesichts der Kürze der Zeit, die mir hier gegönnt sein würde, sofort schwermütig hätte werden können. Wenn ich mir nicht die energischsten Kommandos gegeben hätte. Und dachte an Frau Lach, deren Gesicht durch Erfahrung und Alter versachlicht worden war. Allerdings lebte darin noch unzerstört eine Stimmung, die am ehesten in Bartóks schwierigen Elegien ausgedrückt ist. Eine Art Leid, das sich jedem Verständnis, überhaupt jedem Kontakt verweigert. Am Alibi hängt alles. Das Alibi entscheidet. Ich saß vor dem Alibi und glaubte, jetzt ermessen zu können, wie einsam Frau Lach war. Olga Redlich, Hans Lachs ... ja was denn ... Freundin ... Geliebte, bitte nicht, aber zwanzig Jahre jünger, ohne auch nur einen Anflug von Leid oder auch nur Schwere, nichts als zart und fünfunddreißig. Ein Gesicht, das, weil Deutlichkeit weh tun könnte, zurückhält. Die graugrünen Augen allerdings wären, bildete ich mir ein, zu jeder Art von Übermut und Fröhlichkeit bereit. Der schmale Mund auch. Und eine Nase, die dann doch darauf bestand, gesehen zu werden. Sie gab dem übrigen Gesicht Stärke. Sie verhinderte überhaupt, daß dieses schmächtig wirkte. Der Pulloverausschnitt war, bevor er schwarz auf der Haut lag, noch weiß liniert. Und keine spitz zulaufende Raute hing da hinein und kein Kreis mit siebenzakkigem Stern. Aber ein Hauch von Schatten kündigte Brüste an. Eine honigfarbene Hose, die weit vor den Knöcheln endete und da eckig zu den Seiten hinausstand. Ich sollte jetzt also fragen, ob sie bereit sei, Hans Lach das Alibi zu liefern, das dann die ganze Affäre beenden würde. Diese junge Frau war die Gewähr für meine unbeirrbare Empfindung, daß Hans Lach es nicht getan hatte. Und ich sollte mich hüten, sie hemmungslos anzuschauen. Die Wesensfülle, die ich, wenn ich sie anschaute, empfand, konnte ich als Phantasie abtun. Als Bedürfnis. Wenn es einen Menschen gäbe, der so wäre, wie ich glaubte, daß er sei ... Da fragte sie schon, stellte mehr fest, als daß sie fragte: Ich sei mit Hans Lach befreundet, ich wolle seine Unschuld beweisen, Hans Lach habe mich zu ihr geschickt wegen des Alibis, andererseits habe er doch gestanden. Zusammenbruch, sagte ich. Sie stimmte zu. Wenn Hans Lach das Alibi von ihr verlange, sagte sie, werde sie es liefern. Er habe es bisher nicht von ihr verlangt. Fünf Jahre lang sei sie Hans Lachs Geliebte gewesen, eine Heirat sei nicht gelungen, sie könne nicht ohne Kind sein, jetzt sei sie schwanger. Ein neuer Mann. In der Firma. Sie hat sich regelrecht verliebt. Lachsatt. Jan ist nicht ganz so alt, nicht ganz so verheiratet, scheidungsbereit, die Mischung aus Macho und Melancholie, für die sie möglicherweise anfällig ist. Sie hält sich für verheiratet seit dem 11. Dezember. Hans Lach habe nicht zugestimmt, habe es schmerzbewußt geschehen lassen. Ihren Kinderwunsch habe er immer bagatellisiert. Seit 21. Januar ist sie ihrer Schwangerschaft sicher. Am 28. Januar, nein, am neunundzwanzigsten, kurz vor ein Uhr nachts, läutet Hans Lach in einem Zustand wie noch nie. Sie kann ihn nicht vor der Tür stehen lassen. Er sei auf der Flucht. Vor wem? Ehrl-König. Ich hatte die Sendung gesehen. Das sei jetzt das Ende. Ich ließ ihn bei mir schlafen, mit mir schlafen, imitierte das Ritual, um sieben Uhr ging er. Dann noch ein Telephongespräch. Ehrl-König sei umgebracht worden. Er sei verhaftet worden, er habe kein Alibi. Keine Angst, er wolle kein Alibi. Brauche keins. Er klirre. Was, fragte ich. Er klirre, sagte er. Ohne daß er sich rege, klirre er. Solche Ausdrücklichkeit sei sie gewohnt gewesen von ihm. Dann die Zeitungsberichte. Jeden Tag wurde es noch schwerer. Sie kann wohl nicht zuschauen, wie er verurteilt wird. Sie weiß, daß Hans Lach niemanden umbringen kann. Trotzdem hat sie manchmal gehofft, er habe es getan. Er konnte es getan haben. Zwischen zwölf und eins. Von der Thomas-Mann-Allee in die Schlotthauerstraße, das ist keine Entfernung. Und richtig geschneit hat es ja erst später in der Nacht. Ein Freund kann ihn hergebracht haben, ein Taxi, sie hat ihn nicht gefragt. Jan hat von allem keine Ahnung. Er betastet ihren Bauch, legt sein Ohr an ihren Bauch. Hans Lach ist in ihrem

Leben die Unglücksfarbe schlechthin. Fünf Jahre Qual, Streit, Hoffnung. Liebe, ja, Liebe auch, aber keine Sekunde Selbstverständlichkeit, kein Tag ohne Überanstrengung. Hans Lach lebt von der andauernden Schärfung der jeweils negativsten Stimmungsmöglichkeit. Und sie hat, neben ihm, auch noch Frau Lach verkraften müssen. Die gotisch gedachte Allegorie der Frau Weltschmerz. Und ihren Beruf zu verkraften hat sie auch noch. Zuerst Kunstakademie, jetzt Computerprogramme für Architekten. Die Programme werden aus Konkurrenzgründen immer billiger, aber die Umsätze sollen steigen. Amerikanische Firma. Das sind keine Unternehmer, sondern Sklaventreiber. Wie lange das noch gutgeht. Sie habe zuerst Künstlerin, dann Architektin werden wollen, jetzt ist sie Anbieterin. Immer wenn wieder ein neuer Mann die Firma übernimmt, glaubt man: jetzt geht's. Wenn er nach einem Jahr den Umsatz nicht bringt, ist er weg. Jan ist der erste, bei dem sie auch glaubt, er könne es schaffen. Er ist zäher als seine Vorgänger. Hat keine Illusionen. War drei Jahre drüben, kennt die Amerikaner. Mit ihm können sie nicht umspringen wie mit seinen Vorgängern. Er ist ein Mann, sie hat nicht geglaubt, daß es so einen gibt, genau so nüchtern wie phantastisch. Schluß. Sie muß das aber andeuten, daß Herr Landolf weiß, was für sie auf dem Spiel steht.

Ich fragte, ob Hans Lach wisse, wie sie sich mit ihrem jetzigen Mann befinde. Gesagt habe sie es ihm. Ob er es wirklich gehört hat, weiß sie nicht. Er hat immer gesagt, er sei, wenn es nötig werde, sofort bereit, sie zu verlieren, aber sie dürfe nicht auch noch erwarten, daß er sich je daran gewöhnen werde. Und so weiter. Pause. Dann: Jetzt verlangt er also das Alibi.

Ich sagte, er verlange es nicht, er frage nur, ob Olga ihm das Alibi spende. Er betont, daß er auch ohne Alibi durchs Leben komme.

Wenn ich es Jan begreiflich machen könnte, sagte sie. Sie habe gedacht, eifersuchtsverfallener als Hans Lach sei überhaupt nicht denkbar. Aber verglichen mit Jan sei er ein sanftes Gewitter. Gewesen.

Ich dachte: Vielleicht liegt das an Ihnen. Sagte es aber nicht.

Das Schreckliche: Sie sei in dieser Januarnacht mit Hans Lach im Bett gewesen aus nichts als Mitleid und Rührung, und alles, was durch sie passiert sei, sei Mache und Fälschung gewesen. Aber das wird Jan nicht glauben. Er wird irgend etwas zum Fenster hinauswerfen und ... es ist nicht auszudenken. Meine Liebe ist er. Erst als über Hans Lach hergezogen wurde, hat sich bei mir etwas zurückgemeldet, ein Gefühl, eine Solidarität, eine innige Teilnahme an seinem Schicksal, die ich Jan verschweigen mußte und immer noch muß. Das ist die wirkliche Katastrophe: dieses Verschweigenmüssen dessen, was einem das wichtigste ist. Menschen verstehen einander nicht. Das war bei Hans Lach nicht anders. Also bist du allein. Schummelst dich durch.

Ich bat sie, noch nichts zu entscheiden. Ich wolle zuerst mit Hans Lach sprechen. Da ich sicher sei, daß er nicht der Täter ist, müsse seine Unschuld auch ohne Alibi nachweisbar sein. Sie dürfe davon ausgehen, daß ich Hans Lachs Unschuld ohne ihre Hilfe beweisen werde.

Ich hörte, daß ich den Mund voll nahm. Auf dem ganzen Rückweg lebte ich davon, daß Olga Redlich mich für einen edlen Menschen halten mußte. Bis auf weiteres.

4

Bevor ich das vierte Tonband, das wieder von Hans Lach besprochene, abschreiben konnte, schlug die Nachricht ein, die alles Abschreiben und Beweisen erübrigte. KHK Wedekind gratulierte mir telephonisch. Die Madame hat gestanden, ihren Mann getötet zu haben. Ein Komplize hat ihr geholfen, die Leiche zu beseitigen. Das hat sie ihm, dem KHK Wedekind, in der Bayerstraße gestanden. Auf dem selben unbequemen Stuhl sitzend, auf dem Herr Landolf gesessen habe.

Nicht schlecht, sagte ich. Der KHK hat Frau Ehrl-König aber fragen müssen, wie sie beweisen wolle, daß sie ihren Mann getötet habe. Frau Ehrl-König habe angefangen zu erzählen. Wie der sie behandelt und mißhandelt habe.

Und er: Motive, den Ehemann oder die Ehefrau umzubringen, gebe es hinter jeder Wohnungstür genug, und doch werde eher selten ein Mord oder Totschlag daraus. Wie also will sie ihre Tat beweisen. Sie habe furchtbar gelacht. Ob das eine folie allemande sei! Anderswo müsse man seine Unschuld beweisen, in Deutschland also auch noch die Schuld. Autrement dit: Er habe alles zur Kenntnis genommen, habe sie aber wieder gehen lassen. Die Madame habe während des Gesprächs eine Zigarre geraucht, gegen die seine Zigaretten total abstanken. Am meisten habe ihn beeindruckt, daß sie sich von ihrem Mann bedroht fühlte. Sie habe einmal im Scherz gesagt, sie werde das Geheimnis seiner Schuhe der Presse verraten. Er habe seine Schuhe immer in Antwerpen produzieren lassen, die seien innen so gestaltet, daß er in diesen Schuhen zweieinhalb Zentimeter größer gewesen sei als in Wirklichkeit. Der Antwerpener Schuhmacher arbeitet hauptsächlich für Politiker und für Gangster. Aber inzwischen sei dieses Geheimnis leider schon durch die RHH-Sippe verplaudert worden. Sie habe noch eins in petto gehabt. Seine unbremsbare Ejakulation. Also, er ist die Nullbefriedigung schlechthin. Und zwar immer schon und immer noch. Wenn du das verrätst, habe er nach ihrer Andeutung gesagt, wirst du es nicht überleben. Seit dem habe sie in Angst gelebt. Und als sie einen Helfer gefunden habe, habe sie's gewagt, präventiv tätig zu werden. In dem Augenblick, als er sein Auto aufschließen wollte, habe sie zugestochen, von hinten. Gerade wenn man nicht sicher sei, ob man zu so etwas im Stande sei, schafft man die Konzentration, die Entschlossenheit, man will es sich selber beweisen. Der KHK habe der Madame gesagt, da sie sich selber gestellt habe, bestehe keine Fluchtgefahr. Er bitte sie darum, in genau einer Woche noch einmal zu kommen, zu einer gründlichen Einvernahme. Ich sagte, daß seine Entscheidung auf jeden Fall weise gewesen sei.

Der KHK: Rein faktisch könnte die Tat so vollbracht worden sein. Cosi von Syrgenstein habe sich ja bekanntlich von ihm verabschiedet gehabt, weil sie früh abfliegen mußte. Da kann der Komplize Ehrl-Königs Aufmerksamkeit beansprucht haben und sie … und so weiter. Daß sie die Tat selber vollbracht haben will, ist auf jeden Fall vielsagend. Er habe übrigens sofort ein Persönlichkeitsbild der Madame zusammentragen lassen. Was für eine Frau. Witze, Kriminalromane, Roulette, das seien, in dieser Reihenfolge, ihre Leidenschaften gewesen. Sie habe sogar zu ihm, dem KHK, als sie ihr Geständnis hinter sich gehabt habe, als sie schon, um sich zu verabschieden, gestanden seien, da habe sie noch gesagt: Vous la connaissez celle-là … Und zweihundert Krimis pro Jahr. Die muß ihr ein *PILGRIM*-Lektor besorgen, nach einem Jahr kommt sie wieder mit zwei Koffern, sie will die Krimis nicht im Haus behalten. Außer Krimis hat sie nie ein Buch gelesen. Und für das Roulette sorgten die Verlage. Es gibt das Gerücht, daß Madame einmal im Monat spielen müsse, sonst ertrage sie ihr Leben nicht. Zwölf Verlage haben sich zusammengetan. Jeden Monat wird sie von einem anderen Verlag zu einer Roulette-Partie eingeladen. Da bekannt ist, daß sie Verluste nicht ertrüge, bekommt sie jedesmal den Einsatz von den Verlegern. Wenn sie gewinnt, zahlt sie den Einsatz zurück. Wenn sie verliert, sagt sie: Pech gehabt. Und am wichtigsten sei es ihr, daß ihr Mann nichts davon erfahre, weder von Gewinn noch Verlust. Man weiß aber, daß er es wußte. Er hat immer so getan, als wisse er es nicht. Es hätte seine Unbestechlichkeitsaura beschädigt. Er, Wedekind, könne mir das hinplaudern, da es Szenengut sei. Also nicht ganz ernst zu nehmen.

Ich rief sofort Olga Redlich an, um ihr zu sagen, es gebe jetzt einen Anwärter beziehungsweise eine Anwärterin auf die Schuld, also müsse von ihr jetzt alles, nur kein Alibi gespendet werden. Sie dankte mir, wie ich herauszuhören glaubte, wirklich bewegt. Die Genüsse des Nachrichtenhändlers.

Aber nach Haar meldete ich nichts weiter. Und Julia Pelz? Die mußte ich anrufen. Geben Sie zu, daß Sie eine ziemlich rohe Spekulantin sind, sagte ich. Und fragte sie, ob sie nicht einsehen könne, daß es unmenschlich sei, von Hans Lach zu erwarten, er bezahle mit seinem Leben, um ihre saturnische Gleichung aufgehen zu lassen.

Sie sagte: Ludwig Pilgrim sei vor zwei Stunden gestorben. Aber nicht durch den Horrorautor als Pfleger. Der sei sofort gefeuert worden und brüte jetzt wahrscheinlich noch haarsträubendere Handlungen aus als vorher. Ludwig sei einfach eingeschlafen und nicht mehr aufgewacht. Ich drückte ihr mein Beileid aus.

Was denn, Beileid, was für Wörter. Ludwig Pilgrim starb genau im richtigen Augenblick. Und er hat das auf jene Art gewußt, die allein produktiv ist. Er wußte, es war Zeit, aber er mußte nicht wissen, warum es Zeit war. Das wisse nur sie. Und jetzt werde sie handeln. Hans Lach wird befreit. Was er tun konnte, hat er getan.

Eben nicht, rief ich und servierte ihr die Nachricht: Madame war's.

Das ließ sie nicht gelten. Die spiele sich auf. Noch einmal wichtig machen, bis dann mühsam nachgewiesen ist, daß sie's nicht war, der Rest ist dann St. Moritz, in der Bar, wo alle schon auf sie warten.

Ich gestand, daß ich der Madame auch mehr den Vorsatz zutraute als die Ausführung.

Sie werden von mir hören, rief sie und legte auf.

Ich spazierte durchs Viertel, das der Föhn inzwischen ganz getrocknet hatte. Ich bog in die Böcklin ein. Frau Lach übte Bartók. Offenbar konnte sie nicht zugeben, daß diese beiden Elegien für sie unerreichbar bleiben könnten. Aber wer kann schon zugeben, daß er, was ihm lebenswichtig ist, nicht erreichen kann? Es gab immer wieder Takte vollkommenen Ausdrucks. Dann blieb wieder die linke Hand hängen. Wurde wiederholt. Blieb wieder hängen. Wurde ohne die Rechte geübt. Das durfte eigentlich gar nicht sein. Diese schwerelosen Läufe, diese in sich verbissenen Akkorde, die sollten doch aus den Fingern kommen oder strömen, als seien sie da immer schon drin gewesen. *Quasi improvisando*, steht im Notenheft. Mehr kann eine Musik dem sogenannten Leben nicht entsprechen. Ein-, zweimal hätte ich ihr Arpeggieren am liebsten mit Händeklatschen gefeiert. Verlangt wird von uns *ad libitum*. Poco a poco più grave.

Zum Glück war es schon dunkel, sonst hätte ich nicht so lange stehenbleiben können. Frau Lach ist beschäftigt. Wie man erfüllender nicht beschäftigt sein kann. Wenn nach Unerreichbarem gieren, dann in der Musik. Und versuchte, mein rückhaltloses Umschalten von der Musik auf ein schlichtes Gelehrtenziel so sarkastisch wie möglich zu empfinden. Ich war nie in der Gefahr, die Selbstverurteilung über das Maß des gesundheitlich Vertretbaren hinaustreiben zu lassen. Das war aber schon wieder eine Selbstverurteilung, die nicht als gesund gelten konnte. *Drauf und Dran*. Denk an Mani Mani. Dichter leben gefährlicher. Und kriegen dann Geneviève Winter trotzdem nicht. Ganz schön gemein. Ich merkte, daß ich jetzt zwischen Olga Redlich und Julia der Großen hin- und herdenken mußte. Leben und Tod. Anders konnte ich an diese zwei Frauen nicht denken. Wie Hans Lach um diese Olga gestritten haben muß. Spürend, daß er nie zwei Lebenssekunden nach einander ihrer sicher sein konnte. Sie, das Nichtsalsleben. Er, der Durchempfinder, bis immer nichts mehr bleibt. Sie, jetzt, im Genuß ihrer Schwangerschaft. Er auf dem Scherbenhaufen eines Daseins, dessen er sich schämt. Und ihm hätte sie das Alibi spenden sollen, sich opfern! Niemals, lieber Hans Lach! Wie hieß es im *Wunsch*: *Schriftsteller sind ununterbrochen (und ununterbrechbar) damit beschäftigt, ihr Alibi zu notieren.* Diesmal fällt das Alibi aus.

So denkend, wurde mir vorstellbar, wie genau Julia die Große und Hans Lach einander entsprachen. Auch wenn Hans Lach sich nicht auf das saturnische Vokabular verstünde, in ihm brannte das schwarze Feuer, das glühende Eis, die Blume aus Blut. Und fühlte mich plötzlich hingezogen zu den beiden.

Olga Redlich ... schön wär's, das Schönste wär's, das einzige überhaupt, hinknien für immer vor so einer auf der Polsterrolle reitenden Schwangeren ...

Zurück. Ich doch nicht.

Ich bin aber auch nicht saturnisch. Bei aller Neigung. Ich lasse in mir eine Kraft entstehen gegen die schwarze Gravitation. Daß es Schwerewellen gibt, weiß ich, seit ich die Mystiker lese. Aber der Mensch, dem sie Gott abtrotzten, wurde erst durch Nietzsche sprachreif. Die Kriege sind vorbei, aber die Kämpfe haben erst begonnen.

5

Ich las jetzt die Zeitungen, als handelte alles, was da drin stand, von mir. Ich war verwickelt in ein Geschehen, das nichts so sehr war wie öffentlich. Was es sonst noch war, hätte ich nicht sagen können. Und wahrscheinlich lasen alle, die an diesem Geschehen teilnahmen, die Zeitungen auch so. Auch das Politische und Wirtschaftliche las ich in der Stimmung, in die mich die Ehrl-König-Nachrichten versetzten. Manchmal beherrscht einen das Gefühl, ganz und gar in diesem Mediengewebe aufzugehen. Du bist nichts als ein Teil dieses Mitteilungszusammenhangs. Und es gibt außer diesem Zusammenhang nichts. Du wirst beatmet. Das heißt informiert. Du selber mußt nicht mehr leben. Dann aber leider doch. Wieder. Ehrl-König-Nachrichten, Hans Lach-Neuigkeiten, basta. Alles was sonst noch geschah oder geschehen wollte, hatte sich, um geschehen zu können, mit dem alles beherrschenden Thema zu vereinbaren. Sogar der Fasching.

Ich hatte es schon seit Jahren aufgegeben, vom Fasching etwas zu erhoffen, was mir das übrige Jahr nicht gebracht hatte, aber ein bißchen weh tat er mir schon, der Flitter, der mich nicht mehr erreichte. Jedes Jahr diese Erinnerungen an alle Aufbrüche zu den Bällen. Tanzen und tanzen. In der immer irreren Hoffnung, einmal mit einer Frau zu tanzen, die genau mit den gleichen Hoffnungen jetzt mit dir tanzte. Die Ohnmacht, mit der man diese saisonalen Signale passieren läßt, läßt man am besten aussehen wie Weisheit.

Der Rosenmontag, immer der schmerzlichste Tag, wartete diesmal wenigstens mit einer alles andere außer Kraft setzenden Nachricht auf: André Ehrl-König lebt.

Am Samstag ist er zurückgekehrt. Von Schloß Syrgenstein. Und das erfuhr man durch ein Interview. Gegeben von Cosi von Syrgenstein, die auch wieder in der Stadt war, die nicht auf Fuerteventura gewesen war, die das nur, um keine Fragen beantworten zu müssen, erfunden hatte. Jetzt, sagte sie, beantworte sie alle Fragen, bis auf eine: Wo ist Ehrl-König jetzt. Sie wisse es nicht, würde es aber, auch wenn sie es wüßte, nicht sagen. Dies sei ihr letztes Interview, in dem sie den Namen Ehrl-König in den Mund nehme. Sie seien übereingekommen, darüber nichts zu sagen. Aber soviel könne sie jetzt zum Schluß doch andeuten: Sie, Cosi von Syrgenstein, hätte es in der Hand gehabt, André Ehrl-König für länger, vielleicht für sehr lange dem Literaturleben zu entziehen. Das hätte aber geheißen, daß auch sie selber mit einem Wonnemondabseits zufrieden gewesen wäre. Das wäre sie aber nicht, da sie ja ihren Roman *Einspeicheln* schreiben müsse. Also zurück in die Geschirre. Sie. Und er. André Ehrl-König werde am Aschermittwoch auf der Beerdigung von Ludwig Pilgrim das Wort ergreifen. Damit gebe sie ihn zurück an den Betrieb und wünsche ihm alles Gute. Sie selber bedaure keine Sekunde, die sie mit ihm verbracht habe. Sie habe, was alle schon über Ehrl-König wissen, in vollem Maß bestätigt gefunden. Es ist ein Glück, daß wir ihn haben. Es wäre nicht zu verantworten, ihn ins Private zu entführen. Abgesehen davon, daß das Private seine Sache nicht ist. Und ihre – siehe *Einspeicheln* – auch nicht.

Damit entließ sie uns.

Dann vier Anrufe nach einander: Wedekind, der Professor, Olga Redlich und Julia die Große. Mir wurde gratuliert wie einem Sieger. Ich war offenbar der einzige, der Hans Lach die Tat nicht zugetraut hatte. Und am Mittwoch wich ich ab von meiner Gewohnheit, überall zu früh hinzukommen. Obwohl mich dort kaum jemand gekannt hätte, wollte ich nicht weithin sichtbar herumstehen, schon gar nicht in der Nähe des offenen Grabs. Bis ich ankam, war der Friedhof überfüllt. Ich sah aber noch Julia die Große hinter dem Sarg herschreiten, ihr Gesicht vom Schleier verborgen, und ich sah, direkt hinter Julia, André Ehrl-König, auf dem Kopf saß ihm ein gewaltiger schwarzer Hut. Auch nachher, als er und die anderen Beteiligten am offenen Grab standen und Reden hielten, sah ich noch seinen Hut. Als er im Trauergefolge an uns Zuschauern vorbeiging, sah ich, daß sein Gesicht in einem geradezu fürchterlichen Ernst erstarrt war. Grimmig, wie erfroren. Es war kein Schönwettertag. Ein fast stürmischer Wind sorgte in den kahlen Bäumen für eine Art Dröhnen. Von den Reden wehte es dann und wann einen Satzfetzen bis zu mir. Ehrl-König hatte eindeutig die höchste Stimmlage von allen. Er rief und rief. Rief nach seinem Freund Ludwig. Rief nach seinem Verleger Pilgrim. Rief nach dem Zeitgenossen Ludwig Pilgrim. Ich dachte daran, daß es kaum eine Drucksache dieses Verlages gab, ohne einen rühmenden Ehrl-König-Satz. Sein am meisten gedrucktes Lob: *Pilgrim-Kultur.* Und eine Menge Sätze der Art: *Der Verlag, den es nur einmal gibt.* Aber ich hatte Ehrl-König noch nie so rufen gehört, brüllen schon, aber nicht rufen. Von allen, die da sprachen und tönten, war er der einzige, der mir Gänsehäute produzierte. Also trauern kann er!

Abends wurde im Fernsehen die Beerdigung wiederholt. Da agierte Ehrl-König schon auf anderen Kanälen. In Lifesendungen und Aufzeichnungen. Das ging so noch fast zwei Wochen lang. Er trat auf, fabelhaft locker. Und redete so freimütig unbeschwert wie eh und je. Zwei Wochen lang gab es kein Programm ohne einen Ehrl-König-Auftritt. Da ich mich jetzt für unterrichtet hielt, eingedenk dessen, was ich von und über RHH gehört hatte, glaubte ich, in den einzelnen Auftritten inszenierte Widersprüchlichkeit zu erkennen.

Man erfuhr: Ehrl-König hat, wie es sich gehört, die erste Berichterstattung über seinen Ausflug einer Dame, genauer gesagt, einem fast erwachsenen Mädchen überlassen. Eine Dame werde Cosi von Syrgenstein nicht so schnell, hoffentlich nie. Er wünsche ihr für ihren Roman *Einspeicheln* alles Gute. Er selber sei, als er in jener Nacht seine Windschutzscheibe von Schnee und Eis befreien wollte, von einem heftigen Nasenbluten befallen worden. Von Cosi hatte er sich schon im Hof der

Pilgrim-Villa verabschiedet gehabt. Cosi hatte ihr gewaltiges Auto unterm Dach der Freiluftgarage im Hof geparkt gehabt, mußte also nur einsteigen und losfahren. Aber sie hielt an bei ihm. Winkte. Er stieg einfach ein. Den Pullover, den blutbefleckten, ließ er liegen. Ab ging's gen Syrgenstein. Es gibt keine Naturkatastrophe, gegen die dieses Vierradantriebluxusmonster nicht ankäme. Cosi habe ihn dem Gefährt vorgestellt wie man einem Gott ein Opfer vorstellt: Hier bring ich dir Dr. mult. h.c. André Ehrl-König. Und zu ihm: Vertrau dich ganz dem Toyota Mega Cruiser an, den es auf dieser Erde nur einhundertachtundvierzigmal gibt. Und er ließ es geschehen. Durfte er nicht auch einmal müde sein? Die Nase, noch blutig, einmal voll haben vom Dienst für die deutsche Literatür? Es war eine märchenhafte Fahrt hinaus und hinauf nach Schloß Syrgenstein. Das durften sie sich doch gönnen. Ewig in der Mühle. Einmal jäh tun, was man will. Man merkt, was man wirkelich will erst, wenn man es tut. Daß sie bei diesen waagrecht gegen die Luxusscheinwerfer anstiebenden Schneemassen überhaupt irgendwohin kämen, war unwahrscheinlich. Ihm war's recht. Beloß keine deutsche Literatür mehr. Aber das zarte Mädel lenkte die götteliche Karosse gegen Schnee und Nacht und Sturm in ihren Scheloßhof hinauf und bat ihn einzutereten. Erst als sie lasen und hörten und sahen, wie ihr Ausfelug von den Medien verarbeitet wurde, sei ihm die Idee gekommen, mitzuspielen, das heißt: jetzt nicht geleich wieder auftauchen! Zuwarten, die Sache sich entewickeln lassen, vielleicht werde sogar noch ein Lehrstück daraus. Und es sei eins geworden. Hauptdarsteller Hans Lach. Aber auch andere seien kentelicher geworden, als sie ihm vorher gewesen waren. Er gestehe, daß er sogar eine Neigung verspürt habe, für immer auf Scheloß Syrgenstein zu bleiben. Aber als er diese Neigung habe merken lassen, habe sich Cosi derastisch verändert. Sie darf doch so kalkuliert haben: wenn der hier auf Syrgenstein für immer verborgen residiert, nützt er mich rein gar nichts. Also zurück mit ihm in den Beterieb, daß er wieder Bemerkungen machen kann, die mir nützen. So kann sie, habe er gedacht, gedacht haben. Also seinem Beleiben auf Syrgenstein seien Gerenzen, zeiteliche und andere, erwachsen. Natürlich hat Cosi mich dazu eingeladen, alles zu lesen, was sie für *Einspeicheln* schon gescherieben hat, mehr notiert als gescherieben. Es ist nicht sehr viel. Das wenige habe er nun schnell oder langsam lesen können. Er habe das Lesetempo stereng bestimmt nach der öffentelichen Entwickelung des Falls Ehrl-König-Hans Lach. Solange das Konfelikt- oder das Wahrheitspotential, das in diesem Fall enthalten zu sein schien, nicht ausgereizt war, würde er sich nicht zurückmelden. Der Ankelage, eine hohe Behörde an der Nase herumgeführt und diversen Schelaumeiern diverse Fragen gestellt zu haben, sehe er gelassen entgegen, denn: Es war ein längst fälliges Lehrstück über Wahrheit und Lüge im Kulturbeterieb. Erst als seine nicht hoch genug zu verehrende Nancy sich habe hinreißen lassen, die ungetane Tat auch zu der ihrigen zu machen, erst da habe er gewußt: Lehrstück beendet. Syrgenstein adieu. Er habe außer Nancy nie eine Ferau geliebt. Und Nancy liebe er immer noch, wie er sie von Anfang an geliebt habe. Er habe, seit er von Syrgenstein zurück sei, Nancy noch nicht gesehen. Er rufe ihr aus allen Fernsehperogerammen zu, wie schon öfter, wie eigentelich immer. Und er wage es, sie so öffentlich um Verzeihung zu bitten, weil er sich seiner Liebe zu ihr so ganz und gar sicher sei und deshalb wisse, er gehöre zu ihr, sie gehöre zu ihm. Wem auch immer er da und dort erotischen Kauderwelsch zugerufen oder – geraunt habe –, da sei weniger gewesen als einmal die Händewaschen und gleich darauf abgeterocknet. Er benutze die durch diese ungepelanten Ereignisse entstandene Situation, ihr zum allerersten Mal und in uneingeschränkter Öffentelichkeit seine absolute Zuneigung und immerwährende Liebe zu gestehen. Dann war zu sehen, wie er auf seine Grünwalder Adresse zufuhr. Wie ein Schauspieler. Oder war er wirklich so aufgeregt?

Wird sie ihn empfangen oder abweisen. Abweisen, das hieße: für immer. Getrennt für immer. Wir, die Zuschauer erfuhren: Wenn sie ihn empfange, seien alle Haus- und Hoflichter seines Grünwalder Hauses in der Eichleitenstraße eingeschaltet. Alles war über das Fernsehen bekannt geworden. Um sieben Uhr abends würde er mit dem Taxi vor dem Gartentor halten. Um sieben Uhr abends hielt das Taxi vor dem Gartentor. Der, den man gerade noch vor Aufregung fiebernd in Großaufnahme gesehen hatte, stieg (halbnah) jetzt aus, ging durchs hell erleuchtete Tor, ging auf dem Plattenweg auf das aus allen Fenstern hellstens strahlende Haus zu, die Haustüre war offen, und da erschien im schönsten Licht Madame. Er küßte ihr die Hand. Dann bot er ihr den Arm an, sie hängte sich ein, beide verschwanden im Haus, die Türe schloß sich, und von einem Augenblick auf den anderen erloschen alle Lichter.

Diese letzten Augenblicke, vom Taxi bis zum Handkuß und Perarmverschwinden im Haus, waren unterlegt mit der Händelschen Festmusik, uns allen bekannt als die Musik, mit der die SPRECHSTUNDE begann und aufhörte.

Und am nächsten Tag gab Madame noch ein knitzes Interview. In einer Hand die Zigarre, in der anderen das Champagnerglas, sagte sie lächelnd: Sie habe gewußt, wenn sie sage, sie habe André umgebracht, wird er sofort zurückkommen. Und so war es dann auch. Daß er nicht umgebracht worden ist, sei ihr immer klar gewesen. Umgebracht zu werden paßt doch nicht zu André Ehrl-König, ich bitte Sie. Und trank uns zu.

III.
Verklärung

Am 23. April sind wir auf der Insel gelandet. Anno 1616 war das der Todestag von Shakespeare und von Cervantes, steht irgendwo bei Turgenjew. Bernardo hat uns auf dem Flughafen Porto del Rosario abgeholt, ich sagte Buenos días, er deutete auf seine Uhr und sagte: ... tardes. Julia fletschte sarkastisch zu mir hin. Das heißt, sie preßte ihre Lippen so zusammen, daß die nur noch ein Wulst waren, und zog die linke Braue hoch.

Ich sagte: Julia, ich werde noch ganz andere Fehler machen.

Auf dem auf- und abführenden und sich durch immer gleich leere Landschaften windenden Asphaltband wurde es mir immer wohler. So weit war ich noch nie weg gewesen. Von dort. Von mir.

Die Versuchung, unter dem Namen Michael Landolf weiter-zuschreiben, war groß. Und ganz sicher, daß ich ihr jetzt widerstehen würde, war ich, als wir auf der Insel landeten, noch nicht. Durch das, was mir passiert war oder was ich mir geleistet hatte, war in mir ein Bedürfnis gewachsen, aus meinem Namen auszuwandern wie aus einer verwüsteten Stadt. Auch gefiel mir *Michael Landolf* immer besser. Julia Pelz hatte das alles nicht gelten lassen können. Sie werde mich zurück-führen zum eigenen Namen, hatte sie gesagt und hatte ihre Porzellanfinger mit der siebten, der abwärts weisenden golde-nen Zacke ihres Sterns im Meditationskreis spielen lassen. Vor allem: keine Entscheidung jetzt. Nichts als fort jetzt. Es gibt gegen Katastrophen keine wirksamere Hilfe als Distanz, hatte sie gesagt.

Als das Asphaltband auf einen Hügel bog, der mit Villen be-setzt war, sagte sie: Da!

Sie meinte offensichtlich die Fahnen, die über den hohen Um-fassungsmauern dieser Villen flatterten. Firmenfahnen wahr-scheinlich, Langnese, Oetker, Bahlsen, Reemtsma vielleicht, sogar eine Reichkriegsflagge des ersten Weltkriegs flatterte mit, aber auch die sanftere dreifarbige Kanarenflagge, zum Glück.

Daß um die *PILGRIM*-Villa keine Fahnen wehten, tat mir gut. Andererseits begriff ich, daß dieser ungestüme Fuerteventura-wind zum Flaggenhissen verführen kann. Wenn du dich deinem Namen wieder nähern kannst, dann hier, dachte ich. Laß dir eine Hans Lach-Fahne drucken, hisse sie, den Rest besorgt der deine Fahne blähende Fuerteventurawind. Michael Landolf, ich danke dir dafür, daß du mir Unterschlupf gewährt hast. Und ziehe aus. Scheinbewegungen sind das. Erzähler und Ezähler sind eins. Sowieso und immer. Und wenn der eine sich vermummen muß, um sagen zu können, wie der andere sich schämt, dann ist das nichts als das gewöhnliche Ermöglichungstheater, dessen jede menschliche Äußerung bedarf. Glaube ich. Wer auch immer das sei.

Die in die hohe Umfassungsmauer eingelassene Garagentür war per Fernsteuerung aufgegangen; sobald wir die Garage zum Hof hin verließen, standen wir auf Fliesen; ein gefliester Weg bog sich zum Haus hinauf. Die Haustüre ein Tor wie zu einem Tempel, zu einer Moschee vielleicht, die Fliesen waren ja auch arabesk, und Bernardo kam mir jetzt, als er mit unserem Gepäck vor uns herging, nicht mehr wie ein Spanier vor, sondern wie ein Araber. Julia sprach Spanisch mit ihm, ich konnte mich ihm, solange ich im Spanischen noch ganz unbeholfen war, auch deutsch verständlich machen. Er war Koch, Kellner, Hausmeister, Gärtner und Chauffeur, und in allem gleich gut. Aber seine Freundlichkeitsbegabung war noch größer als alle anderen Begabungen, über die er, als wüßte er nichts von ihnen, traumhaft oder träumerisch verfügte. Vielleicht sollte ich sagen: meditativ verfügte. Er wirkte, obwohl er alles besorgte, nie aktivistisch, dienerisch, sondern eben meditativ. Selbst wenn er das Essen servierte, schien es, als sei er ganz und gar nur bei sich, und seine Hände täten, was sie taten, von selbst.

Julia sah, daß ich staunte. Als Bernardo draußen war, sagte sie: Als Ludwig das Haus kaufte, gehörte Bernardo dazu. Ludwig hat ihm dann eine Karriere ermöglicht. Hat ihn lernen lassen, heiraten lassen, hat ihn gefördert, daß er ein Häuschen bauen konnte, er beherrscht ja auch alle dazu nötigen Handwerke.

Da ich in den ersten Wochen täglich Spanisch lernte – täglich kam Sunhilda Sánchez nachmittags um vier ins Haus – konnte ich Bernardo meine Bewunderung bald genauer wissen lassen. Ich hatte allerdings das Gefühl, daß ihn, was ich herausbrachte, nicht beeindruckte.

Bernardo zeigte mir meine Zimmer. Nach Osten hinaus, aufs Meer. Ein Balkon, so breit wie beide Zimmer. Aber bevor der Blick das Meer erreichte, brachte er noch die Oleander- und Ginster- und Mimosenbüsche hinter sich, die hier ja eher Bäume waren als Büsche. Die Möbel zwischen den weißen Wänden meiner Zimmer waren alle aus dunklem Holz. Das Bad so orientalisch gefliest wie der Hof, wie der Weg hinauf zum Haus.

Ich fragte Julia, wie lange ich auf der Insel bleiben könne.

So lange Sie können, sagte sie.

Sind wir ein phantastisches Paar? fragte ich sie.

Sie schlug vor, daß wir, auch wenn wir mit einander in einem Bett lägen, danach wieder Sie sagten zu einander.

Oder ad libitum, sagte ich.

Einverstanden, sagte sie.

Daran mußte ich mich gewöhnen: sie mußte mit allem, damit es geschehen konnte, einverstanden sein und das gesagt haben, daß sie einverstanden sei. Unverabredet durfte nichts geschehen. Darauf wies ich sie hin. Sie sagte: Na und!

Ich verbrachte viel Zeit im Freien. Auf meinem Balkon. Mit Meerblick. Manchmal will das Meer nicht wissen, wo es aufhört und wo der Himmel beginnt. Jeden Nachmittag um vier kam Sunhilda Sánchez und lehrte mich Spanisch. Ich hatte darum gebeten, anzufangen mit las palabras de todos los días. Was für eine Sprache, in der cuenta Rechnung und cuento Erzählung heißt.

Spanisch paßte zu Julia viel besser als Deutsch. Ihrem Bewegungsstil, das heißt ihren jähen, aber immer genau gefangenen Bewegungen entsprach die harte, aber nie grobe Eleganz dieser Sprache. Sie las mir Unamuno vor. Die Sonette, die er geschrieben hat, weil er von Primo de Rivera auf diese Insel verbannt worden war. Julia wollte, daß mich diese Sonette hier willkommen heißen sollten. La Isla de los Desterrados hieß die Insel damals.

Für mein Projekt *Von Seuse zu Nietzsche* entdeckte ich in Julias Bibliothek die *Poesías* von San Juan de la Cruz. *Canciones entre el alma y el esposo*. Wie für mich geschrieben. Julia half beim Verstehen. Ich lebte von Julia, mit Julia, durch Julia. Die mir verwandteste Figur dürfte in dieser Zeit Robinson Crusoe gewesen sein. Julia, mein Freitag. Aber jeden Tag fuhr der Laster mit *Erdinger Weißbier* vorbei. Wenn ich ermüdete, las ich Gedichte von Lorca, die so schön sind, wie die Erde gewesen sein muß, bevor es Menschen gab. Son las cuatro en punto schallte vom Club Méditerranée die Programmansage herauf. Vier Uhr Gymnastik mit Heike. Fünf Uhr Entspannung mit Andrea. Ein Blatt landete auf der Brüstung wie ein Vogel und flog weiter. Ich folgte nicht.

Nach fünf Wochen flog Julia zum ersten Mal zurück nach München. In meinem Arbeitszimmer stand ein Fernsehapparat, den ich bis jetzt nur zum Spanischlernen benutzt hatte. Jetzt geriet ich beim Zappen in deutsche Programme und blieb (natürlich) hängen an André Ehrl-König. Dafür war also gesorgt. Er orgelte wie eh und je. Ich nahm es mir übel, daß ich zuschaute. Ich durfte nicht zurück nach München. Ich würde ja doch wieder Kontakt suchen zu diesem Medienmann. Ich mußte mich für unverbesserlich halten. Er sprach gerade über das Buch einer Autorin. Ein Gutes Buch. Nur ihre Stücke seien schlecht. Klar. Eine Frau könne doch keine guten Stücke schreiben. Sobald er das sage, höre er immer: Und Marie Luise Feleißer! Jaa! Das sagen die Leute, weil sie nicht wissen, daß die Feleißer nur Gute Stücke geschrieben hat, solange sie mit Berecht geschelafen hat. Das Publikum lachte, klatschte, war begeistert.

Nicht zurück!

In der nächsten Nacht habe ich geträumt: Um zu hassen, brauch ich ein Zimmer. Im Freien kann ich nicht hassen.

Das Meer ist laut Unamuno una experiencia religiosa, alguien diría que mística.

Ich rief, solange Julia weg war, Olga an. Sie stand kurz vor der Niederkunft und konnte erst einmal nur über Schwangerschaftssensationen plappern. Das machte mir das Getrenntsein von ihr fast erträglich. Obwohl ich von allen gleich weit weg war, weh tat nur die Entfernung von ihr. Ich wußte noch nicht, wie ich damit leben sollte, daß sie jetzt nicht mehr meine Frau war. Das war sie gewesen. Eine Zeit lang. Und Erna hat es zulassen müssen. Olgas Schwangerschaftsgeplapper mußte ich förmlich inhalieren, vielleicht gelang so eine Art Distanz. Schlafen würde ihr Jan im Augenblick nicht mit ihr. Wahrscheinlich. Aber sie würde ihn bedienen. Sie war, wenn sie liebte, scheußlich begabt. Ihren Jan liebte sie. Schon weil er ihr das Kind gemacht hatte. Der archaische Kinderwunsch, sagt dazu der Gynäkologe. Dann noch, weniger heftig, das Gejammer über die Firma, aus Oakland keine neuen, keine verbesserten Computerprogramme für die Architekten, aber der Umsatz soll gesteigert werden, sonst …

Sie hörte auf, seufzte, entschuldigte sich, fragte, wie es mir gehe, jetzt, wo alles, zum Glück, so gut geendet habe. Es seien die schlimmsten Tage ihres Lebens gewesen, als sie von meinem Geständnis erfahren habe. Sie habe ja gewußt, daß ich ihr damit habe signalisieren wollen: Liefere endlich das Alibi! Das aber hätte geheißen: Jan verläßt sie. Jan sei noch eifersüchtiger als ich. Aber viel länger hätte sie den Druck nicht mehr ausgehalten. Sie war so weit, Jan alles zu gestehen, dann zur Polizei, aber da kommt die Nachricht: Der lebt. Schöner sei noch nie eine Nachricht gewesen.

Ich rief Erna an, fragte, weil wir beide schwiegen, wie es den Bartók-Elegien gehe, zeigte ihr, daß ich mich ihr innig verbunden fühlte und daß ich, wenn ich mich zum bloßen Konsumenten von Gefühlen entwickeln könnte, mit ihr leben würde, aber in mir gehe es zu wie bei einem Wettergeschehen, bei dem sich siebzehn Wetter darum stritten, den Ausschlag zu geben, mein Zustand sei der der Haltlosigkeit. Wer mich am meisten schütze, der habe mich. Zur Zeit. Und das sei jetzt Julia. Ich versprach Erna, immer wieder anzurufen. Da sie sich so gefaßt gab, war ich vor Dankbarkeit fast bestürzt. Aber weil ich Angst hatte, sie werde die Fassung gleich wieder verlieren, ließ ich das Gespräch schnell enden.

Jeden Abend rief Julia an. Ich reagierte, bevor wir mit einander sprachen, jedesmal mit einem Freudenausbruch. Ich schüttete mich förmlich hin vor sie. Mir war danach. Ich wunderte mich selbst über mich. Ich glaubte mir eigentlich nicht, was da aus mir herausdrängte, aber gleichzeitig erlebte ich, daß ich mich gern so hemmungslos erfreut und selig reden hörte. Jedesmal pries ich ihre Stimme. Gratulierte ihr dazu, daß sie ihre Stimme, egal was die gerade zu sagen hatte, nach Belieben ins bloß noch blank Hohe oder ins einnehmend Tiefe dirigieren konnte. Das wirkte auf mich als Kraft pur. Mir fehlte nichts so sehr wie Kraft. Übermut, das war es, was dieses willkürliche Hin und Her zwischen Sopran und Alt ausdrückte. Nichts als Übermut. Nichts als Ichkannmachenwasichwill. Nichts als Ichbinderfreiestemenschderwelt. Nichts als Ichbindiereinekraft. Und sie ließ mich spüren, daß sie mit mir mehr vorhatte, als sie aussprach. Ihr William Blake konnte ich wohl nicht werden. Irgendeinen trivialen Satanismus konnte sie auch nicht planen. Unsere geschlechtliche Praxis verlief ganz unter ihrer Regie. Sie bezeichnete mich da als Entwicklungsland. Das war mir recht.

Sie war eine Virtuosin, die verbergen konnte, daß sie eine war. Sie war eine Anfängerin-Virtuosin. Nichts sollte wie Routine wirken. Sie tat alles, als tue sie's zum ersten Mal. Man wußte, daß das nicht sein konnte, aber ich war bewegt von diesem Willen, alles erscheinen zu lassen, als komme es nur dadurch zustande, daß sie und ich uns getroffen hatten. Sie machte aus uns Zweien etwas Einmaliges. Ich wußte, daß das nicht sein konnte. Aber ich glaubte, daß es so sei. Und ihr Körper war eine Art saturnisches Mirakel. Sie schien seit etwa ihrem vierzigsten Jahr keinen Tag älter geworden zu sein. Und dieses vollkommene Erhaltensein wurde durch die Art, wie sie es praktizierte, lebte, zur Intensität, zur Enthobenheit, zur Schönheitskunst.

Nach unseren Telephongesprächen lag ich immer lange wach und hörte den Geräuschen zu, die der Wind hier mit den härteren Blättern vollbrachte. Kein Blätterrauschen wie in der Böcklinstraße, sondern ein Klappern und Kratzen und Poltern. Aggressiv. Besonders was an den Hauswänden hochwuchs, wurde laut. Lauter als fünfzig Meter unter uns das Meer. Ein Komponist hätte diesem Angebot kaum widerstehen können.

Zum Glück blieb Julia nie länger als zehn Tage in München. Ohne sie war ich nichts als haltlos. Ich hätte telephonieren können ohne Ende. Mit jedem und jeder. Und jedem und jeder das sagen, was der oder die von mir hören wollte. Ich war sozusagen ein Nichts. Julia war der einzige Mensch, mit dem ich über meine Haltlosigkeit sprechen konnte. Und zwar ohne Rücksicht auf sie oder mich. Und sie konnte mit mir über ihre saturnischen Tendenzen sprechen wie mit niemandem sonst. Sagte sie. Wir hörten einander so zu, daß das Sagen für beide zur Erfahrung wurde, zur Selbsterfahrung.

Als sie vom zweiten München-Ausflug zurückkkam, brachte sie eine Zeitung mit einer Todesanzeige mit. Mani Mani. Und eine Zeitung, in der der Tod gemeldet wurde als Sprung von der

Großhesseloher Brücke. Das war die Brücke, unter der er seine Gedichte verbrannt hatte. Und einen Brief brachte sie, von Mani Mani an mich, adressiert an den *PILGRIM*-Verlag.

Als eine Art Überschrift stand da: Abschiedsbrief. Ich las ihn Julia und mir vor:

Lieber Meister, Sie sind abgehauen, ich haue auch ab, stellvertretender Selbstmord, die echoträchtigste Lösung. Sie sollen es nicht krumm nehmen, daß Sie nicht zu meinen Vorbildern zählen. Sie nehmen's krumm, ich weiß, aber meine Vorbilder sind unverrückbar. Dergleichen folgt der Sternstundenzeit, klick, ein für alle Mal. Bernt Streiff ist mir Vorbild nur mit der *Tulpen*-Trilogie. Nur da gelingt es ihm, die Welt im Ornament verschwinden zu lassen. In Ihren Kreisen, (literarischen) killt das den Erfolg. Bei mir heimst er Triumph ein. Vielleicht ein keltisches Erbe, die Welt im Ornament verschwinden lassen. Die Welt ist alles, was der Phall ist. (Von wem ist jetzt das schon wieder?) Aber eben deshalb muß sie im Ornament verschwinden.

The winner takes it all. The loser has to fall. Und Rolf Hochhuth, der Prinz der Geschichtsträchtigkeit überhaupt. Und das Ungeschützteste, das es (außer mir natürlich, klar!) gibt. Und Else Lasker-Schülers unkomplizierte Zärtlichkeit streichelt mich, wo ich gestreichelt werden muß. Sie sind mein Meister, weil Sie den Mund aufmachen, bis es Ihnen selber wehtut. Sie sind kein Vorbild, sondern eine altmeisterliche Warnung: cave veritatem. Und ich hinterlasse Ihnen den Rat, den nur ich Ihnen hinterlassen kann: Wer verfolgt wird (wie Sie und ich), der tut gut daran, bei seinen Verfolgern den Eindruck zu produzieren, er wisse, daß er gar nicht verfolgt werde, er wisse, daß es ein Wahn sei, der ihm vorspiegle, verfolgt zu werden, kurz, er wisse, daß er an Verfolgungswahn leide. Das hat den Vorteil, daß er dann und wann zu jemandem von seinem Verfolgtsein sprechen kann. Kein Mensch kann sich dafür interessieren, daß einer verfolgt wird, aber wenn einer sagt, er bilde sich ein, verfolgt zu werden, wird er gleich interessant. Unter der Vorgabe, ich bildete mir ein, verfolgt zu sein, habe ich immer wieder aufmerksame Zuhörer gefunden. In der Nussbaumstraße, in der Menterschwaige und sogar in Haar. Aber auch außerhalb der Anstalten. Es ist ja heute jeder Teilhaber an irgendeinem ärztlichen Vokabular und scharf darauf, es anzuwenden. Das Vokabular der Medizin darf als demokratisiert gelten. Jeder terrorisiert dich jetzt mit den Vokabularfragmenten, die er aufgeschnappt hat. Das ist zwar das Gegenteil der früheren Kastenherrschaft der Ärzte, aber es gehört nun einmal zu den menschlichen Verhältnissen, daß etwas das Gegenteil von etwas ist und doch genau so schlimm wie das, wovon es das Gegenteil ist. In der Natur nicht vorstellbar. Natürlich darf man weder dem Arzt noch dem Laien sagen, von wem man sich einbildet, verfolgt zu sein.

Man muß, bevor man zuviel verrät, die Unterhaltung abbrechen. Etwa so: Das Schlimmste wäre, wenn der Verfolger erführe, daß man sich einbildet, von ihm verfolgt worden zu sein. Ich, Mani Mani, kann jederzeit dienen mit einer Hintergrunderforschung des Verfolgtseins beziehungsweise des Wahns, verfolgt zu sein. Das ist die Wirkung, die Feindschaft auf einen hat. Wenn ich hätte am Leben bleiben können, also berühmt geworden wäre, hätte ich Preise und Auszeichnungen jeder Art annehmen müssen. Und es gibt nichts Erbärmlicheres als das Annehmen von Preisen und Auszeichnungen. Das weiß jeder, und doch kann's keiner vermeiden. Warum?! Die Feinde wollen einen abschaffen. Die Gegner wollen einen so klein machen, daß man sich selber nicht mehr begriffe. Also muß man Preise und Auszeichnungen annehmen, um den Gegnern ihr Vernichtungshandwerk zu erschweren.

Unsere Gesellschaft ist so verfaßt, daß Feindschaft und Gegnerschaft besser gedeihen als Freundschaft und Liebe. Unsere Kultur will es so, daß einem ein Feind mehr schaden, als einem ein Freund nützen kann. Vor allem anderen sind wir eine Gesellschaft von Verfolgten und Verfolgern. Und jeder ist beides, Verfolgter und Verfolger. Jeder hat eine deutlichere Erfahrung vom Verfolgtsein als davon, selber Verfolger zu sein. Wir merken deutlicher, was uns angetan wird, als was wir anderen antun, klar. Ich bin natürlich weder das eine noch das andere, ich bilde es mir ja nur ein, verfolgt zu werden oder zu verfolgen. Und frage mich, ob ich ein Recht habe, solche ehrwürdigen Wörter überhaupt in Anspruch zu nehmen! Verfolgter und Verfolger! Überhaupt: Verfolgung! In dieser keinen Abend ohne Fernsehfußball verbringenden Gesellschaft. Wer hat da noch Zeit zum Verfolgen! Ich werde mich hüten zu beweisen, was ich weiß. Andeuten muß ich: Verfolgung findet heute statt unter einer Flora von Mimikry. Verfolger treten heute auf als Freunde (zum Beispiel Georg, seinerseits Künstler, grabscht mir Hannelore weg wie nichts). Und die Feinde und Gegner sind mit jeder Sorte Recht und Legitimität im Bund. Sie kämpfen für das Gutewürdige überhaupt. Deshalb rate ich – vermächtnishaft – jedem, nie zuzugeben, daß er verfolgt werde, sondern immer zu sagen, er bilde sich nur ein, verfolgt zu werden. Sofort ist er dann nicht mehr der so und so Mangelhafte, den man kleinkriegen oder abschaffen muß, sondern ein armer Leidender, dem man zwar nicht helfen kann, der aber in irgendeiner Bezeichnung unterzubringen ist und da sein Dasein noch gar verhauchen kann. Um jetzt ganz genau zu sein, verkündet Mani Mani: wenn du sagst, du seist verfolgt, stürzen sie auf dich zu und rufen Wahn! Alles Wahn! Und zwar Freund und Feind! Aber wenn du selber alles, worunter du zu leiden hast, als deinen Wahn anbietest, dann bist du wenigstens der, der die Initiative hat. Du kannst die ganze Schar tanzen lassen nach deiner Pfeife. Einen Frieden gibt es nicht. Aber zum Glück eine Ermattung. Wenn die Wörter kleine Tiere wären, denen man Unsterblichkeit beibringen könnte, bliebe ich noch ein bißchen da. Es gibt nichts Journalistischeres als den Titel

Die letzten Tage der Menschheit. Daß da nicht schon die Buchstaben in ein seelenbetäubendes Wiehern verfallen sind, läßt mich an den Buchstaben endgültig zweifeln. Nicht verzweifeln. Aber eben ermatten. Zur Gänze. Es war ein wunderbares Leben. Von Abba über Geneviève Winter bis zur Naturkatastrophe Pfleger eins. Schwarz stehen die Bäume jetzt vor der gleißenden Wand. Weil ich mit mir selber so ganz und gar einverstanden bin – wenn ich auch manchmal zu schwach bin, das zugegeben –, kann ich mir gar nicht vorstellen, wie wenig einverstanden andere mit mir sind.

Ich weiß, ich müßte der Schwäche eine Gegenschwäche entgegensetzen. Ich weiß, ich müßte. Das Höchste, was man erreichen kann, einem Feind sagen, daß man sich nicht mehr für ihn interessiere. Das Feld überlassen. Ausscheren. Es fügt sich wunderbar. Er trifft ein. Ich will sowieso gerade gehen beziehungsweise fliehen beziehungsweise fliegen. Nehmen Sie zur Kenntnis, verbreiten Sie's: ich springe nicht, weil der Herr jetzt wieder auf dem Bildschirm rudert, als sei er andauernd am Untergehen, ich springe (und zwar von der mir seit der Menterschwaige hochvertrauten Großhesseloher Brücke), weil ich mich mehr liebe, als der Rest der Menschheit das schafft. Mich ruft Freund Hein(e). Ich folge. Für meinen Nachruhm ist gesorgt. Sobald die Guten abdanken, sind wir dran. Schön böse und schweinefriedlich. Die Gerechtigkeitskriege werden vorbei sein. Keiner muß mehr, um gut zu sein, einen anderen böse nennen. Ich kann's gar nicht erwarten.

Nun denken Sie mal schön nach, was das heißt: stellvertretender Selbstmord.

Ihr Mitempfinden erwartend, grüße ich als Ihr Mani Mani.

Letztes PS: Ich bin glücklich, verstehen Sie. Glück macht geschwätzig. Unglück auch.

Julia und ich sahen einander an.

Pobre chico, sagte ich.

Den zu retten bin ich wahrscheinlich geboren worden, sagte sie.

Das kannst du bei jedem sagen, der sich umbringt, sagte ich.

Wir schwiegen einander an.

Dann sagte ich: *Drauf und Dran*
Poet und Poesie
Selbstporträt mit Spiegel.

Julia sagte: Nein. Sie hat in München schon alles zusammentragen lassen, was von Mani Mani geblieben ist, damit wird sie ihm hier einen Raum bereiten. Der wird wirken.

Sie merkte, daß mir das zu hoch war. Sie wollen ihn ausliefern, sagte sie, an den Betrieb.

Ach, Julia, sagte ich. Stellvertretender Selbstmord, sagte sie, das verpflichtet. Und daß er hierher will, sagt er schaurig genau.

Dieses Gespräch fand statt in ihrem Arbeitszimmer: eine Lacktapete mit schwarzen und weißen Streifen, die schwarzen ein bißchen breiter als die weißen. Und von der Decke schwebte an einer silbernen Kette ein schwarzer Engel mit grünen Flügeln. Mit beiden Händen hielt der Engel eine silberne Sichel. Und an den zwei Wänden, die von keiner Tür und von keinem Fenster unterbrochen wurden, hingen zwei riesige, auf Holz gezogene Kopien der Blakegemälde, auf denen die Zwillinge Urizen und Los ihr Getrenntsein erleiden. Lassen Sie mich nur machen, sagte Julia und drehte den Kopf ein bißchen zur Seite, nur um mich dann aus den Augenwinkeln anschauen zu können. Dazu den gewulsteten Mund. Dazu die beiden Zeigefinger senkrecht. Das war ihre verwegenste Pose.

Ich konnte nichts mehr sagen. Ich hatte es satt, allem, was passierte, einen Sinn geben zu müssen.

2

Wenn wir nicht schwammen, lasen wir, schrieben wir. Sie fing an, abends vorzulesen, was sie tagsüber geschrieben hatte.

Das fand im Grünen Salon statt, so genannt, weil Decke und Boden grün glänzten und die von dunklen Hölzern gehaltenen Polster ebenfalls, die allerdings im dunkelsten Grün überhaupt. In der Raummitte hing von der Decke an einem Strick auch eine Sichel. Aber eine uralte. Einer Bäuerin abgekauft. In Tiscamanita. Aus der Inselzeit de los majoreros.

Julia ging im Zimmer hin und her. Ihre liebste Kleidung offenbar, hier und in München, wenn auch in München aus anderen Materialien: immer die auf den Hüften sitzende Hose, die bis zu den Knien eher eng war, dann aber weiter wurde und kurz über den Knöcheln richtig weit aufhörte. Dazu immer der Mantel, eng, bis knapp zu den Knien reichend. Und daß der Mantel offen blieb, ohne wirklich aufzugehen, war immer wieder erstaunlich. Auf der Insel fand das in Weiß statt, in Leinen und Seide. In München in Schwarz.

Allmählich begriff ich Silbenfuchs: immer wie gerade vom Pferd gesprungen. Vergessen hatte er, daß sie im Damensitz geritten war, eine Peitsche in der Hand hatte, weil sie die Zirkusdirektorin war, die die Pferdedressur vorführte. Ihren Kopf hielt sie doch so, daß man den Zylinder förmlich sah.

Sie las, mußte aber gleich wieder aufhören, weil ihre Augen brannten. Sie rieb heftig, es nützte nichts.

Laß mich mal, sagte ich und leckte ihr sorgfältig beide Augen aus, bis sie nicht mehr brannten.

Ich danke Ihnen, sagte sie.

Wenn bloß alles so einfach wäre, sagte ich. Ich sagte, daß ich von ihr lerne. Ihre Entscheidung, für Mani Mani hier eine Stätte zu etablieren, werfe alle Altäre um, an denen ich je geopfert habe.

Sie sagte, eine Zeit lang habe sie geglaubt, sie habe sich in mir getäuscht. Dann allmählich sei ihr aufgegangen, daß sie sich in sich getäuscht habe. Sie habe in mir die Fähigkeit, der Welt weh zu tun, erhofft. Total daneben. Sie sind entsprechungssüchtig.

Ich: Stimmt.

Sie: Warum von Ihnen etwas erhoffen, wozu ich selber nicht fähig war. Sie hat Ludwig Pilgrim in eine Lebensstimmung gewiegt, die nichts als Mache war. Sie, Julia Pelz, hat diese Mache geleistet. Sie hat Ludwig entsprochen. Einundzwanzig Jahre lang. Sie weiß jetzt, daß alles erlogen sein kann. Sie wird keine Sekunde lang glauben, daß jemand zu ihr so ist, wie er sich gibt. Ludwig Pilgrim hat ihr vertraut. Mit Recht. Sie hat einundzwanzig Jahre lang eine Liebe produziert, die es nicht gibt, die man aber produzieren kann, dann gibt es sie. So wie es das Ehepaar Pilgrim, das Andy Warhol gemalt hat, nicht gibt, aber man kann es malen. Man nennt, was da vor sich geht, kreativ. Etwas erlügen heißt, es erschaffen. Man bezahlt es mit sich. Dadurch wird man reicher, als man ist. Die natürliche Armut wäre bequemer. Soviel geben, wie man hat, das Ideal.

Sie stand in der Mitte, direkt unter der Sichel.

Hans Lach, sagte sie, geben Sie zu, daß Sie mein Saturnisches für Spleen gehalten haben.

Nein, sagte ich.

Sondern?

Für naive Malerei. Ein Versuch, Schicksal anzumalen.

Hochmut der einfachen Art, sagte sie.

Da sie das Manuskript in der Hand hatte, sagte ich: Bitte, lesen.

Sie gab sich mit der freien Hand den Einsatz und las:

Wo für Korn andere sorgten, in der feinsten Familie, wurden dem Alten die Eier abgetrennt mit der Sichel. Saturn tat's. Daß er der sei, der die Eier hat. Und gleich 'n neues Zeitalter gestartet, heißt das Goldene. So soll's bleiben. Besser geht's nicht.

Abgeschafft das ewige Hoffen auf etwas anderes als das, was ist. Schluß mit Versprechung, Vertröstung, Jenseitslüge, Himmelschwindel. Gelernt wird bei Saturn das selige Beißen ins unbarmherzige Nichtsalsjetzt. Verklärung des Zustands, der Trostlosigkeit. Gold, das Metall, das nicht zu verbessern ist. Und mußte Kinder machen natürlich seiner Rhea. Damit alles so bliebe, wie es jetzt war, fraß er die immer gleich auf. Eins aber hat die Gebärerin gerettet, hieß Zeus. Der hat Saturn, seinen Alten, dann ins unterste Finstere verjagt, ins Erdinnerste. Da kauert er, schleift die Sichel, kauert und schleift. Verdammt wegen Geschichtsverneinung. Und droben im Licht, Zeus. Der macht es jetzt schon ne ganze Weile. Mit der Masche Gerechtigkeit. Immer alles immer noch gerechter. Die Masche aller Maschen. Seitdem heißt der Stillstand Geschichte. Mit dem dazugehörigen Versprechungs- und Jenseitsschwindel. Eine Utopie nach der anderen wird aufgetischt, geglaubt, verdammt, die nächste bitte. Gerade zu Ende das Jahrhundert, das alle zu Wissenden machte. Stalin, Hitler, man kann die Namen gar nicht eng genug zusammen nennen. Da gibt es allerdings die Ansicht, die Verbrechen der einen seien tugendhafter als die der anderen. Und doch: Zwei Utopien, ein Ergebnis. Kein Verbrechen kommt ohne Utopie aus. Keine Utopie ohne Verbrechen. Verbrechen für immer mehr Gerechtigkeit. Den Unterschied, den Moral und Gesetz zwischen Tätern und Opfern machen müssen, begreife ich, je schlimmer die Tat ist, um so weniger. Ich bin und bin keine Historikerin. In die Sichel verknallt, will ich nur dem momentanen Schwindel an die Eier, aus denen der nächste Schwindel steigen will. Zum Lachen bleibt: die Ungerechtigkeit favorisieren ist nichts als die allergrößte Gerechtigkeit gegen das, was als Gerechtigkeit gerade dran ist. Man entkommt dem Zirkel nicht.

Einmal im Jahr – nur damit die Sichel zufrieden sei – eine Bartholomäusnacht unter den Gutenbestenschönsten. Vielleicht – laß uns träumen – würden wir dann nicht mehr so

brutal darum kämpfen, zu den Gutenbestenschönsten zu ge-
hören.

Sie endete mit einer zirkusdirektorenhaften Geste. Deshalb
mußte ich den Beifall mit klatschenden Händen spenden. Und
sie im kleinstmöglichen, im zierlichsten Ton:
Ich habe mit dem Gedanken gespielt, Sie seien ein Werkzeug
des Fälligen: ein Anfang der Ungerechtigkeit gegen die Unge-
rechten. Was soll man mit Gedanken machen als spielen! Es ist
gelaufen. Beziehungsweise nicht gelaufen. Miguel Juan. Aquí,
Señor, desnudo me tienes a tu pie en esa bendita isla rocosa de
Fuerteventura. Miguel el Desterrado läßt grüßen, y la tuya es-
cueta y castiza Julia también.
Ich stellte mich nicht unter die Sichel. Ich stand überhaupt
nicht auf. Ich wartete, bis sie in der Polsterlandschaft einen
Platz gefunden hatte, dann las ich.

2084
Eine Notiz aus der Überlieferung des Zukünftigen

Jetzt wissen wir, daß das Mittelalter erst beendet war, die Neu-
zeit erst begonnen hat, als auch in der schroffsten Kluft des
Kaukasus und im entlegensten Andennest kein Mensch mehr im
sogenannten Geschlechtsverkehr gezeugt wurde; als Papier
nicht mehr vorkam; als die Gravitationswellen entdeckt waren
und zum ersten Mal normale Körperzellen in Stammzellen um-
gewandelt wurden und dann endlich der erste Mensch ohne
Darm gezüchtet werden durfte. Die E-O-Kultur war da.
Wie bitte, fragte sie.
Ejakulation und Orgasmus.
Das hieß für die Literatur: Hemingway lag falsch, als er vor-
ausgesagt hatte, es werde immer mehr Kritiker und immer
weniger Schriftsteller geben. Mit der E-O-Kultur wurde das
Schreiben in bestimmten Kreisen epidemisch. Dadurch wurden

die Kritiker wichtiger, als sie je gewesen waren, wichtiger als die Schreibenden. Je mehr geschrieben wurde, desto weniger wurde gelesen. Als die E-O-Kultur global blühte, hatten einundsiebzig Prozent der Bevölkerung aufgehört zu lesen oder es gar nicht erst angefangen. Die Kritiker, jetzt Kritoren genannt, wußten noch, was einmal Literatur gewesen war. Daß sie noch lesen konnten, verschaffte ihnen eine Art religiöser Gewalt: Daß aus nicht mehr als 24 Buchstaben soviel Verschiedenes zusammengesetzt werden konnte, wie die Kritoren, wenn sie über diese Buchstabengebilde stritten, vermitteln konnten, war atemraubend. Die Kritoren lasen zwar auch nicht selber, aber sie ließen lesen und ließen dann die, die etwas geschrieben hatten, etwas, was gerühmt oder verdammt werden mußte, einladen. Andauernd saßen in den Manegen Schriftsteller in Kabinen und lasen von ihren Head-Tops, was sie geschrieben hatten. Nur im Eventpalast waren die Kabinen, in denen die Autoren saßen, aus Glas. Diese Glaskabinen kreisten auf Transportbändern unter dem gläsernen Boden der Manege. Oben die Kritoren, genannt die Großen Vier. Der Aal, der Affe, die Auster und Klitornostra oder die Feuerraupe. Auf riesigen Bildschirmen sah man, wie die Großen Vier unter den Lesungen der Schriftsteller litten oder jubilierten. Es gab nur Leiden oder Jubilieren. Solche Event-Manegen gab es in allen Erdteilen. Aber die Großen Vier, die die GLÄSERNE MANEGE erfunden hatten, waren die Größten. Im Leiden und im Jubilieren. Der Aal war der unübertreffbare Meister in beidem. Der Affe, die Auster und Klitornostra wußten, daß sie nur auftreten konnten, solange der Aal auftreten konnte. Da man aber mit den Antiagingcells das Altern gestoppt hatte, war ein Ende nicht zu befürchten. Auch die Fortpflanzung überließ man ja längst nicht mehr irgendwelchen Unbeherrschtheitsregungen, die zu ihren Folgen immer im krassesten Mißverhältnis standen. Inzwischen waren sich alle Fakultäten darüber einig geworden, daß die Unverhältnismäßigkeit von Ursache und Wirkung bei dem, was

Geschlechtsverkehr genannt wurde, das eigentliche Charakteristikum des Mittelalters gewesen ist, das wir inzwischen durch demographisch kalkulierte Fortpflanzung auf das glücklichste hinter uns gebracht haben. Zwischen dem 18. und dem 25. Lebensjahr liefern jetzt alle ihre Ei- und Samenzellen in die Substanz-Bank, und wenn die Lieferanten dran sind und das auch wollen, findet die Befruchtung im Palast des Lebens statt, und zwar höchst feierlich.

Auch als man noch nicht jede Körperzelle in Stammzellen umwandeln konnte, hatte man schon Antiaging-Cells aus den Hoden der Drosophila gewonnen.

Im Science-Txt und im Developmental Cell-Net wurde die Jahrtausendentdeckung beschrieben. Wie jene Nachbarschaftszellen, je nach ihrer Entfernung von der Spitze des Taufliegen-Hodens, sich in Spermien verwandeln, ist ein Verlauf, den die Evolution sich offenbar nur einmal hat einfallen lassen müssen, das heißt, die Spermiengewinnung beim Menschen folgt dem gleichen Muster wie bei der Taufliege. Als man dann aus menschlichen Körperzellen Stammzellen machen konnte, konnte man sich für Spermiengewinn und Alterungsstopp sozusagen bei sich selbst bedienen. Und seit die High Performance Genes, in Europa Turbogene genannt, im Handel waren, konnte jeder seinen Spermienbedarf beziehungsweise seine Ejakulationsfrequenzen beliebig regeln. Ebenso sind die Orgasmusamplituden risikolos wählbar geworden. Glück war machbar geworden. Der Aal gehörte zu den ersten zehn Menschen, die die Antiagingcells noch von der Drosophila bezogen hatten. Schon deshalb ist er ein Heros der E-O-Kultur. Es gab keine Kulturveranstaltung in der ganzen Welt, die Einschaltquoten hat wie die GLÄSERNE MANEGE. Die lief ja nicht nur am Samstag über den Schirm, wenn die Großen Vier erscheinen, sondern die ganze Woche. Ununterbrochen schoben die Transportbänder Glaskabinen, unter der GLÄSERNEN MANEGE durch. In den Glaskabinen die Schriftsteller, die von ihren Head-Tops lasen, was sie geschrieben hatten. Diese Bänder liefen immerzu. Die Großen Vier kamen dann am Wochenende für sechs Stunden in die Glasmanege, der Eventpalast war bis auf den letzten Platz besetzt. Wer wollte, konnte die von den Head-Tops ihre Werke Lesenden unter der Woche jederzeit im Kulturkanal anwählen und ihnen zuschauen, zuhören. Das war auch die Hoffnung eines jeden, der etwas geschrieben hatte, daß er, wenn schon nicht von den Großen Vier, dann doch vielleicht von den Fernsehzuschauern entdeckt wurde. Aber die eigentliche, die alle Lebensmühen motivierende Hoffnung war natürlich der Samstagabend, die GLÄSERNE MANEGE, wenn die Großen Vier auftraten und diesen und jenen aus den unterm Glasboden kreisenden Autoren per Knopfdruck heraufwählten. Man wußte, daß sie sich auch unter der Woche gelegentlich diesen oder jenen Autor auf den Schirm holten und sich darüber einigten, wen sie am Samstag auf dem Riesenschirm im Eventpalast präsentieren und lesen lassen würden, bis sie glaubten, genug zu haben, das heißt, bis sie glaubten, reagieren zu können, reagieren zu müssen. Und das war dann die Show, der Event schlechthin. Drei Stufen bildeten sich sowohl beim Rühmen wie beim Verdammen heraus. Ruhm für heute, Ruhm für morgen, Ruhm absolut. Ruhm absolut *wurde in den neunzehn Jahren der GLÄSERNEN MANEGE nur einmal verliehen, an eine peruanische Erzählerin, die in einem Familienepos erzählte, daß ihre Familie hoch in den Anden nur überleben konnte, weil die Eltern Kinder zeugten und sie dann immer aufaßen. Die Stufen des Verdammens waren* Beleidigung, Abstrafen, Fertigmachen. *Alle drei Stufen wurden wöchentlich exekutiert. Die Kamera zeigte dann in Großaufnahme, wie die Beleidigten oder Abgestraften oder Fertiggemachten reagierten. Wer sich da etwas Originelles einfallen ließ, konnte dann noch gegen das Votum der Kritoren die RAUPE bekommen, das war der Wochenpreis des Publikums. Aber ungleich begehrter war natürlich der*

PRICK, der Preis der Großen Vier. Die Autoren und Autorinnen taten alles, aber auch gar alles, um als preiswürdig aufzufallen. Der Wettbewerb der Lesenden wurde öfter ein Wettkampf im Auffallen. Wenn sich einer ein Kreuz in die Stirn schnitt, holte ihn natürlich die Regie sofort auf den Riesenschirm. Auch Onanieren kam vor. Aber nur der erste, der vor laufender Kamera lesend onanierte und ejakulierte, bekam den Publikumspreis. Dann auch die erste Autorin, die das öffentlich hinkriegte. Der Affe ließ sich von dem onanierenden Autor fast hinreißen, selber Hand an sich zu legen. Oder tat doch so. Ebenso Klitornostra, als eine Autorin sich selber bediente. E- und O-Kultur at its best, meldeten die news. Aber natürlich, das Vorlesen beziehungsweise das Reagieren auf Vorgelesenes blieb schon die Hauptsache. Allerdings nur in der GLÄSERNEN MANEGE. Man vergesse, bitte, nicht: Die E-O-Kultur hat sich nicht nur auf dem Niveau der Großen Vier entfaltet. Daß München die Großen Vier hatte, mußte Berlin provozieren. Wir kennen alle das Ergebnis: Dr. Moritz Nödler's Lit Peep. *Es gab, als das Geschlechtliche noch vegetierte, eine Kümmerform, die man Pornographie nannte. Daran erinnert* Dr. Moritz Nödler's Lit Peep. *Nicht vergessen darf der Historiker das vehemente Aufleben des Religiösen. Vielleicht ist das sogar die wichtigste Wirkung der E-O-Kultur überhaupt. Alle Religionen sind seitdem förmlich aufgeblüht. Und wieder waren es die Großen Vier, die ohne das zu wollen, Epoche machten. Die Großen Vier hatten ja als erste die Nacktanzüge öffentlich getragen, die später zum Symbol der E-O-Kultur überhaupt geworden sind. Der Aal ließ, während er litt oder jubilierte, sein Geschlechtsteil zoomen. Und was dann zu sehen war, war Wirkung von Literatur. So oder so. Klitornostras Feuerraupe war, wenn Klitornostra durch die Vorlesenden so oder so agitiert wurde, in Großaufnahme auf dem Schirm. Sie und der Aal waren, weil sie sich für das Nacktmenschentum entschieden hatten, vollkommen haarlos.*

Das steigerte die Wirkung. Die Nacktmenschenbewegung hat durch Aal und Klitornostra einen gewaltigen Zulauf erfahren. In den Schriften des Nacktmenschentums wurde behauptet, die E-O-Kultur komme erst im Nacktmenschentum zu sich selbst. Das riß die Zehntausend im Eventpalast und die Millionen an den Fernsehschirmen gleichermaßen hin. Und das waren die Millionen, die von dieser Vierundzwanzigbuchstabenkunst – so wurde sie von ihren Verächtern genannt – sonst nie auch nur Kenntnis genommen hätten. Wir an den Bildschirmen erlebten die Begeisterung, die Rührung, die Erschütterung der Zehntausend im Eventpalast, und diese Wirkung multiplizierte natürlich die Wirkung, die die Aktionen und Passionen der Großen Vier auf uns hatten. Wir wurden Zeugen außerordentlicher Grausamkeiten, die andere erlitten, aber zu Recht erlitten. Es geschah ihnen recht. Das vermittelten uns die Großen Vier. Und das tat uns gut. Wir erlebten Gerechtigkeit. Ob gerühmt oder verdammt, es geschah Gerechtigkeit. Und nichts rührt uns tiefer als das: Gerechtigkeit.

Wie immer kann man auch jetzt die Stufe der Evolution, der man selber angehört, nicht werten. Nicht einmal beurteilen kann man sie. Ein Teilchen ist man eines Vorgangs, gerade daß man noch staunen kann. Als Historiker der E-O-Kultur, also als Historiker der Zukunft, darf man aber den Großen Vier, dem Aal, dem Affen, der Auster und der Klitornostra oder Feuerraupe ein bleibendes Bleiben voraussagen.

Und Julia: Sie können es nicht lassen.

Ich: Jetzt schon.

Julia: Komm!

Ich ließ mich neben sie fallen, schälte sie aus ihrem weißen Leinen-Seidenanzug, schenkte uns Wein ein, trank ihr zu, sie mir, ich sagte: Am liebsten täusche ich mich mit dir.

Und sie: Von allen meinen Täuschungen halte ich dich für die geringste.

Ich: Du übertreibst.

Sie: Und wie.

Weil ich nichts sagte, sagte sie: Und wie gern.

Komm, mi caballo semental.

Macho cabrío reicht, bella yegua saturnal.

3

Diese meinen, die Wirklichkeit sei hässlich:
aber daran denken sie nicht,
dass die Erkenntnis auch der hässlichsten
Wirklichkeit schön ist ...

Friedrich Nietzsche

Die Insel half. Je länger ich auf der Insel war, desto mehr Mut hatte ich, starke Farben zu tragen. Zuerst wunderte ich mich über die rote Badehose des Achtzigjährigen. Dann trug ich selber eine. Meine Zehen glühten im Sand, es dehnte sich das Meer, der Wind streichelte nur noch mich, ich war endlich untergegangen.

Dann stießen wir uns ab von der Insel, hinaus übers Meer und zogen uns langsam am brandungsgesäumten Küstenbogen Afrikas bis zum blauen Band des Mittelmeers. Nach tausend Kilometern eine Linkskurve wie auf der Straße. Über Spanien hin. Rosenholzfarben lag es unter uns. Bis zu den weiß gepuderten Pyrenäen. Nach einer Rechtskurve blieb unten alles unter weißer Watte, wir droben im Blau.

Julia hatte darauf bestanden, daß ich, da sie die Strecke auswendig kenne, am Fenster sitze. Mindestens den ganzen September seien Ludwig und sie jedes Jahr auf der Insel gewesen.

Ich hatte darum gebeten, nicht begründen zu müssen, warum ich nicht länger auf der Insel bleiben konnte. Meine Haltlosigkeit. Da es Ende September war, hätte Julia ohnehin zurückfliegen müssen.

Ich werde ewig per Du sein mit dir, sagte ich auf dem Rückflug zu ihr. Sie sah herüber, ohne den Kopf ganz herzudrehen. Und wulstete ihren Mund. Das sah so frech aus, daß ich endlich fragen konnte, ob sie tatsächlich mit Picasso geschlafen habe.

Als sie das zum ersten Mal gefragt worden sei, sagte sie, habe sie prompt geantwortet: Und zwar im Stehen.

Als wir uns am Flughafen von einander verabschiedeten, sagte ich: Julia, der verklärende Blick, wer den nicht hat auf den anderen, der läuft weg. Von den Bedingungen der Liebe ist er die wichtigste, der verklärende Blick. Und woher hat man den? Vom Anfang. Vom ersten Augenblick. Davon lebt dann alles. Ich laufe nicht weg von dir. Nie.

Sie sagte, sie sage nicht: Olvídame.

Sie wurde mit dem Auto abgeholt. Ich fuhr mit der S-Bahn zum Hauptbahnhof, deponierte mein Gepäck und fuhr mit der U-Bahn nach Gern hinaus. In der Böcklinstraße wurde Bartók geübt. Schon mehr gespielt als geübt. Hilde Findeisen, bei der Erna gelernt hatte, wäre stolz gewesen, wenn sie gehört hätte, wie Erna das Bartók-Rubato auslegte. Sie spielte die zweite Elegie wie in Zeitlupe, aber in sich stimmig. Sie spielte, als falle ihr, was sie spielte, im Augenblick ein. Wenn sie mich nicht geheiratet hätte, hat sie einmal gesagt, wäre sie beim Klavier geblieben. Also bei der einzigen Sprache, in der es kein Miß-verständnis gibt. Ich rannte davon. Ich würde Erna anrufen. Ihr von meiner Haltlosigkeit erzählen. Das wurde allmählich zu einer Nummer: meine Haltlosigkeit. Bitte, rechnet mit meiner Haltlosigkeit!

Zurück zum Hauptbahnhof und mit dem Taxi zur Großhesse-loher Brücke. Hinunter an die Stelle, an der Mani Mani seinen Tod gefunden hatte. Und dachte ein Requiem: Der Dichter ist tot. Es lebe die Literatur. Das unselige Gemenge. Die sarkasti-sche Sause. Der gnostische Garaus. Die polyglotte Party. Der globale Gusto. Der fröhliche Flächenbrand. Mani Mani, ich werde in Deinem Raum auf der Insel jedes Jahr am 17. Mai eine Messe feiern. Julia will Deinen Raum ausstatten. Auf drei der grünen Wände die Bilder von Bernt Streiff, Rolf Hochhuth und Else Lasker-Schüler. Aber als Projektionen. Der Boden wird ein einziges Bild von Dir sein. Daß man, wo man geht und steht, Dir im Gesicht geht und steht. Es werden aber in Deinem Raum weder Schuhe noch Strümpfe erlaubt sein. In der Mitte des Raums eine schlanke Säule, die Dir aus der Nasenwurzel ragt. Sie wird einen Würfel tragen, dessen Seiten mit Bildern belegt sind. Das sind Bilder von zwei Frauen. Geneviève Winter und Hannelore. Eine Abbildung des Bayern München-Logos und ein Bild von Franz Beckenbauer. Über dem Würfel wird von der Decke an einer schwarzen Kette eine goldene Sichel hängen. Und aus allen Wänden, leise aber immerzu, *Waterloo.* Bis bald, Mani Mani. Dir bis zum Unverständnis nah: Dein Hans Lach.

Dann zu Fuß in die Schlotthauerstraße. Zu meinem Alibi. Je näher ich der Schlotthauerstraße kam, desto schneller ging ich. Ich hatte nicht angerufen. Eine Mutter mit einem Geradegeborenen mußte daheim sein. Ich mußte mir, bevor ich dort läutete, beigebracht haben, daß meine Empfindungen für sie Empfindungen waren, die man für keinen Menschen dieser Welt empfinden durfte. Soviel kann kein Mensch dir sein. Du hast sie ausgestattet, wie du noch nie einen Menschen ausgestattet hast. Du hast dich in eine Abhängigkeit hineingesteigert wie noch nie. Du kannst ohne sie leben. Das weißt du.

Ja, rief ich in den Straßenlärm, ich weiß es, aber ich glaube es nicht.

Die Ernüchterungsarien, die Abgewöhnungsgesänge – das war längst Routine. Aber jedes Mal wartete ich geradezu auf die dann fällige Rückkehr des normalen Schmerzes, der gewöhnlichen Sehnsucht. Nach ihr. Tausendmal ist das abgelaufen. Ich weiß inzwischen: Wovon ich wegdenken will, da denke ich hin.

Daß ich nicht hingehen sollte, wußte ich. Daß ich hingehen würde, wußte ich auch.

Nicht der Verführung dieser den Schritt angenehm nach oben führenden Stufen zu verfallen, das wäre der Keim zur Hoffnung auf eine Illusion der Unabhängigkeit. Dann stand ich im vierten Stock vor der altdunkelschönen Tür und konnte endlich läuten. Aber auf der Tür jetzt, und nichts als neu, ein

Porzellanrechteck, dessen Seiten grüne Girlanden zierten, und im geräumigen weißen Feld in gefühlvoller Schrift:

Olga und Jan Konnetzny.

Und ich war weg. Jetzt nur nicht stolpern. Nur nicht, was zu empfinden du dich jetzt weigerst, in Hast ausarten lassen. Aber rennen schon. Davonrennen. Warum nicht. Marathonläufer sei er, hatte sie am Telephon gesagt. Daß sie geheiratet haben, hat sie nicht gesagt. Zwölf Kilometer täglich. Am Wochenende mindestens zwanzig. Sie war daran interessiert gewesen, mir diesen Jan zu erklären. Ich sollte teilnehmen. Ich konnte nicht. So wenig, wie sie aufhören konnte, mir ihren Jan verständlich zu machen. Vor einem Jahr war mir verkündet worden, daß der neue Chef um sie warb. Mehr vorerst nicht. Dann immer häufiger Firmennachrichten als persönliches Schicksal. Wenn Jan den Umsatz nicht steigerte, würden die in Oakland ihn genau so feuern, wie sie seine Vorgänger, wenn die den Umsatz nicht steigern konnten, gefeuert hatten. Sie, Olga, habe Jan gebeten, das Laufen einzuschränken. Wenigstens in diesem Probejahr. Aber ohne Laufen konnte der nicht leben. Olga hatte Angst, daß Jans Laufpensum auf irgend einem Weg nach Oakland gemeldet werden könnte. Ihr war klar, daß die in der Zentrale diesen Einsatz, dieses Engagement für nichts als Extremjogging für eine Kräftevergeudung zum Schaden der Firma halten mußten.

Wenn ich jetzt geläutet hätte, hätte ich, falls Jan schon vom täglichen Lauf zurückgewesen wäre, die Geschichte noch einmal in seiner Gegenwart anhören müssen. Vielleicht mit der neuesten Wendung, daß Olga, falls Jan gefeuert werden sollte, den Mutterschaftsurlaub frühzeitig abbrechen würde, immer vorausgesetzt, die Amerikaner machten die Filiale nicht überhaupt zu. Das hätte Olga, ihren Philipp im Arm, erzählt, ohne auch nur eine Sekunde lang daran zu denken, daß ich das überhaupt nicht hören konnte. Und Jan säße dabei, ein zäher, hagerer, sehniger Typ mit begeisterungsbereitem Blick. Eigentlich ein Schweiger. Ein Versonnener. Einer, der es nicht nötig hat zu beweisen, daß er es besser weiß. Er gibt vielmehr anderen die Chance zu beweisen, daß sie es nicht besser wissen. Ein Chef eben. Ohne einen Hauch Vergewaltigung tut sie's nicht. Das hatte ihr bei mir gefehlt. Ein schweigender Vergewaltiger. Einer, der sie, während er sie sorgfältig vergewaltigt, nicht anspricht, weder kommentierend noch animierend. War ich wahrsinnig gewesen, vorher, als ich gedacht hatte, ich könnte dahin? Wozu denn? Olga, bitte, bitte, wozu? Aber das spürte ich: die hörte mich nicht mehr. Spürte mich nicht mehr. Für die war ich Eswareinmal. Und sie für mich: Nichtsalsunerreichbaregegenwart. Sehnsucht ...

Mit dieser Jan-Olga-Szene schaffte ich den Marsch zum Hauptbahnhof. Zum Lauf ließ ich mich nicht hinreißen. Mich hätte dieser Jan, dem Olga sicher die rührenderen Details unserer Geschichte erzählt haben wird, ausgenommen das Alibi, mich hätte der behandelt, wie ein jüngerer Sportler einen älteren Sportler behandeln würde, wenn er den wissen lassen will, daß er, der Jüngere, ihn, den Älteren, nur besiegt hat, weil er der Jüngere ist und der andere der Ältere. Fair, nichts als fair. Und das mit Bier. Er und ich. Olga hätte, da sie noch stillte, Paradies-Tee getrunken. Vielleicht auch Passionsfrucht-Tee.

Das Gepäck geholt und ab, weil sich's gerade so gab oder vielleicht doch, weil eine sich nicht zeigen wollende Tendenz es nahelegte, wenn nicht befahl, ab nach Innsbruck. Oder doch Richtung Innsbruck. So stand's auf der Tafel. Ich stieg ein, und schon fuhr der Zug ab. In der ersten Klasse, wo der Weltschmerz reist, war Platz. Viel Platz. Ich war allein. Alleinseinkönnen kann verlangt werden. Von mir. Ich holte Seuse aus meinem Gepäck und schrieb, was ich schon lange vorhatte, aus einer Predigt ein Stück in heutiger Sprache nach:

Er fing an, mit sich selber zu sprechen und zwar so: Schau nur hinein in dich, dann siehst du erst, merkst du erst, daß du mit

allen deinen Übungen, die du dir selber verschrieben hast, im-
mer noch nicht genug gelassen bist, die Widerwärtigkeit anderer
zu ertragen. Immer noch ein erschrockenes Häslein, im Busch
versteckt, erschreckt von jedem fallenden Blatt. Jeden Tag geht
das so: was dir nicht paßt, erschreckt dich; begegnest du einem,
der gegen dich ist, wirst du leichenblaß; sollst du eingreifen,
haust du ab; sollst du dich zeigen als der, der du bist, verheim-
lichst du dich; lobt man dich, lachst du; gescholten, wirst du
traurig. Also wirklich, dir fehlt es an der rechten Bildung.
Und aufseufzend sah er zu Gott und sagte: Ach Gott, das also ist
die Wahrheit. Und sagte: Wann endlich werde ich einmal ein
gelassener Mensch sein.

Draußen rasten naßschwarze Bäume vorbei. Dann ging es aufwärts. Die Bäume glitten vorbei. Es wurde vollends dunkel.
Daß der Zug langsamer geworden war, regte in mir eine alt-
modische Stimmung an. Die drängte mich dazu, die Nietzsche-
Notiz aufzuschreiben, die sich seit ein paar Tagen in mir zu
einer Genauigkeit entwickeln wollte, die sie nur auf dem Papier
erreichen konnte. Ich war doch gestört worden. Hatte mich
selber gründlich gestört. Wenn ich die Ich-Strecke von Seuse zu
Nietzsche je beschreiben wollte, mußte ich ein genaues Gefühl
von der Rolle haben, die Nietzsche spielen sollte. Seuse war mir
unverlierbar. Dieses zum ersten Mal an sich denkende Ich im
Selbstgespräch. Wie es sich erlebte. Empfindlich bis zur Un-
brauchbarkeit. Jede Empfindung eine Blöße.

Fünfhundert Jahre später kommt die Geschichte bei Nietzsche
an, bei einem Ich, das nichts mehr gelten lassen konnte, nur weil
es bisher gegolten hatte. Also eine vor nichts Halt machende
Prüfung der zudringlichen Überlieferung, des herrschsüchtigen
Geschichtsandrangs. Was am meisten Herrschaft beanspruchte,
wurde am gründlichsten außer Kraft gesetzt: Gott. Nietzsche
hat, was er zu wissen kriegte – und das war doch zum Staunen

viel –, auf sich angewendet. Getestet im Selbstversuch. Die Er-
gebnisse notiert. Keine einzige Einzelheit aus den geschichtli-
chen Zulieferungen überlebte diesen Test unbeschädigt. Weder
Gott noch Teufel noch Nicht-Gott noch Nicht-Teufel. Ihm galt
nichts, was es traditionsgemäß gelten sollte. Keiner vor ihm hat
die überlieferten Werte so praxissüchtig durchgemustert. Was
mir nicht mehr hilft, erkenne ich nicht an. Wenn mir etwas nicht
mehr hilft, tue ich nicht traditionshörig so, als helfe es mir noch.
Schluß mit dem Frieden, der aus der Routine der kulturüblichen
Selbsttäuschung sprießt. Tafeln zerbrechen, Sprüche blamieren,
Hoffnungen stürzen. Aus allem, was er kaputtgemacht und tot-
gelacht hat, ergibt sich keine Richtung. Er zertrümmert die
Schale, entblößt den Kern. Wir leben von nichts als von der
Schönheit des sich selbst erlebenden Denkens.

Ich nahm mir vor, irgendwo einen Satz über die Professoren
und Politiker einzufügen, die Nietzsche in einen weltanschau-
lichen Dienst nehmen wollten; mit denen hat er nämlich soviel
zu tun wie der Blitz mit der Pfütze, in der er sich spiegelt.
In Klais stieg ich aus. Der bemalte Bahnhof meinte es gut mit
mir. Ich hatte gespürt, daß der Zug sich schwer tat mit dieser
Aufwärtsstrecke. Eine Zeit lang machte ich die schöne Mühe
mit. Genoß das Gefühl, das ich habe, wenn es aufwärts geht. In
diesem Gefühl fand sich wahrscheinlich alles zusammen, was
Höhe ausmacht. Was sie ist. Für das Atmen und das Denken
gleichermaßen.
Wie lange bleiben Sie, fragte die freundliche Frau.
Eigentlich wollte ich sagen: Ich danke Ihnen für diese Frage. So
eine schöne Frage. Die verlangt von mir, sofort zu kalkulieren.
Die Seiten. Die Zeit. Die Haltlosigkeit. Also? Drei Monate,
sagte ich. Und weil sie fast erschrak vor Überraschung, sagte ich
gleich im festesten Ton eines Mannes, der sich noch nie getäuscht hat: Länger ganz sicher nicht. Und legte meine Kredit-
karte vor sie hin.

Ich ging noch einmal hinunter und sagte, ob ich ein Zimmer ohne Fernsehapparat haben könnte. Hatten sie nicht, aber sie könnten den Apparat herausnehmen. Und das Telephon vielleicht auch, fragte ich und zeigte, daß ich wisse, das sei wirklich zuviel verlangt. Und sie: Sie habe noch jemanden im Haus, der meine Wünsche erfüllen werde. Das sagte sie so, daß deutlich wurde, wie komisch ihr diese Wünsche vorkamen. Ich bedankte mich so, daß sie spüren mußte, wie komisch es mir selber vorkomme, solche Wünsche zu haben und sie dann auch noch auszusprechen.

Ich setzte mich in die Gaststube und bestellte, weil es nur noch *kalt* gab, eine Aufschnittplatte, dazu einen halben Liter Kalterer See. Die Tageszeitung nicht in die Hand zu nehmen schaffte ich nicht. Auf der Titelseite, in der ersten Spalte, die Überschrift: *Sir André*. Ich mußte den dpa-Rest lesen. André Ehrl-König, der immer schon eine deutsch-britische Doppelstaatsbürgerschaft gehabt habe, sei jetzt von der Königin geadelt worden »For services to literature«, insbesondere für seinen Einsatz zur Förderung des Ansehens des englischen Kriminalromans. Die Verleihungszeremonie finde Anfang Dezember im Buckinghampalast statt. Der Geehrte habe wissen lassen, daß er drei Schwierigkeiten voraussehe, erstens das Niederknien vor der königlichen Person beim Ritterschlag, zweitens die Berührung beider Schultern mit einem Schwert, weil er, Ehrl-König, nirgends so kitzlig sei wie ausgerechnet auf den Schultern, drittens, daß man sich vom königlichen Purpurbaldachin samt Königin nur durch Rückwärtsgehen entfernen dürfe, also dafür müsse er sich einen Ballettmeister nehmen. Seit diese Ehrung gemeldet worden ist, könne sich der so Geehrte vor enthusiastischen Glückwunschbezeugungen nicht mehr retten. Der Bundespräsident, der Bundeskanzler, was Rang und Namen habe, sei jetzt Gratulant. Am Schluß noch, in Anführungszeichen, was der Geehrte selber in dem Augenblick, als er von der Ehrung erfuhr, gesagt habe: »Obwohl eine edle Freundin mir aus London meldet, die Zeremonie sei intensely boring, nehme ich diese Ehrung an, stellvertretend für Shakespeare, der ihrer mindestens so würdig gewesen wäre wie ich.«

Zum Glück stand der Kalterer See schon vor mir. Ich trank die Karaffe leer, bevor der Aufschnitt auf dem Tisch stand und bestellte eine zweite Karaffe.

Dann ging ich zum Bahnhof und rief von der Telephonzelle aus Erna an und entschuldigte mich. Wofür, fragte sie.

Für alles, sagte ich. Dann sagte ich nichts mehr. Sie sagte auch nichts mehr. Dann sagte ich: Du bist der einzige Mensch, bei dem ich mich entschuldigen muß.

Sie sagte: Wo bist du jetzt?

Im Gebirge, sagte ich. Wieder schwiegen wir. Wir wußten beide, keiner würde auflegen.

Also, sagte ich.

Ja, sagte sie, also.

Ich sagte, daß ich in der Böcklinstraße gewesen sei, vor dem Haus, sie habe die zweite Elegie geübt, aber doch schon eher gespielt als geübt. Wie sie die undurchhörbaren Akkorde plaziert habe und darum herum das Auf und Ab der Töneschleier.

Sie sagte: Wann kommst du?

Da ich jetzt nicht mehr von meiner Haltlosigkeit reden konnte, sagte ich, sozusagen wahrheitsgemäß: Woher soll ich das wissen?

Dann sagte ich: Ich leg jetzt auf.

Sie sagte: Ja.

Ich legte auf. Nichts war so deutlich wie das Gefühl, daß ich außer Erna keinen Menschen anrufen konnte. Sie hatte sicher auch gelesen, daß es jetzt einen Sir André gab, aber es war ihr nicht wichtig genug gewesen, das zu erwähnen. Unvorstellbar, jetzt Julia anzurufen oder Olga oder Silbenfuchs. Unvorstellbar, in München geblieben zu sein. Worüber dort heute gesprochen werden müßte, wußte ich.

Auch wenn Silbenfuchs nicht sofort und fröhlich rufen würde: Er hat's geschafft! Er ist nobilitiert! Dann würde er eben zuerst den Ärger ablassen, den ihm seine philologische Finesse täglich eintrug, wenn er die Zeitung las und da stand, daß ein Politiker gesagt hatte: Da bin ich überfragt. Dergleichen machte Silbenfuchs wütend. Und dann auch noch, ein paar Zeilen später: Ich gehe davon aus ... Da warf Silbenfuchs die Zeitung weit weg. Aber wenn er diese zwei Sprachbeulen aufgestochen haben würde, mußte er ja sagen: Sir André! Was sagen Sie dazu?!

Welch eine Instinktleistung, sofort wieder abgefahren zu sein und den triftigen Grund für die Abfahrt erst nachträglich kennengelernt zu haben. Ich würde es nicht zu einem Schlupfwinkel bringen wie RHH, aber warum der die Baldsburg brauchte, begriff ich jetzt. So eine Stadt ist ein Organismus. Wenn an irgendeiner Stelle etwas gegen dich geschieht, kriegst du das mit. Mir schoß es durch den Kopf: Abgesehen davon, daß Alleinseinkönnen verlangt werden kann, fühlt es sich auch noch an wie eine Wohltat oder wie ein Segen. Ich ging zurück ins Hotel und bestellte noch eine Karaffe Kalterer See auf das Zimmer. Als die auf meinem gebirglerischen Tisch stand – gebirglerisch, weil er eine dicke quadratische Platte hatte und die vier Beine schräg wegstreckte –, legte ich alles, was ich zum Schreiben brauchte, zurecht und fing nicht an. Ich konnte, wenn ich auch nur einen Tropfen Alkoholisches getrunken hatte, nicht schreiben.

Aber am nächsten Morgen, nach dem Frühstück zwischen den blauweiß karierten Vorhängen, ging ich hinauf, setzte mich an meinen Tisch, sah, zum ersten Mal, zum Fenster hinaus auf eine steil ansteigende Wiese, auf ein paar Tannen. Es regnete. Der Regen webt mit Wasserfäden das nasse Gewand. Dachte ich. Glasgrün. Zumfensterhinausschauen macht Lyriker aus uns allen. Ich mußte mich Näherem zuwenden. Dem nächsten überhaupt. Also dem Unaufschiebbaren. Hochgefühl, sei willkommen! Und fing an.

Da man von mir, was zu schreiben ich mich jetzt veranlaßt fühle, nicht erwartet, muß ich wohl mitteilen, warum ich mich einmische in ein Geschehen, das auch ohne meine Einmischung schon öffentlich genug geworden zu sein scheint.

Der berühmteste und erfolgreichste Roman des Nobelpreisträgers V. S. Naipaul

»So ist die Welt; wer nichts ist, wer es geschehen lässt, dass aus ihm nichts wird, hat keinen Platz darin.« Salim, einen indischen Kaufmannssohn, verschlägt es von der Ostküste Afrikas in einen kürzlich unabhängig gewordenen zentralafrikanischen Staat. An der Biegung des großen Flusses baut er sich eine Existenz auf. Doch in der fast völlig zerstörten Stadt, in der alte Ängste und alte Vorurteile mit den Absolutheitsansprüchen des neuen Regimes kollidieren, muss der Einzelne mit seinen Schwächen, seinen Bindungen, seiner Normalität ohne jegliche Sicherheiten auskommen. Mit großer Konsequenz und Virtuosität zeichnet der Nobelpreisträger V. S. Naipaul ein Bild des postkolonialen Afrika, das so unerbittlich wie einfühlsam ist, so düster wie nuanciert.

V. S. Naipaul

An der Biegung des großen Flusses

Roman

»Naipaul schafft großartige Romanwelten.«
John Updike

List Taschenbuch

Das wichtigste Buch zum Islam
vom Nobelpreisträger 2001

»Die Stimmen über den Islam
und die islamische Revolution,
die dieser Schriftsteller auf
seiner islamischen Reise
gesammelt hat, machen dieses
Buch zu einem höchst
beunruhigenden Dokument,
dessen wahrhaft apokalyptische
Aspekte uns durch des Autors
faszinierende Darstellung
erstmals ganz bewußt werden.«
Frankfurter Allgemeine Zeitung

V. S. Naipaul
Eine islamische Reise
Unter den Gläubigen

List Taschenbuch

»Das ist Walser. Die Suada.
Der echte Walser. Es lohnt
sich immer wieder,
ihn zu lesen.« Martin Lüdke,
Frankfurter Rundschau

Martin Walser
Der Lebens-
lauf der Liebe

Roman Suhrkamp

Roman
Sonderausgabe
528 Seiten. Leinen
€ 14.90
3-518-41384-8

Suhrkamp